Chatgeflüster mit Mister Dabbeljuh

EVA M. SAMANEK

# Chatgeflüster mit Mister Dabbeljuh

**Bibliografische Information der Deutschen Nationalbibliothek:**
Die Deutsche Nationalbibliothek verzeichnet diese Publikation in der
Deutschen Nationalbibliografie;
detaillierte bibliografische Daten sind im Internet über
http://dnb.d-nb.de abrufbar.

© 2016 Eva M. Samanek
Satz, Umschlaggestaltung, Herstellung und Verlag:
BoD – Books on Demand
ISBN: 978-3-7412-5991-3

2015-03-12 18:16:17 ‹Mr. Dabbeljuh›
Halloooo Mia, scheint so, als hattest du gar kein Hangouts …

2015-03-12 19:23:10 ‹Mia›
Aber jetzt☺

2015-03-12 19:24:20 ‹Mia›
Eine Dame ist doch kein ICE

2015-03-12 19:27:42 ‹Mr. Dabbeljuh›
Jetzt musste ich ja laut lachen …XD bin gerade dabei dir bei Google zu schreiben …da klimpert diese deine Mail …schön, ich freu mich!

2015-03-12 19:43:10 ‹Mia›
Kannst du mich lesen?
Schau mal wie hüpsch

2015-03-12 19:43:30 ‹Mia›
Hübsch!

2015-03-12 19:45:10 ‹Mia sendet ein Foto von einer jungen Frau, die ein hellblaues Rüschenkleid anhat und ihr komplettes Outfit danach ausgerichtet ist, Schuhe, Handtasche und Handschuhe, sogar die Frisur ist passend dazu gemacht. Sie sitzt in Pose auf einer Treppe.

2015-03-12 19:46:14 ‹Mia›
Kommt heute noch in Google

2015-03-12 19:51:43 ‹Mr. Dabbeljuh›
…und alles Geschriebene ist weg x_x ok, nochmal von vorne …also, schönen Feierabend Mia ☺ den hast Du dir verdient, jawohl! Ich bin auch etwas geschlaucht, Busgefahrenwerden lädt zwar zum Dösen ein, aber mit Demomarsch, viel frische Luft und Stau auf Rückfahrt ist mein Pensum für heute voll …Sofa, ich bin gleich bald bei dir;) Musste eben ja nochmal los, was zu essen kaufen, gleich für Morgen(Arbeit) mit …nicht lustig!! Tja, mit dem Google hat mich ja vorhin erschreckt, mir wäre es egal wer was liest, aber wirklich witzig wär's auch nicht …Ich bin aber soweit fit, PC mäßig, das ich das schnell checken konnte …ich kann ja vorsichtshalber das ein oder andere wegmachen …per Hangouts kann man auch Foto schicken, alles gut!
Hey, ich schreibe und schreibe …und lauter Mails tauchen auf, lach …:D Ja, ich kann dich lesen, kam sogar doppelt … Wer ist denn die Hübschheit?

2015-03-12 19:56:41 ‹Mia›
Das kommt alles verschoben, weil das Internet hier die Bombe ist. Die Dame ist eine Fremde, die ich nicht kenne aber sie gefragt habe, ob ich sie fotografieren und auch posten darf und sie hat zugestimmt, so habe ich mich gefreut und fotografiert.
Habe das WLAN ausgeschaltet es raubt mir den letzten Nerv

2015-03-12 19:59:28 ‹Mr. Dabbeljuh›
Cool, echt hübsch:) Bist jetzt aber nicht offline?

2015-03-12 19:59:47 ‹Mia›
Bin jetzt auf 3G

2015-03-12 20:00:37 ‹Mr. Dabbeljuh›
… schon gesehen, dein Bild tauchte auf!

2015-03-12 20:02:03 ‹Mia›
Mr. Dabbeljuh du wirst es nicht glauben, es kommen immer noch Benachrichtigungen von den Hobbyfotografen, sind sie immer noch begeistert, ich kann das gar nicht glauben
Welches Bild taucht auf???

2015-03-12 20:05:16 ‹Mr. Dabbeljuh›
…na, dieses kleine, links unten, bei mir …zeigt an, dass du es gelesen hast ☺ ja, kennen und schon ewig gekannt …das Gefühl hab ich …hängt auch irgendwie mit dem schwarzweiß Foto zusammen …ich find's noch raus!

2015-03-12 20:06:21 ‹Mia›
Mr. M was ist mit dem schwarz-weißen Foto?

I2015-03-12 20:07:29 ‹Mia›
Ich meine natürlich Mr. Dabbeljuh

2015-03-12 20:09:47 ‹Mr. Dabbeljuh›
Na, hatte ich doch geschrieben …das hat irgendwas kurzgeschlossen bei mir …ich weiß nicht was?? Ist aber so …aber schön!

2015-03-12 20:11:46 ‹Mia›
Ich brauche normalerweise viel länger bis ich mit jemand sooooo viel kommuniziere, derjenige wird erstmal beäugt? XD; aber bei dir war das nicht so. Mr. Dabbeljuh ich will ganz ehrlich zu dir sein, ich finde dich sehr sympathisch, obwohl ich dich nicht kenne, aber ich kann nicht mehr sein für dich als eine Brieffreundin. Ich belasse jetzt das bunte Foto, sonst kommst du auf dumme Gedanken XDXDXDXD

2015-03-12 20:12:34 ‹Mr. Dabbeljuh›
…bist jetzt also eine professionelle Hobbyfotogräfin, grins …finde ich gaaanz toll für dich, echt:)

2015-03-12 20:13:50 ‹Mia›
Du hast Glück, dass du professionelle Fotografin geschrieben hast DXDXDXD

2015-03-12 20:15:16 ‹Mr. Dabbeljuh›
B-)

2015-03-12 20:15:44 ‹Mia›
Warum bist du so freundlich zu mir, wollte nett schreiben, aber ich mag das Wort nett nicht

2015-03-12 20:18:53 ‹Mr. Dabbeljuh›
… ich bin einfach so …bei dir eben ganz besonders!!

2015-03-12 20:19:13 ‹Mia›
Du musst schreiben, wenn du aufhören willst zu schreiben, es hört sich irgendwie doof an, aber ich glaube du verstehst, was ich meine

2015-03-12 20:19:54 ‹Mr. Dabbeljuh›
Nö;)

2015-03-12 20:20:15 ‹Mia›
Mr. Dabbeljuh ich muss gerade noch eine Freundin anrufen, also eine kleine Pause

2015-03-12 20:20:19 ‹Mr. Dabbeljuh›
Doch, war nur Spaß ☺

2015-03-12 20:20:51 ‹Mia›
Verstehe jetzt nur Bahnhof
Und warum bei mir besonders …????

2015-03-12 20:21:34 ‹Mr. Dabbeljuh›
Ok, dann komme ich mal zum Tippen und essen, lach;)

2015-03-12 20:22:12 ‹Mia›
Esse in Ruhe, ich telefoniere jetzt erstmal =D=D

2015-03-12 20:59:51 ‹Mia›
Bin wieder da
Schreibe echt viele Fehler, entschuldige, das ist durch das schnelle Tippen XDXD

2015-03-12 21:05:51 ‹Mr. Dabbeljuh›
Ich höre gerade deine Musik, die du bei G+ hochgeladen hast, von Sting …why should I cry … sehr melancholisch, aber so schön auch …kann dir gut nachfühlen, hast du ja in dem Text geschrieben …

2015-03-12 21:05:56 ‹Mia›
Ich sehe wenn du aufhörst zu tippen XDXD

2015-03-12 21:06:22 ‹Mr. Dabbeljuh›
Ich weiß …
Sitze jetzt am PC, da kann ich besser tippen
Ich höre jetzt »whenever I say your name ….so schööön!

2015-03-12 21:08:15 ‹Mia›
Ich finde Sting mit dem Orchester einfach wunderschön und ich kann nicht aufhören ihn zu hören!! Habe nach 2 Stunden den Fernseher im Zimmer gefunden, hängt an der Wand. Mr. Dabbeljuh! --Cool!

2015-03-12 21:09:09 ‹Mr. Dabbeljuh›
Oh, du bringst mich immer so zum Lachen …das ist schön

2015-03-12 21:09:13 ‹Mia›
Ich versuche mit dem IPad das WLAN zu quälen XDXDXDXD, was meinst du, was ich mache wenn du schreibst?

2015-03-12 21:10:21 ‹Mr. Dabbeljuh›
Ich habe Sting vor ganz langer Zeit viel gehört …früher im letzten Jahrtausend …und erst jetzt wieder entdeckt durch deine Posts …?

2015-03-12 21:12:12 ‹Mia›
Ich wusste gar nicht, dass du so alt bist!!
2015-03-12 21:12:27 ‹Mr. Dabbeljuh›

Das ist gerade witzig, so habe ich Hangouts noch nie genutzt …

2015-03-12 21:14:16 ‹Mia›
Ich noch nie!!! IPad funktioniert, ich höre Sting, every breath you take

2015-03-12 21:14:16 ‹Mr. Dabbeljuh›
Prima …

2015-03-12 21:14:31 ‹Mia›
Meistens Whatsapp

2015-03-12 21:14:44 ‹Mr. Dabbeljuh›
Dito

2015-03-12 21:15:28 ‹Mia›
Wie kamst du auf Hangouts?

2015-03-12 21:15:42 ‹Mr. Dabbeljuh›
Nee, noch nie nicht …durch eine Freundin. Privatchat – die mag kein Whatsapp …«die Stalking-App»

2015-03-12 21:16:06 ‹Mia›
Ich habe sie noch nie benutzt, meinte ich

2015-03-12 21:16:17 ‹Mr. Dabbeljuh›
Das war bei mir auf dem Handy vorinstalliert – Google halt

2015-03-12 21:16:27 ‹Mia›
XDXDXD
Ich habe es extra für dich installiert.

2015-03-12 21:17:35 ‹Mr. Dabbeljuh›
Uih!!

2015-03-12 21:18:52 ‹Mia›
Wir haben heute schon tausende Nachrichten verschickt XDXDXD
Glaub bloß nicht, dass wir das jeden Tag so machen können, wir müssen ja auch noch arbeiten XDXD

2015-03-12 21:20:35 ‹Mr. Dabbeljuh›
Ich weiß, ich finde das schön, macht mir Spaß …
Jaja, ich befürchte du hast mal wieder Recht.

2015-03-12 21:21:57 ‹Mia›
Bei mir läuft jetzt: Every little thing she does is magic

2015-03-12 21:22:47 ‹Mr. Dabbeljuh›
Ich kommuniziere mit dir am Meisten, weißt du das eigentlich?

2015-03-12 21:23:01 ‹Mia›
Nein, woher soll ich das wissen?

2015-03-12 21:23:29 ‹Mr. Dabbeljuh›
Na, weil ich's geschrieben habe.
Nee, in echt!! – Außer mit meiner Schwester und wenigen anderen lieben Menschen …

2015-03-12 21:24:25 ‹Mia›
Du hast geschrieben, so wie ich es verstanden habe, hast du eine schwierige Zeit hinter dir.

2015-03-12 21:24:43 ‹Mr. Dabbeljuh›
Jau …ganz doof

2015-03-12 21:26:08 ‹Mia›
Das tut mir sehr leid Mr. Dabbeljuh, aber jeder, wirklich jeder Mensch hat Höhen und Tiefen, doch die Bewertung ändert die Einstellung dazu.

2015-03-12 21:26:19 ‹Mr. Dabbeljuh›
Sagt dir »Borderline« was?

2015-03-12 21:26:36 ‹Mia›
Und ich will leben. Und zwar mit Genuss leben.

2015-03-12 21:28:01 ‹Mr. Dabbeljuh›
14 Jahre »Co«-Borderliner ist zu viel für »normale« Menschen …

2015-03-12 21:28:15 ‹Mia›
Und Fehler machen!!
Was war der Auslöser?

2015-03-12 21:28:26 ‹Mr. Dabbeljuh›
Ich auch!!!!!:D

2015-03-12 21:29:07 ‹Mia›
Wie alt bist du??

2015-03-12 21:29:33 ‹Mr. Dabbeljuh›
Uralt …lach …
56
Was meinst du mit Auslöser?

2015-03-12 21:30:46 ‹Mia›
Echt?? Du lügst, auf dem Bild siehst du noch nicht nach 56 XDXD aus.
Wie hast du es bemerkt?

2015-03-12 21:31:46 ‹Mr. Dabbeljuh›
Ich bin ja auch noch nicht erwachsen, zum Glück …:)

2015-03-12 21:32:04 ‹Mia›
Ich bin heute 14 XDXDXD
Jetzt wo meine Füße nicht mehr wehtun im Bett XDXD

2015-03-12 21:33:14 ‹Mr. Dabbeljuh›
Oh, schönes Alter!

2015-03-12 21:33:52 ‹Mr. Dabbeljuh›
Ich habe kein Borderline – falls du das mit bemerkt meinst ….

2015-03-12 21:34:07 ‹Mia›
Du sitzt am PC und brauchst so lange für so eine kurze Antwort?

2015-03-12 21:35:24 ‹Mr. Dabbeljuh›
Hey, ich habe noch nie so intensiv so ein Chatprogramm benutzt …

2015-03-12 21:35:35 ‹Mia›
Ich finde dich ganz »normal«, du hast es geschrieben, ohne zu schreiben wer es hat, ich habe gedacht du hättest es.

2015-03-12 21:36:05 ‹Mr. Dabbeljuh›
Co-Borderliner …., wie Co-.Alkoholiker …

2015-03-12 21:36:37 ‹Mia›
Aber Hallöchen, meinst du, ich schreibe täglich Stunden im Chat?
Also wer hat es?

2015-03-12 21:37:12 ‹Mr. Dabbeljuh›
Dafür dass ihn du gerade installiert hast, bist du aber ganz schön flott, lach

2015-03-12 21:37:28 ‹Mia›
Ich bin temporeich XDXDXDXD

2015-03-12 21:37:48 ‹Mr. Dabbeljuh›
:D

2015-03-12 21:38:00 ‹Mia›
Ok, ich merke du bist 56.

2015-03-12 21:38:20 ‹Mr. Dabbeljuh›
☺

2015-03-12 21:38:27 ‹Mia›
Ich provoziere!!

2015-03-12 21:38:41 ‹Mr. Dabbeljuh›
Schön.

2015-03-12 21:38:41 ‹Mia›
Das hast du geschrieben, einmal unter meinen Bildern bei Google.

2015-03-12 21:39:18 ‹Mr. Dabbeljuh›
Rauslocken, passt besser ….

2015-03-12 21:39:25 ‹Mia›
Streng dich an!!

2015-03-12 21:39:38 ‹Mr. Dabbeljuh›
Puuh …

2015-03-12 21:39:44 ‹Mia›
Temporeich und jünger als du. ☺

2015-03-12 21:40:08 ‹Mr. Dabbeljuh›
Wieviel?

2015-03-12 21:40:15 ‹Mia ›
Fragt man eine Dame nach dem Alter??

2015-03-12 21:41:08 ‹Mr. Dabbeljuh›
Ich habe Kollegen die sind nur halb so alt und trotzdem kurz vor der Rente ….

2015-03-12 21:41:26 ‹Mr. Dabbeljuh›
Hab ich doch gar nicht.

2015-03-12 21:41:30 ‹Mia›
Orientiere dich nicht nach anderen.
Du hast wie viel gefragt XDXDXD und zählen kannst du auch ☺
Wer hat es das Borderline-Syndrom, du lenkst jetzt ab!

2015-03-12 21:43:00 ‹Mr. Dabbeljuh›
Na gut …war ein Versuch!!
What?
2015-03-12 21:43:58 ‹Mia›
Wer hat es, das Borderline-Syndrom?

2015-03-12 21:44:20 ‹Mr. Dabbeljuh›
Ich muss jetzt so lachen …sorry

2015-03-12 21:44:33 ‹Mia›
Mr. Dabbeljuh- Warum lachst du jetzt?

2015-03-12 21:45:13 ‹Mr. Dabbeljuh›
Ich freue mich einfach sooooo

2015-03-12 21:45:27 ‹Mia›
Warum???

2015-03-12 21:46:22 ‹Mr. Dabbeljuh ›
Scroll mal zurück und lese …

2015-03-12 21:47:04 ‹Mia›
Bis wohin? Ich habe den Überblick verloren XDXD

2015-03-12 21:47:39 ‹Mr. Dabbeljuh›
Nee, so überhaupt …nix besonderes gemeint ….
…mir geht es guuuut

2015-03-12 21:48:46 ‹Mia›
Warum soll ich die zwei Tausend Nachrichten zurückscrollen XDXDXD
Mr. Dabbeljuh ruhe dich aus, ich rauche eine Zigarette, verbotenerweise am Fenster!!

2015-03-12 21:50:55 ‹Mr. Dabbeljuh›
Ok, ich rauche hier und jetzt B-)

2015-03-12 21:51:28 ‹Mia›
Halloooo

2015-03-12 21:51:43 ‹Mr. Dabbeljuh›
Yes

2015-03-12 21:52:23 ‹Mia›
Du bist also Raucher!

2015-03-12 21:52:36 ‹Mr. Dabbeljuh›
Stimmt, du bist ja im Hotel, da darf man das nicht … ja

2015-03-12 21:53:40 ‹Mia›
Ich habe das Fenster offen und die Decke um mich gerollt und hoffe keiner schaut XDXD

2015-03-12 21:56:37 ‹Mr. Dabbeljuh›
Kenn ich gut! Mein Laptop streikt …bin am Handy.

2015-03-12 21:57:33 ‹Mia›
Zum Glück hängt hier kein Feuermelder.

2015-03-12 21:58:01 ‹Mr. Dabbeljuh›
Muss neu starten, grrr

2015-03-12 21:58:17 ‹Mia›
Es ist s … kalt

2015-03-12 21:58:37 ‹Mr. Dabbeljuh›
Keine Rauchmelder?

2015-03-12 21:58:43 ‹Mia›
Nein, ok ich meinte Rauchmelder XDXDXD

2015-03-12 21:59:40 ‹Mr. Dabbeljuh›
Erkälte dich nicht!

2015-03-12 22:00:13 ‹Mia›
Ich bin da eigen mit einigen Wörtern, ich habe auch kein Kopfkino sondern Augenkino
Jaaaa! ☺

2015-03-12 22:01:02 ‹Mr. Dabbeljuh›
Gute Wort-Kreation :D

2015-03-12 22:02:13 ‹Mia›
Ich habe beim Telefonieren den Vorhang abgerissen und jetzt fällt etwas von der Tür ab, obwohl ich wieder im Bett sitze ☺

2015-03-12 22:02:50 ‹Mr. Dabbeljuh›
Oh, Mia …XD

2015-03-12 22:03:13 ‹Mia›
Mr. Dabbeljuh ich hab jetzt einen Lachflash!

2015-03-12 22:03:35 ‹Mr. Dabbeljuh›
Ich auch!!!!!

2015-03-12 22:05:03 ‹Mr. Dabbeljuh›
Mir laufen schon die Tränen runter …☺

2015-03-12 22:05:17 ‹Mia›
Wenn ich das Zimmer am Sonntag verlasse, ist hoffentlich nicht alles demoliert.
Mr. Dabbeljuh mir auch, ich kann kaum schreiben.

2015-03-12 22:06:09 ‹Mr. Dabbeljuh ›
Mia allein im Hotel …oh oh

2015-03-12 22:06:46 ‹Mia›
Ich kann nicht mehr, ich ersticke gleich ☺

2015-03-12 22:07:54 ‹Mr. Dabbeljuh›
Wenn mich irgendjemand beobachten würde …auweia ….

2015-03-12 22:08:34 ‹Mia›
Und mich erst ☺

2015-03-12 22:08:58 ‹Mr. Dabbeljuh›
Mr. Dabbeljuh sitzt am Tisch mit Handy in der Hand und lacht sich schlapp, köstlich …

2015-03-12 22:09:52 ‹Mia›
Ich hab das Bett und kann mich vor Lachen wenigsten noch wälzen XDXDXDXDXD

2015-03-12 22:10:09 ‹Mr. Dabbeljuh›
Das ist sooo schön, ich könnte heulen …

2015-03-12 22:10:22 ‹Mia›
Wehe!!!
Ich muss dir noch etwas Lustiges schreiben

2015-03-12 22:11:30 ‹Mr. Dabbeljuh›
Mach! Ich muss erstmal Augen trockenlegen …sehe nix mehr …
Laptop läuft wieder …

2015-03-12 22:15:37 ‹Mia›
Zuhause trinke ich meistens nur einen sehr guten Sekt vom Winzer und als ich mit meiner Freundin telefoniert habe, habe ich mir hier Dosensekt aufgemacht, sie hat sich fast tot gelacht und ich mit ihr. Mia im Hotel, im Bett mit Dosensekt und dann habe ich ins Telefon gerufen: ich habe den Fernseher gefunden, er hängt an der Wand XDXDXDXDXDXDXD

2015-03-12 22:17:44 ‹Mr. Dabbeljuh›
Ok, aufhören …ich stell mir das gerade bildlich vor …

2015-03-12 22:18:05 ‹Mia›
Hilfe Augenkino XDXDXDXD

2015-03-12 22:18:44 ‹Mr. Dabbeljuh›
Und dabei dann den Vorhang gekillt!

2015-03-12 22:18:55 ‹Mia›
Ich kann nicht mehr vor Lachen, genau so war es!

2015-03-12 22:19:14 ‹Mr. Dabbeljuh ›
Jau ….: D Yeah XD

2015-03-12 22:20:31 ‹Mia›
Vielleicht gibt es hier bei Hangouts irgendwelche Drogen, die durch die Finger aufgenommen werden!!

2015-03-12 22:21:35 ‹Mr. Dabbeljuh›
Merk dir mal die Sorte Sekt …das Zeug scheint guuuut zu sein;)

2015-03-12 22:22:08 ‹Mia›
Suche Morgen wieder nach der Sorte.

2015-03-12 22:22:19 ‹Mr. Dabbeljuh›
Oh, Frau.. ich fall gleich vom Stuhl …köstlich …

2015-03-12 22:22:39 ‹Mia›
Ich bin leider auch ohne Sekt so …

2015-03-12 22:23:05 ‹Mr. Dabbeljuh›
Das ist ja noch besser …

2015-03-12 22:23:53 ‹Mia›
Mr. Dabbeljuh, was ist das hier bloß?

2015-03-12 22:24:31 ‹Mr. Dabbeljuh›
Wundervolle lila Magie :)))))))))) Kennst Du Reiki?

2015-03-12 22:26:44 ‹Mia›
Schon mal gehört, aber weiß es nicht mehr.

2015-03-12 22:27:14 ‹Mr. Dabbeljuh›
Universelle kosmische Energie …alles ist pure Energie …sonst nix …nur unterschiedlich materialisiert …

2015-03-12 22:28:30 ‹Mia›
Ich glaube noch nicht mal an Horoskope.

2015-03-12 22:29:10 ‹Mr. Dabbeljuh›
Horoskop ist ja auch Kokuspocus.

2015-03-12 22:29:22 ‹Mia›
Ok, es ist eine schöne Energie hier zwischen uns. Hast du auf die Uhr geschaut?

2015-03-12 22:31:18 ‹Mr. Dabbeljuh ›
Nö, aber jetzt …

2015-03-12 22:31:47 ‹Mia›
Wann musst du Morgen arbeiten?

2015-03-12 22:32:08 ‹Mr. Dabbeljuh›
Spätdienst ….14.30h

2015-03-12 22:32:24 ‹Mia›
Ok

2015-03-12 22:33:34 ‹Mr. Dabbeljuh›
Früh könnte ich gar nicht …mit so einem Grinsen im Gesicht ….

2015-03-12 22:34:08 ‹Mia›
????

2015-03-12 22:35:09 ‹Mr. Dabbeljuh›
Na wenn ich immer noch lachen muss, kann ich kein Auto fahren und noch weniger erklären warum …

2015-03-12 22:35:24 ‹Mia›
Ich bin ein Frühaufsteher.

2015-03-12 22:35:44 ‹Mr. Dabbeljuh›
Habe ich schon bemerkt …ich mag nur früh aufstehen, um den frischen Morgen zu genießen …wegen dem Arbeiten ist so, naja, ok ….

2015-03-12 22:37:31 ‹Mia›
Es ist doch schön, wenn du gut gelaunt zur Arbeit gehst und sagen kannst: ich habe den ganzen Tag mit einer fremden Frau gechattet, die ich nicht kenne.

2015-03-12 22:38:31 ‹Mr. Dabbeljuh›
Jaaaa, es ist total schööön

2015-03-12 22:38:59 ‹Mia›
Ich höre jetzt »fragile«

2015-03-12 22:39:27 ‹Mr. Dabbeljuh›
Was ist das?

2015-03-12 22:40:11 ‹Mia›
Das ist auch von Sting: fragile

2015-03-12 22:41:05 ‹Mr. Dabbeljuh›
Ja, hab gefunden …na, ich nicht …Google

2015-03-12 22:43:53 ‹Mia›
Meine Lieblingslieder von Sting sind: whenever I say your name, Roxanne und Englishman in New York

2015-03-12 22:45:26 ‹Mr. Dabbeljuh›
Ja, das erstere höre ich jetzt …das ist wunderbar – besonders die letzten Minuten …das geht so unter die Haut …

2015-03-12 22:48:51 ‹Mia›
Das stimmt, wobei ich sehr gerne den Anfang höre Mr. Dabbeljuh, neben meinem Pflichtprogramm will ich noch auf eine Erotikmesse und abends ins Theater und am Samstag in die Oper Madame Butterfly

2015-03-12 22:50:01 ‹Mr. Dabbeljuh›
Coole Programmzusammenstellung ☺

2015-03-12 22:51:18 ‹Mia›
Finde ich auch ☺

2015-03-12 22:52:12 ‹Mr. Dabbeljuh›
Erotikmesse und Oper …klingt gut. Seit ich im Theater arbeite mag ich sogar Oper …

2015-03-12 22:53:22 ‹Mia›
Das nennt man dann Stil und Moral ☺

2015-03-12 22:53:41 ‹Mr. Dabbeljuh›
:D Erotikmesse war ich nur einmal – here in smalltown …langweilig war's

2015-03-12 22:55:30 ‹Mia›
XDXDXDXD Hallo Erotik ist doch nicht langweilig!! Vielleicht sollte ich etwas in Google und Facebook mit Erotik provozieren?

2015-03-12 22:56:16 ‹Mr. Dabbeljuh›
Nee, absolut nicht, aber diese Provinzmesse …

2015-03-12 22:56:57 ‹Mia›
Ich bin nicht in einer Provinz, ich bin in Leipzig.

2015-03-12 22:57:13 ‹Mr. Dabbeljuh›
Na, da bin ich neugierig. Ah, ok …..das hört sich besser an.

2015-03-12 22:57:57 ‹Mia›
Siehst du!
Sollen wir nicht schon Bubu gehen nach den drei Tausend Nachrichten XDXD

2015-03-12 22:59:40 ‹Mr. Dabbeljuh›
Willst du?

2015-03-12 22:59:58 ‹Mia›
Du?

2015-03-12 23:00:09 ‹Mr. Dabbeljuh›
Du musst ja irgendwann auch mal wirklich schlafen …

2015-03-12 23:00:26 ‹Mia›
Schlaf, was ist das?

2015-03-12 23:00:48 ‹Mr. Dabbeljuh ›
Nicht wirklich …

2015-03-12 23:01:27 ‹Mia›
Du machst dir Sorgen um meinen Schlaf, Mr. Dabbeljuh du echt süß …

2015-03-12 23:02.05 ‹Mia›
… bist …. vergessen

2015-03-12 23:01:53 ‹Mr. Dabbeljuh›
Keine Ahnung …habe zu wenig davon …kann ich noch genug haben wenn ich tot bin …

2015-03-12 23:03:04 ‹Mia›
Ich schlafe recht wenig, aber nachmittags 20 Minuten Bubu.

2015-03-12 23:05:03 ‹Mr. Dabbeljuh›
20 Minuten, das ist echt kein Schlaf … mehr nicht?

2015-03-12 23:05:51 ‹Mia›
Ich habe den abgerissen Vorhang gerade wieder gesehen, Mann oh Mann und jetzt weiß ich auch was von der Tür runtergefallen ist. Der Flucht und Rettungsplan.

2015-03-12 23:06:25 ‹Mr. Dabbeljuh ›
Oh, heb den gut auf …wichtig …

2015-03-12 23:06:50 ‹Mia›
Ich schlafe in der Nacht 6 Stunden.

2015-03-12 23:07:17 ‹Mr. Dabbeljuh›
Ah, ok …das lasse ich gelten …so viel schaffe ich oft nicht …

2015-03-12 23:08:18 ‹Mia›
Kannst du nicht durchschlafen?

2015-03-12 23:08:49 ‹Mr. Dabbeljuh›
Doch, hervorragend …ich gehe einfach zu spät ins Bett …

2015-03-12 23:09:30 ‹Mia›
Schläfst du dadurch nicht länger? Es ist alles Gewohnheit. Auch das frühe Aufstehen.

2015-03-12 23:10:31 ‹Mr. Dabbeljuh›
Nö, mein Rhythmus ist durch die komischen Arbeitszeiten durcheinander ….

2015-03-12 23:11:07 ‹Mia›
Ja ok, du arbeitest anders.

2015-03-12 23:11:31 ‹Mr. Dabbeljuh›
Ich weiß, auf der magischen Insel zum Beispiel bin ich fast immer mit Sonne aufgestanden – oder wach geblieben.

2015-03-12 23:11:52 ‹Mia›
Wie heißt sie denn? Ist das die mit dem Bild?

2015-03-12 23:12:09 ‹Mr. Dabbeljuh›
Wer? Ah, die Insel ….Werder, im Plauer See.

2015-03-12 23:13:05 ‹Mia›
Und wie heißt sie? Nicht die Insel

2015-03-12 23:14:04 ‹Mr. Dabbeljuh›
What?

2015-03-12 23:14:43 ‹Mia›
Ich habe es immer noch nicht verstanden.

2015-03-12 23:15:07 ‹Mr. Dabbeljuh›
Also, die Insel heißt »Werder«

2015-03-12 23:15:20 ‹Mia›
Das ist mir schon klar.

2015-03-12 23:15:41 ‹Mr. Dabbeljuh›
Was hast du nicht verstanden?

2015-03-12 23:16:33 ‹Mia›
Co-Borderliner ….??

2015-03-12 23:17:16 ‹Mr. Dabbeljuh›
Betroffener Angehöriger …ohne Fachkompetenz

2015-03-12 23:18:26 ‹Mia›
Warum schreibst du ohne Fachkompetenz? Wenn ich zu sehr quäle Bescheid sagen!

2015-03-12 23:19:35 ‹Mr. Dabbeljuh›
Weil ich irgendwas Psychomäßiges studiert hätte haben müssen, um helfen zu können …

2015-03-12 23:20:12 ‹Mia›
Mr. Dabbeljuh warum suchst du die Schuld bei dir?

2015-03-12 23:20:46 ‹Mr. Dabbeljuh›
Keine Ahnung, man ist einfach so hilflos …

2015-03-12 23:21:10 ‹Mia›
Ich verstehe …

2015-03-12 23:22:03 ‹Mr. Dabbeljuh›
Verantwortungsgefühle noch dazu …ist eine mörderische Mischung …

2015-03-12 23:22:58 ‹Mia›
Wir können nicht für alles zuständig sein, ich kenne auch das Pflichtgefühl.
Manche Sachen muss oder sollte man abgeben, denn dafür gibt es professionelle Helfer

2015-03-12 23:25:08 ‹Mr. Dabbeljuh›
Wenn der /die Betroffene will ….

2015-03-12 23:25:44 ‹Mia›
Mr. Dabbeljuh mein Akku ist von 100% jetzt runter auf 20 %

2015-03-12 23:25:49 ‹Mr. Dabbeljuh›
Ansonsten, wie mein Hausarzt mal sagte: viel Spaß …

2015-03-12 23:26:20 ‹Mia›
Mr. Dabbeljuh, ich mache dir keine Vorwürfe, ich will es nur verstehen

2015-03-12 23:26:32 ‹Mr. Dabbeljuh›
Na, kein Wunder …bei 4000mails …den Akku meinte ich … dann muss ich jetzt auch noch die 4001te schreiben – schön, dass es Dich gibt!!

2015-03-12 23:32:21 ‹Mia›
Und ich finde es schön, dass es dich gibt.
Wir sollten doch jetzt Bubu gehen, ich bedanke mich bei dir für den schönen und lustigen Abend und wünsche dir eine gute Nacht

2015-03-12 23:38:25 ‹Mr. Dabbeljuh›
Dir auch Danke Mia- schlaf schön, merk dir was du träumst (wenn man irgendwo zum ersten Mal schläft ist das spannend) und morgen früh dann fröhlich aufgeschaut und munter in den neuen Tag

2015-03-12 23:39:36 ‹Mia›
Ein Lied noch whenever i say your name und dann ruft auch das Land der Träume, das kenn ich mit dem ersten Mal schlafen und dem Traum.

2015-03-12 23:39:56 ‹Mr. Dabbeljuh ›
Musst mir dann mal berichten, bin doch sooo neugierig?

2015-03-12 23:40:54 ‹Mia›
Wenn es erotisch sein wird, sag ich kein Wort!

2015-03-12 23:41:17 ‹Mr. Dabbeljuh›
Ich meinte eigentlich deinen Tag morgen, aber zum Traum passt es auch- och menno …

2015-03-12 23:42:23 ‹Mia›
Ich kenn das nur mit dem Traum. XDXDXDXD. So gute Nacht jetzt!!

2015-03-12 23:43:58 ‹Mr. Dabbeljuh›
Gute Nacht Mia!

2015-03-13 06:36:39 ‹Mia›
Guten Morgen Mr. Dabbeljuh, du bist schon wach, habe ich eben bei G+ gesehen:-)))))). Mein Internet streikt jetzt ganz. Keine Musik, kein Kaffee im Bett und fünftausende Nachrichten von gestern Abend :-)))))) ich habe heute so grob drüber schaut, Mr. Dabbeljuh das ist der Wahnsinn, wie wir uns gestern ausgetobt haben, ich schreibe schon mal Whatsapp, aber nicht 5 Stunden:-)))))))))))))) ich muss den Vorhang an der Rezeption

beichten! So ich werde jetzt unter den warmen Regen gehen:-))))))

2015-03-13 08:50:25 ‹Mia›
Mr. Dabbeljuh bekommt man bei Hangouts auch eine Benachrichtigung, wenn da eine Nachricht ist? War bei mir noch nicht der Fall.

2015-03-13 08:53:26 ‹Mr. Dabbeljuh›
Schönen guten Morgen Mia ☺ ich war einmal kurz wach …musste aber noch bisschen drauflegen, sonst mache ich heute Abend schlapp …schlimmstenfalls haben wir Sachen zu tun vergleichbar mit Umzug … und schwächeln gilt dann nicht☺ Keine Musik und keinen Kaffee geht ja gar nicht …solltest das bemängeln und sagen dass der Vorhang dich angefallen hat! Vielleicht gibt's dann als Entschädigung einen Sekt zum Frühstück, hihi, ausgetobt ist gut …so etwas hatte ich wirklich noch nie, unglaublich wunderbar und so viel lauthals gelacht, fing eben fast schon wieder an! Warmer Regen hört sich vielverlockend an, mach ich auch gleich, Fotos(nicht viele) von gestern sichten, Mails beantworten …und Mia schreiben. Du bist sicher schon unterwegs, so früh wie Du auf warst …
Oh, oh, muss sofort Telefonaktion starten …unsere Theaterleitung weiß nicht, dass Streik zum Grundrecht gehört und droht einigen Kollegen.

2015-03-13 08:59:59 ‹Mia›
Bis später und ich wünsche dir einen wundervollen Tag! Das sag ich: der Vorhang hat mich angefallen! Ich be-

komme nicht angezeigt, wenn du geschrieben hast, dann schaue ich einfach so ab und zu bei Hangouts rein. Mr. Dabbeljuh ich könnte mich vor Lachen wieder kringeln.:-)))))))))))))))))

2015-03-13 10:12:39 ‹Mr. Dabbeljuh›
…ich habe das Problem bei Hangouts manchmal auch … ☺ never mind …ich guck jetzt sicher öfter mal nach, ich mache hier gerade Multitasking, mein Telefon läuft heiß, SMS, Whatsapp, Email … gibt richtig Stress im Theater … ..unsere Chef's benötigen aber wohl mal Update;);) Habe eben Hilfe in Berlin angefordert, Bundesvorstand Verdi …jetzt muss ich Kollegen beruhigen …manchmal können Ehrenämter auch bisschen nerven …am besten lese ich zwischendurch unsere Mails, damit mir das Lachen nicht vergeht … das war so schön heute früh mit einem Lächeln aufzuwachen!! Dir auch einen wundervollen Tag, Du hast ja ein reizvolles Programm;)

2015-03-13 10:17:26 ‹Mr. Dabbeljuh›
By the way, I'm wearing the smile you gave me!

2015-03-13 11:23:14 ‹Mia
Danke dir, ich auch!

2015-03-13 11:31:10 ‹Mia›
Habe heute Morgen den Vorhang gemeldet, hängen mir heute mehrere hin damit ich mich heute Abend wieder austoben kann!!!!

2015-03-13 11:36:05 ‹Mr. Dabbeljuh›
…laaach, sehr fürsorglich die Leute im Hotel …das kommt als + in die Bewertung, ne … ☺

2015-03-13 12:04:57 ‹Mr. Dabbeljuh sendet ein Foto von lila Tulpen in der Vase, welche auf einem Tisch stehen

2015-03-13 12:05:54 ‹Mr. Dabbeljuh›
… new for you …

2015-03-13 12:52:56 ‹Mia›
Mr. Dabbeljuh sehr schön, mache mich nicht verlegen!!

2015-03-13 12:58:46 ‹Mr. Dabbeljuh›
Nein, will ich doch gar nicht …nur eine kleine Freude machen!

2015-03-13 14:38:20 ‹Mia›
Ich finde es echt schön, dass du als Mann dir für die Wohnung Blumen kaufst, auch das ist ein Gewinn an Lebensqualität. So, ich habe mein Soll für heute erfüllt, werde eine kleine Augenpflege machen und um 17.30 h ins Theater gehen. Das Stück heißt »Read of Rama. Alles außer Wasserglas«. Und stell dir vor habe die vorletzte Karte für die Oper Morgen bekommen. Premiere Madame Butterfly, ich bin schon sehr gespannt.
Ach, der Vorhang hängt wieder XDXDXDXD und der Fluchtplan auch XDXDXD
Ich wünsche dir viel Spaß in der Arbeit und lass dich nicht stressen!

2015-03-13 14:51:07 ‹Mr. Dabbeljuh›
Flower Power muss sein :) ich als alter Hippie mag das :) Viel Spaß nachher im Theater, ich bin schon drin;) ok, falsches Theater, falsche Seite der Bühne …Madame Butterfly ist schön, du hast echt Glück gehabt. Premiere ist immer aufregend für alle, keiner weiß, ob alles klappt … Vorhang hängt wieder? Vorbereitet für heute Abend …lach …

2015-03-13 14:52:28 ‹Mia›
Wenn man nicht weiß, was alles passieren kann, dann ist es am Schönsten
Ich werde mir Mühe geben, dass er mich wieder anfällt ☺
Und schön lächeln Mr. Dabbeljuh, bis bald!!!

2015-03-13 14:54:44 ‹Mr. Dabbeljuh›
Bin schon wieder dabei ☺

2015-03-13 ‹Mia›
Wenn wir jetzt nicht aufhören, bekomme ich Falten ins Gesicht, weil ich nicht mehr normal schauen kann

2015-03-13 14:57:28 ‹Mr. Dabbeljuh›
Grüße den Vorhang, habe vollstes Verständnis in seiner Situation

2015-03-13 14:57:42 ‹Mia›
Ich werde zur Chinesin, Hilfeeeeee

2015-03-13 14:57:57 ‹Mr. Dabbeljuh›
Lachfalten sind schön

2015-03-13 14:58:09 ‹Mia›
Muss dann mein Profilbild ändern

2015-03-13 14:59:49 ‹Mr. Dabbeljuh›
Ok, muss jetzt auf die Bühne …

2015-03-13 15:00:03 ‹Mia›
Mr. Dabbeljuh ich mach jetzt aus und schaue nicht mehr, ich lach mich hier kringelig ☺ gut dass mich keiner beobachtet!!

2015-03-13 15:01:04 ‹Mr. Dabbeljuh sendet einen Engel-Smiley

2015-03-13 16:48:21 ‹Mia›
Stell dir vor, ich habe bis jetzt Bubu gemacht, ist wohl alles anstrengender, als ich dachte

2015-03-13 16:51:06 ‹Mr. Dabbeljuh› …
na ist doch prima …besser als im Theater;) habe ich schon geschafft als Zuschauer
…und bist ja schon lange auf, wie war eigentlich dein Tag …Messe? Oh, sehe gerade …Du musst Kette geben …ist gleich 17h …viel Spaß!

2015-03-13 17:17:27 ‹Mia›
Mein lieber Mr. Dabbeljuh, du fängst an zu kombinieren, ich merke es, ich schreibe dir das ein anderes Mal. Im Theater als Zuschauer einzuschlafen, dann muss man sehr müde oder es muss sehr langweilig sein. Ich mag Theater sehr, war in Dresden jeden Tag drin, konnte da

aber darauf fast spucken, so nah hatte ich es. Man die Zeit rennt, bis dann!

2015-03-13 17:20:29 ‹Mr. Dabbeljuh›
…na hopp, …los, …sonst lassen sie dich nicht mehr rein …kenne doch die strengen Schließer;)

2015-03-13 17:51:59 ‹Mia› sendet Mr. Dabbeljuh ein Foto von einem Cappuccino
Mr. Dabbeljuh hab zu lange geschlafen, etwas Koffein, die lassen mich schon rein, der Verkehr war das Problem, deshalb so früh los. Einlass um 18. 30 h und Beginn erst um 19 h
Übrigens bin ich 42 Jahre voller Unsinn!!!

2015-03-13 17:57:30 ‹Mr. Dabbeljuh›
Kaffeeee, ich auch haben wollen …

2015-03-13 17:57:49 ‹Mia›
Übrigens finde ich es schön, dass du mich magst ohne zu wissen wer ich bin!
Es war mir klar, dass du auch etwas Koffein brauchst, deshalb habe ich dir doch das Bild geschickt

2015-03-13 18:00:07 ‹Mr. Dabbeljuh›
Ah, Handydeckel abmachen ist angesagt, coffee komm raus …!

2015-03-13 18:00:22 ‹Mia›
☺

2015-03-13 18:01:34 ‹Mr. Dabbeljuh›
Hatte mich schon gewundert …so früh Theater, aber jetzt versteh ich

2015-03-13 18:02:39 ‹Mia›
Feierabendverkehr und Messe, da sind ganz viele Menschen unterwegs

2015-03-13 18:02:43 ‹Mr. Dabbeljuh›
…und das 42 die ultimative Zahl ist weißt Du?

2015-03-13 18:02:59 ‹Mia›
Nein, erkläre, ultimative Zahl???

2015-03-13 18:06:03 ‹Mr. Dabbeljuh›
…»per Anhalter durch die Galaxis« Buchserie von Douglas Adams …

2015-03-13 18:07:36 ‹Mia›
Habe noch nie davon gehört!! Kann es auch schlecht googlen, (da Internet = was ist das?) bei mir nicht richtig funktioniert.
Ach also 42 ist die Antwort auf die Fragen auf das Leben!! Habe gerade mein Handy mit Internet gequält.

2015-03-13 18:13:58 ‹Mr. Dabbeljuh›
… die lustigsten Bücher überhaupt …der hat Wort/Satzkreationen zum Tränen lachen, lese ich ab und zu mal, wenn mir die Ernsthaftigkeit des Täglichen zu doof

vorkommt ...könnte Dir gefallen ...ist aber gefährlich, könnte sogar sein das du noch alberner von wirst.
– Rrrichtig, das ist die Antwort: 42

2015-03-13 18:16:05 ‹Mia›
Dann sollte jeder Angst bekommen, auch der Vorhang ☺ Meine Mutter sagt immer: Mia, ich habe Angst um dich, und ich antworte: »Mama ich nicht!«

2015-03-13 18:19:07 ‹Mr. Dabbeljuh›
... hihi, nee, Angst hätt ich auch nicht;) versteht deine Ma keinen Spaß?

2015-03-13 18:19:39 ‹Mia›
Mr. Dabbeljuh werde das Café jetzt verlassen und es wird hoffentlich spannend, bis bald.

2015-03-13 18:20:49 ‹Mia›
Nein, meine Mama liebt mich sehr, ist aber eine Spaßbremse, das ist mein Spitzname für sie, das weiß sie natürlich nicht ☺

2015-03-13 18:37:54 ‹Mia schickt ein Foto von der Theatertreppe, die mit einem roten Teppich ausgelegt ist

2015-03-13 18:42:38 ‹Mia›
Mr. Dabbeljuh, der rote Teppich ist für das Leben ☺

2015-03-13 18:42:52 ‹Mr. Dabbeljuh›
Solche Texte liebe ich ...irgendwie ist man nach dem Lesen verwirrter als sowieso ...

Hey, sieht ja auch schick aus da …Theater haben schon was …:) …und super von den Kollegen; das sie extra für dich den Teppich gelegt haben.

2015-03-13 20:05:46 ‹Mia›
Verwirrt ist immer gut
Warum solltest du auch nicht verwirrt sein, wenn ich mit beiden Beinen im Leben stehe und ab und zu oder immer lila Wolken mag. Pause zu Ende!!

2015-03-13 22:39:15 ‹Mia›
Mr. Dabbeljuh ich bin in diesen Tagen besonders glücklich, weil ich einen Menschen kennenlernen durfte, der mir ein ständiges Lächeln auf den Weg gibt. Ich danke dir sehr!!

2015-03-13 23:22:33 ‹Mr. Dabbeljuh›
Mia, jetzt machst du mich ein wenig verlegen! Mir geht's doch genauso, dafür müsste ich dir danken …Ok, gegenseitig:) ich sprudele förmlich über vor glücklich fühlen …unglaublich schön! So, sitze jetzt im Auto, Feierabend, ab nach Hause …wie war das Theater? Neugier, Neugier ;)

2015-03-13 23:40:29 ‹Mia›
Mr. Dabbeljuh, es war eine große Bereicherung, wie alles in diesen Tagen, ich habe gelächelt, laut gelacht und auch ein paar Tränen vergossen, weil mich ein Vortrag so berührt hat. Es war sooo unglaublich schön. Sitze im Bettchen, habe eine Zigarette heimlich am Fenster geraucht und versuche den Vorhang im Zaum zu halten.

Und zurzeit funktioniert das Internet und ich kann nicht anders als Sting zu hören. Nichts könnte besser sein, wenn es noch besser wäre könnte man es kaum aushalten!
Ach und dann genieße ich das Schreiben mit dir, denn ab Montag werde ich nicht mehr so viel Zeit haben

2015-03-13 23:45:05 ‹Mr. Dabbeljuh›
Ich schreib gleich ...Sekunde ...

2015-03-14 00:02:26 ‹Mia›
Wie war es denn bei dir?

2015-03-14 00:04:22 ‹Mr. Dabbeljuh ›
So, Heizung an, Kerzen an, Straßenklamotten aus ... bisschen gemütlich muss sein ...gut fühlen, glücklich sein hab ich lange vermisst, dachte geht gar nicht mehr ...geht aber wohl, schööön ist das ...ich würde auch noch viel mehr aushalten, lach Musik kann ich wieder hören ...mit Mia schreiben ...Yippie:) war das ein Vortrag oder Theaterstück, den Text hatte ich nicht so wirklich verstanden was genau da passiert ...heute war etwas lahm bei uns ...Beleuchtungsprobe für neues Stück ...langweilig, außer Umbauten ...Morgen ist wieder Vorstellung, da geht die Post ab ...

2015-03-14 00:08:55 ‹Mia›
Nichts Schlimmes Mr. Dabbeljuh, es hat mich einfach berührt, es ging da um das Älterwerden und sich nicht mehr wieder erkennen, der eine Mensch weiß nichts mehr und der andere schwebt in Erinnerung, wie es mal war.

2015-03-14 00:10:43 ‹Mr. Dabbeljuh›
Hast Du schon entdeckt, wie Benachrichtigung Ding Dong bei Hangouts geht? Es ist bei Einstellungen … aber klappt manchmal trotzdem nicht … es ist Google halt … lach

2015-03-14 00:10:55 ‹Mia›
Das Stück im Theater nennt man Slam, viele junge Menschen tragen in ca. sechs Minuten einen Text vor, mit verschiedenen Themen
Nein, Frauen und Technik, mache ich wenn ich zu Hause bin, hier googelst dich tot bei dem WLAN ;)

2015-03-14 00:12:52 ‹Mr. Dabbeljuh›
… cool, solche oder ähnliche Events versuchen sie bei uns auch … fürs junge Publikum … die Alten streiken dann immer … ;)

2015-03-14 00:12:54 ‹Mia›
Also jeder von ihnen hat 6 Minuten
Kommst du immer so spät?
Wenn aber keine Vorführung ist, könnte man doch früher alles erledigen, oder?

2015-03-14 00:16:29 ‹Mr. Dabbeljuh›
Das ist ja bisschen zweideutig, lach … ;) Morgen noch später … normal bis 23h … muss ja abgebaut werden …

2015-03-14 00:16:45 ‹Mia›
Ok
Ich habe Morgen von 10 h bis 17 h Programm

2015-03-14 00:18:59 ‹Mr. Dabbeljuh›
... .und Frühdienst ist bis 16.30 bei uns ... Morgen 15.30h bis 0.00h

2015-03-14 00:20:08 ‹Mia›
Deshalb schreibe ich noch etwas mit dir, wenn du aber müde bist, können wir auch aufhören, fühle dich weder verpflichtet noch gezwungen!
Hast du auch 2 Schichten oder machst du nur Spätdienst?

2015-03-14 00:22:11 ‹Mr. Dabbeljuh›
Ich habe vorhin mein Foto geguckt, welches ich bei G+ eingestellt habe-unglaublich ... gestern nachts bei Hobbyfoto rein und schon in der besten 30+Liste ... :D

2015-03-14 00:22:41 ‹Mia›
Muss ich gleich mal schauen

2015-03-14 00:24:11 ‹Mr. Dabbeljuh›
Dienst ist immer wechselnd ... manchmal auch zwei am Tag ... Bin nicht müde, schon gar nicht wenn ich mit dir schreiben darf!
Wow, meine Zweige sind am blühen ☺

2015-03-14 00:27:34 ‹Mr. Dabbeljuh schickt ein Foto mit Zweigen, welche in der Farbe Rosa blühen

2015-03-14 00:28:47 ‹Mia›
Zweige?? Mr. Dabbeljuh, ich gratuliere dir, es ist ein wirklich sehr schönes Foto bei G+, ich finde bis jetzt

alle Fotos von dir sehr schön. Nicht dass du jetzt eingebildet wirst!!

2015-03-14 00:29:09 ‹Mr. Dabbeljuh›
… upps, verdreht …


2015-03-14 00:29:32 ‹Mia›
Wenn man auf das Foto drauf klickt ist es richtig.

2015-03-14 00:29:55 ‹Mr. Dabbeljuh›
… ah, guter Tipp …

2015-03-14 00:30:28 ‹Mia›
Sehr, sehr schön was sind das für Zweige?

2015-03-14 00:32:08 ‹Mr. Dabbeljuh›
Nein, ich werde nicht eingebildet … ich weiß, dass ich schöne Momente festhalten kann, bin glücklich, dass es mal wieder gewürdigt wird …

2015-03-14 00:32:53 ‹Mia›
Bravo!!!

2015-03-14 00:34:06 ‹Mr. Dabbeljuh›
… äh, eine Pflaume … glaube ich … ich frag noch mal … das war neulich das versprochene Geschenk, kleines Geschenk, wegen Hilfe im Garten …

2015-03-14 00:36:10 ‹Mia›
Der Frühling kann also kommen, ab Montag kommt er wohl. Hier in Leipzig ist es noch recht kalt.

2015-03-14 00:37:53 ‹Mr. Dabbeljuh›
… hier auch, brrrr … wird Zeit, ich mag lieber warm … warme Luft und Sonne auf der Haut spüren …

2015-03-14 00:39:44 ‹Mia›
Ich war heute Nachmittag ganz schön k.o. nach dem Schlaf, fast 2 Stunden habe ich geschlafen
Ich brauche auch Sonne zum Fotografieren, sonst wird das mit den lila Wolken nichts☺

2015-03-14 00:42:40 ‹Mr. Dabbeljuh›
Das mit den lila Wolken ist überhaupt das verrückteste was mir je passiert ist … .

2015-03-14 00:42:57 ‹Mia›
Mr. Dabbeljuh um 1 Uhr machen wir Schluss, es überkommt mich so langsam aber sicher die Müdigkeit XDXDXDXDXDXD
Du bist Schuld, du hast das Lied bei G+ eingestellt XDXDXD

2015-03-14 00:44:39 ‹Mr. Dabbeljuh›
Es ist ok, Du stehst ja bestimmt wieder früh auf … ich glaube, ich hab ich dich eh schon genug durcheinander gebracht …

2015-03-14 00:44:45 ‹Mia›
Hab es mir gerade angemacht, Mmmh lila Wolken

2015-03-14 00:45:23 ‹Mr. Dabbeljuh›
Gib mir ruhig die Schuld, es trifft auf keinen Fall den Falschen, lach …

2015-03-14 00:45:30 ‹Mia›
Nein, pass auf, dass ich dich nicht durcheinander bringe

2015-03-14 00:46:34 ‹Mr. Dabbeljuh›
… nee, nicht durcheinander … puzzle wieder zusammengefügt!

2015-03-14 00:46:46 ‹Mia›
Ich sehe, dass du lächelst!

2015-03-14 00:47:05 ‹Mr. Dabbeljuh›
Jaaaaaaaa

2015-03-14 00:48:22 ‹Mia›
Was für ein Puzzle hat denn gefehlt oder war verrutscht??

2015-03-14 00:48:41 ‹Mr. Dabbeljuh›
Ich oder wir … me, myself and I … sagen die Rasta Freaks immer …

2015-03-14 00:50:38 ‹Mia›
Wenn man auf den Boden fällt, darf man sich für eine gewisse Zeit ausruhen, um wieder aufzustehen.

2015-03-14 00:51:46 ‹Mr. Dabbeljuh›
… ich schwebe …

2015-03-14 00:51:59 ‹Mia›
☺

2015-03-14 00:52:05 ‹Mr. Dabbeljuh›
☺

2015-03-14 00:52:47 ‹Mia›
Mr. Dabbeljuh, Mr. Dabbeljuh … … .

2015-03-14 00:53:11 ‹Mr. Dabbeljuh›
Du hast mit Schuld … :D

2015-03-14 00:53:24 ‹Mia sendet ein Bild mit einem Dreieck und in dem ein Ausrufezeichen drin ist für Vorsicht.

2015-03-14 00:53:53 ‹Mr. Dabbeljuh›
Genau:)

2015-03-14 00:54:13 ‹Mia›
Ich bin unschuldig, ich bin nur unsinnig

2015-03-14 00:54:56 ‹Mr. Dabbeljuh›
… weiß ich doch … meine eigene Schuld … aber so schööön! Muss ja erstmal über »unsinnig« sinnieren … was bedeutet das eigentlich?
… Puuh, soviel und schnell, wie ich denke kann ich nicht tippen …

2015-03-14 01:00:36 ‹Mia›
Was bedeutet das jetzt? Also, als du mich kennengelernt hast, ist alles unsinnig, ich verkörpere den Unsinn in Person, ich habe meine Pflichten und die halte ich auch ein, sonst halte ich mich an keine Regel ☺
Ich sage offen meine Meinung und manchmal mache ich Fettnäpfchenwetthüpfen XDXDXD

2015-03-14 01:03:26 ‹Mr. Dabbeljuh›
Ok, Unsinn im Köpfchen ist schon mal gut, bisschen peinlich(für andere) dazu und albern … ich glaub, DICH mag ich … Fettnäpfchenwetthüpfen ist guuuut!!! … muss schon wieder lachen …
Hey … du hast die Zeit überzogen …

2015-03-14 01:05:37 ‹Mia›
Hast du das Wort noch nie gehört?

2015-03-14 01:05:50 ‹Mr. Dabbeljuh›
Nee

2015-03-14 01:06:09 ‹Mia›
Das kann doch gar nicht sein!

2015-03-14 01:06:20 ‹Mr. Dabbeljuh›
… aber jetzt, hab ich nen Namen für das was ich oft mache …

2015-03-14 01:06:35 ‹Mia›
Und … ??

2015-03-14 01:07:51 ‹Mr. Dabbeljuh›
Naja, rein latschen ... dumm aus der Wäsche gucken, sorry sagen, umdrehen und grinsen ...

2015-03-14 01:08:23 ‹Mia›
Ich muss dir etwas über Google schicken XDXDXDXD

2015-03-14 01:08:56 ‹Mr. Dabbeljuh›
Ja, lach ... mach mal ...
... wieso über Google – Hangouts ist doch auch Google.

2015-03-14 01:09:59 ‹Mia›
Zu spät schon gemacht!

2015-03-14 01:11:17 ‹Mr. Dabbeljuh›
Ja, mein Mr. Dabbeljuh-Google sagt das Mia was sagt ... ich guck mal.

2015-03-14 01:11:39 ‹Mia›
XDXDXDXD Und es ist wieder lila.

2015-03-14 01:14:31 ‹Mr. Dabbeljuh›
Jau!! ... .ist mir in letzter Zeit mal aufgefallen wie viel und was alles lila ist – unglaublich ... ist mir vorher nie sooo bewusst gewesen.

2015-03-14 01:15:55 ‹Mia›
XDXDXDXD ... Ich könnte mich echt kaputt lachen.

2015-03-14 01:16:58 ‹Mr. Dabbeljuh›
Nee, nicht kaputt machen ...

2015-03-14 01:17:44 ‹Mia›
Ich habe bald Muskelkater in meinem Gesicht.

2015-03-14 01:17:57 ‹Mr. Dabbeljuh›
… hier, hör mal … guck mal auf die Uhr … 01 Uhr hast du gesagt … und nun?

2015-03-14 01:18:22 ‹Mr. Dabbeljuh›
Ich hab schon ausgeprägte Muskeln auf den Bäckchen … jetzt geht das schon wieder los … so kann ich nicht arbeiten … würden unsere Regieteams sagen …

2015-03-14 01:20:49 ‹Mia›
Ohhhh Mr. Dabbeljuh, führe dich nicht auf wie mein Erziehungsberechtigter XDXDXDXD ich rauche noch eine zum Abschluss! Ich weiß es ist schon spät, aber was kann ich dafür …

2015-03-14 01:22:10 ‹Mr. Dabbeljuh›
Google mal, wenn Du Zeit hast »Bühnenkrankheit« … zum Ablachen … und fast wie im richtigen Leben und Theater.

2015-03-14 01:22:32 ‹Mia›
Mache ich.

2015-03-14 01:23:14 ‹Mr. Dabbeljuh›
Ich muss mal … mache mir sonst vor Lachen in die Hose …

2015-03-14 01:23:36 ‹Mia›
Ist gestattet XDXDXDXD
Sehr gnädig von mir, gell

2015-03-14 01:25:33 ‹Mr. Dabbeljuh›
Puuh, das war knapp … ;)

2015-03-14 01:26:05 ‹Mia›
Gut dass du kein Foto geschickt hast XDXDXD

2015-03-14 01:27:02 ‹Mr. Dabbeljuh›
… nee, besser ist das … wuuuh, ich krieg nen Lachkrampf … hiiilfeeee … wenn du mich hier sehen, auweia … könntest … … fehlte da noch … vielleicht sollten wir das Lachzeugs vermarkten … .

2015-03-14 01:32:10 ‹Mia›
So Leid mir das tut, ich gehe jetzt Bubu, aber man soll ja aufhören, wenn es am Schönsten ist. Also gute Nacht Mr. Dabbeljuh!!

2015-03-14 01:33:04 ‹Mr. Dabbeljuh›
Jupp, ok – ist eh schon laaaange überzogen … schlaf schön

2015-03-14 01:33:14 ‹Mia›
Ich finde mein Schlafkleid nicht, hoffentlich hat es die Putzfrau nicht … .

2015-03-14 01:33:40 ‹Mr. Dabbeljuh›
Kleid?

2015-03-14 01:34:02 ‹Mia›
Ja Schlafkleid, denn sollte ich im Schlaf sterben, dann schön, immer noch nicht gefunden XDXDXDXD

2015-03-14 01:35:56 ‹Mr. Dabbeljuh›
Mmmh, interessanter Gedanke … ich zieh mir nur was an wenn mir kalt ist … .

2015-03-14 01:36:23 ‹Mia›
XDXDXDXD

2015-03-14 01:37:04 ‹Mr. Dabbeljuh›
Gefunden?

2015-03-14 01:37:24 ‹Mia›
Ich muss jetzt unschön ins Bettchen gehen, nein nicht gefunden

2015-03-14 01:37:34 ‹Mr. Dabbeljuh›
Ha, es gab doch sowas wie Eva-Kostüm, ne … .

2015-03-14 01:37:59 ‹Mia›
Mir ist kalt B-)B-)B-)B-)

2015-03-14 01:38:35 ‹Mr. Dabbeljuh›
… na, das ist doof … T-Shirt? zur Not? … am besten sind Wärmflaschen mit Ohren …

2015-03-14 01:39:47 ‹Mia›
XDXDXDXD so habe jetzt was anderes an, gute Nacht zum 2ten Mal

2015-03-14 03:18:40 Mr. Dabbeljuh sendet ein Bild mit einem Baum im Sonnenuntergang mit dem Spruch: Manchmal kann man nicht erklären, was an einem Menschen so besonders ist. Es ist die Art, wie er mit dir umgeht und dich die Welt mit anderen Augen sehen lässt.

2015-03-14 07:02:38 ‹Mia›
Guten Morgen Mr. Dabbeljuh, habe bis jetzt Bubu gemacht. Du warst aber lange wach, habe eben das Lied gehört und Mr. Dabbeljuh, ich könnte mich fast wieder wegschmeißen, denn ich trage seit langem fast nur Schwarz, auch mein Schlafkleid ist Black. Ich mag Farben sehr, aber selten als Kleidung. Wo ist nur mein Kaffee? Man kann sich auf sein Personal nicht verlassen. Alles muss man alleine machen. Ich habe so eine Lust Kaffee zu trinken, das ich das Bettchen wohl verlassen werde, den warmen Regen auf mich prasseln lassen werde und mich Black kleiden werde!!
Ein sehr schöner Spruch, kenne ich, hat mir meine Freundin mal per Mail geschickt. Und irgendwie ist er sehr wahr.

2015-03-14 09:15:32 ‹Mr. Dabbeljuh›
Guten Morgen liebe Mia :) du hast ja wirklich lange geschlafen ;) ja und ich war noch länger wach … bisschen Musik gehört … fand den Song so witzig, der Text passt irgendwie, ich hab fast nur schwarze Klamotten bis auf paar quietschbunte :D deshalb habe ich auch den Job am Theater genommen, müssen auch schwarz tragen ;) aber gelogen ist das alle anderen Farben lügen (singt sie) …

Dass dir keiner Kaffee ans Bettchen bringt, geht ja gar nicht, wissen die gar nicht, wen Besonderes sie da schlafen lassen dürfen?

2015-03-14 09:21:10 ‹Mr. Dabbeljuh sendet den Spruch:
Danke, dass du das bist, was du bist. Ich hoffe, dass du nie vergisst, dass das was du bist, was ganz Besonderes ist.

2015-03-14 09:25:02 ‹Mia›
Mr. Dabbeljuh, ich bin wer ich bin, für einige etwas Besonderes, doch für die Welt eine kleine Erbse und das auch gerne. Und außerdem machst du mich verlegen, das ist dir ab sofort untersagt!!
P. S habe Schlafkleid gefunden- war wohl gestern sehr spät!!
Ich fahre gleich los, melde mich ab und zu bei dir. Einen wunderschönen Tag für dich!!!!

2015-03-14 09:29:38 ‹Mr. Dabbeljuh›
… kleine Erbse, hihi … merke ich mir;)
… ja war ein wenig spät … kannst dann das Kleid ja jetzt anziehen, lach …
Dir auch einen schönen Tag? Wünsche Dir das alles klappt was Du vorhast …

2015-03-14 09:41:20 ‹Mia›
Die würden sich wundern, wenn ich damit antanzen würde. Ich sage nur Stil und Moral, so fern und doch so nah!

2015-03-14 09:41:55 ‹Mr. Dabbeljuh›
☺

2015-03-14 12:32:31 ‹Mia›
Die Zeit verfliegt, macht Spaß -auch ohne Schlafkleid XDXDXD

2015-03-14 14:16:21 ‹Mr. Dabbeljuh›
Oh, böses Hangouts ... hat nicht »bling« gemacht ... :) Ich bin jetzt ready to go ... hab die Haare schön, geschniegelt und gestriegelt, Essen eingepackt, Staub gesaugt, Wäsche gefaltet und so weiter und sofort ...
Was machst Du eigentlich dort?
Ich hoffe die Kollegen haben schon einen Teil von »Chenier« aufgebaut, sonst wird's eng nachher ... schönes Stück und Bühnenbild eigentlich, aber viiiel zu tun ... .und Abbau dann auch noch ... .könnte mir mindestens paar Dinge vorstellen die ich jetzt lieber täte!! Wollte eigentlich auch zur »WorldBeatParty« ... aber mal schauen ob das dann noch lohnt sooo spät ... (geht nur bis 01h-sehr Arbeitnehmerunfreundlich ;)) ... so, muss langsam los ... bis später auf diesem Kanal!

2015-03-14 14:41:56 ‹Mia›
Mr. Dabbeljuh hoffentlich wirst du nicht umfallen, wenn ich dir schreibe was ich hier mache ☺schreibe dir später, mache es noch etwas spannend!!

2015-03-14 14:55:09 ‹Mia›
Deine Vorstellungen solltest du im Zaum halten, da ich vergeben bin

Mr. Dabbeljuh, ich hoffe du bist nicht zu sehr geschockt. Ich bin hier jetzt fertig und in einer Stunde geht es weiter, ganz liebe Grüße

2015-03-14 17:05:16 ‹Mr. Dabbeljuh›
Umfallen?? Machst es ja wirklich spannend … ok, dann warn mich vor damit ich mich hinlegen kann vorher, ich übe ja fleißig, auf dem Teppich zu bleiben, trotz dass ich recht phantasievoll sein kann!! Dass du einen Freund hast, habe ich mir gedacht, mich nur gewundert das du stundenlang mit MIR rumalberst anstatt mit ihm … hatte ja auch befürchtet das es dir zu viel werden könnte … aber nö, 6000 Mails in wenigen Stunden, wow:-)))))Solange das für dich ok ist und ich nichts Heiles gefährde oder gar Morddrohungen bekomme(hatte ich mal;)) ist doch alles gut, genieß es wenn du kannst:) Bin nicht geschockt, keine Panik? Ich mag dich, ok … so oder so, oder anders … egal … das war sooo intensiv das krieg ich nicht mehr weg. Der Platz im meinem Herzen ist dir sicher:)

2015-03-14 17:20:35 ‹Mia›
Du bist doch mein Brieffreund!! Da muss man doch schreiben. Morddrohungen bekommst du keine:):)- Style mich jetzt für die Oper und wenn du feiern gehst viel Spaß!!!!! Ich mag dich auch :):):)
P.S. Habe jede einzelne Nachricht genossen

2015-03-14 17:28:09 ‹Mr. Dabbeljuh›
Ich auch Mia!

2015-03-14 17:28:31 ‹Mia›
Ich werde dich nicht mehr bei der Arbeit stören, sonst bekommst du Ärger!!

2015-03-14 17:28:39 ‹Mr. Dabbeljuh›
… kurze Pause hier …

2015-03-14 17:29:11 ‹Mia›
Ich muss immer noch unheimlich lächeln und das ist prima so!!

2015-03-14 17:31:45 ‹Mr. Dabbeljuh›
… schreib ruhig weiter, ich kann nur nicht immer gleich bald antworten, wenn ich auf der Bühne alle Hände voll habe. So, nun mach dich schick für die Oper und genieße die nachher!

2015-03-14 17:35:38 ‹Mia›
Mr. Dabbeljuh, es ist heute total verrück und schön gewesen, ich habe diese 4 Zettel von fremden Menschen geschenkt bekommen. Das sind meine Schlagwörter, das weiß aber keiner. Zufall oder Schicksal XDXDX-DXD

2015-03-14 17:36:12 ‹Mia sendet ein Foto mit den 4 Zetteln, darauf steht: Liebe, Freiheit, Geheimnis und Spannung

2015-03-14 17:46:23 ‹Mr. Dabbeljuh›
Zufälle … gibt's nicht?
… weiß ich ganz sicher … das ist sehr spannend, schreib

mal was es mit den Zetteln auf sich hat … :) … lila magische Energie:)

2015-03-14 18:32:40 ‹Mia›
Mr. Dabbeljuh, wenn du nichts mehr hörst oder zu lesen bekommst, mein Akku ist fast leer :) =DXDXDXD

2015-03-14 18:35:09 ‹Mr. Dabbeljuh›
Lach XDXDXDXD meiner auch … aber ich hab Ladegerät dabei
… bin angeschlossen, war nur noch 8%Akku … lach ich könnte mich schon wieder kringeln vor Lachen … unsere Vorstellung wird wohl nicht pünktlich anfangen … Beleuchtung hat Probleme … grrr … naja, das ist halt »live« und ungeschnitten …

2015-03-14 19:59:18 ‹Mia›
Ich bin auf 30%und kein Ladegerät dabei XDXD Madame Butterfly ist sehr dramatisch und gefühlvoll. Echt schön. Habe Hunger!! Und bin müde!!

2015-03-14 20:22:56 ‹Mr. Dabbeljuh›
Schon Pause bei Dir? Hier tobt das Chaos heute, die Frühschichtleute haben ihren Part unzuverlässig aufgebaut, holterdiepolter kracht eine Schraubzwinge runter, super peinlich … irgendwie heute der Wurm drin … und ich immerzu am Lächeln, gönne dir was leckeres zu Essen, gibt doch was bei Premierenfeier … also nicht vorher einschlafen Mia.;)

2015-03-14 22:01:51 ‹Mia›
Mr. Dabbeljuh, ist gerade zu Ende, voller Dramatik und

wunderschön, Akku 8% XDXDXD verzage nicht bei dir und schön lächeln!!

2015-03-14 22:18:23 ‹Mr. Dabbeljuh›
Hier auch Ende jetzt, Puuh … bin klitschnass … stell dir vor du würdest dein komplettes Wohnzimmer in 3 Minuten umräumen … jetzt noch 1,5 Stunden Abbau! Keine Premiere Party bei dir? Mach was Schönes noch:)

2015-03-14 22:38:25 ‹Mia›
Ich esse jetzt noch einen Apfel und trinke einen Sekt zum Genuss und Wasser, um den Durst zu löschen ☺
Die Philosophie ist das Leben zu lieben und natürlich zu lächeln, nämlich so ☺

2015-03-14 23:28:30 ‹Mr. Dabbeljuh›
☺--‹@ ☺
Feeeerrrrtiiiiich :D viel zu schnell, eigentlich …

2015-03-14 23:39:56 ‹Mia›
Ich erkläre dir das noch mit den Zetteln, ich saß mit vielen Menschen an einem Tisch und wir haben diskutiert und geredet, als Abschluss sollte jeder drei Zettel mit spontanen Wörtern aufschreiben, als wir dann fertig waren, hat uns die Dame gesagt, wir möchten doch bitte jeweils einen Zettel dem Anderen schenken und / oder auf den Weg geben. So habe ich es mit meinen Zetteln getan und Zettel von anderen erhalten. Ich hatte schon drei, doch dann kam noch eine Person auf mich zu und gab mir den Vierten, Ich meinte, ich habe schon drei, doch diese Person meinte der würde auch noch mir gehö-

ren, so entstand das Ganze ☺ und als ich sie gelesen habe, konnte ich es kaum glauben was ich für Schlagwörter bekommen habe. So war das!!

2015-03-14 23:40:08 ‹Mr. Dabbeljuh›
Jetzt ab in die Dusche, warmen Regen wie Du sagst, mmmh?

2015-03-14 23:40:27 ‹Mia›
Schön=D=D=D

2015-03-15 00:02:49 ‹Mr. Dabbeljuh›
Jaaaa, wunderbar, nach der Arbeit alles runterspülen … Wasser ist toll!

2015-03-15 00:11:05 ‹Mia›
Mr. Dabbeljuh habe versucht alle Nachrichten mal durchzurollen, geht nicht!! XDXDXDXD zu viele

2015-03-15 00:19:09 ‹Mr. Dabbeljuh›
Ich fahr jetzt mal gucken, ob die Worldbeat noch läuft, möchte sooo gerne tanzen, vor und voll Freude … .seit 3 Monaten kann ich das endlich wieder, sooo schön :D, obwohl ich ja auch viele Fragen an dich hätte, so gerne mit dir schreibe … .jetzt, wo ich bisschen mehr von dir weiß bin ich ja richtig neugierig. Naja, es gibt sooo viel zu schreiben, ich freue mich schon darauf. Fährst du Morgen zurück? Dann kann ich dich ja viel zutexten, grins

2015-03-15 00:20:35 ‹Mia›
Du wunderst dich warum ich nicht mit meinem Freund

herumalbere, ich sehe ihn fast 24 h am Tag und mit meinem Freund telefoniere ich.
Viel Spaß dir und lass es krachen:):):):) Ja, fahre Morgen heim.
Ich gehe Bubu, bin sehr müde bis bald!!

2015-03-15 00:25:15 ‹Mr. Dabbeljuh›
Gute Nacht Mia:) Schlaf schön!

2015-03-15 04:19:56 ‹Mr. Dabbeljuh sendet ein Bild, auf dem steht: Für dich: Nimm dir ein Lächeln mit!

2015-03-15 04:32:12 ‹Mr. Dabbeljuh›
… für die lange Zugfahrt.

2015-03-15 07:03:51 ‹Mia›
Guten Morgen Mr. Dabbeljuh, vielen Dank, ich habe sooo viel Lächeln gespeichert, dass ich zur Zeit gar nicht normal schauen kann, ich werde es heute sehr gemütlich angehen, muss das Zimmer erst um 11 h verlassen und mein Zug fährt erst um 15 h. Dazwischen werde ich die Erotikmesse hier in Leipzig besuchen, die an diesem Wochenende hier wohl auch ist. Dann lass ich mich mal überraschen!!
Mr. Dabbeljuh, wenn du Fragen hast, stelle sie, alles was mir möglich ist zu beantworten, werde ich dir beantworten.

2015-03-15 09:59:02 ‹Mr. Dabbeljuh›
Guten Morgähn ;) liebe Mia, habe die Augen auf und fülle mir jetzt erstmal Kaffee ein ☺ war ja dann doch ein bisschen früh bevor ich endlich den Weg ins Bettchen

gefunden habe, lach ... ich war so »aufgepowert« vom Tanzen ... war gut dagewesen zu sein, prima Stimmung dort ... könnte gleich weitertanzen :D
Na, Du hast dann ja heute wenigstens keine Hektik ... ich dachte wärst schon unterwegs ... aber so, mit genug Zeit noch für Erotikmesse ist ja prima Abschluss für deine Reise ... musst mir dann mal berichten wie so eine Messe in Großstadt ist, sicher interessanter als in der Provinz, grins ...

2015-03-15 10:36:53 ‹Mia›
Mr. Dabbeljuh, wir werden sehen, also ich werde sehen, wenn ich dir dann schreiben werde, siehst du wenigstens nicht meine Schamesröte!

2015-03-15 10:38:23 ‹Mr. Dabbeljuh›
... lach, DU und rot werden? kann ich mir gar nicht vorstellen ... ;)

2015-03-15 11:53:56 ‹Mia›
Mr. Dabbeljuh Messe erst ab 14 h also nichts mit rot werden B-)B-)
Bin mit einer sehr freundlichen Dame Taxi gefahren und wir haben uns kaputtgelacht, sie hat mir dafür Leipzig gezeigt. Es war einfach herrlich.

2015-03-15 11:55:35 ‹Mr. Dabbeljuh›
Schööön, ist also ansteckend ... XD
... mit der Messe ist ja doof ... ist denn wenigstens das Wetter erträglich? Hier ist's brrrrrrr ... wenn du jetzt noch so lange Zeit hast ...

2015-03-15 11:58:25 ‹Mia›
Meine Backen tun schon weh, wenn das hier so weiter geht. Ja, alles gut!

2015-03-15 11:59:22 ‹Mr. Dabbeljuh›
That's lila life: DXD

2015-03-15 11:59:56 ‹Mia›
Lila und noch mehr Lila ;):):)

2015-03-15 12:01:51 ‹Mr. Dabbeljuh›
Lilalalalalalala :D

2015-03-15 12:02:04 ‹Mia›
☺

2015-03-15 12:04:28 ‹Mr. Dabbeljuh›
Und wat machst'e nun? Kaffee trinken? Leipzich ist ja eigentlich ganz schön, aber noch besser wenn die Sonne scheint und warm …

2015-03-15 12:12:08 ‹Mia›
Kaffee ist gut, ich werde die letzten Eindrücke auf mich wirken lassen ☺

2015-03-15 12:16:34 ‹Mr. Dabbeljuh›
Habe grad meine kleine Schwester am Phone …

2015-03-15 12:44:30 ‹Mia›
So, sitze jetzt im Café und genieße

2015-03-15 12:56:41 ‹Mr. Dabbeljuh›
… schööön, skòl …

2015-03-15 12:58:13 ‹Mr. Dabbeljuh›
Lach, meine kleine Schwester musste erstmal ganz viel erzählen … wir gehen sonst freitags immer schwimmen, diesmal konnte ich nicht … und dann muss Telefon herhalten, lach …

2015-03-15 13:00:12 ‹Mia›
Musst du heute arbeiten?

2015-03-15 13:00:54 ‹Mr. Dabbeljuh›
… ich muss mich jetzt schon wieder langsam startklar machen – heute schon 14.30h Dienst … ich habe überhaupt keine Lust!!

2015-03-15 13:01:30 ‹Mia›
Tja, da musst du wohl durch!! Warst du noch nicht unter dem warmen Regen

2015-03-15 13:02:37 ‹Mr. Dabbeljuh›
… wird nicht ganz so heftig wie gestern, neues Ballett – Aufbau, Abbau – zwischendurch=gähn … .

2015-03-15 13:03:08 ‹Mia›
Ich werde im Café beobachtet, wie ich ins Telefon lächele ☺

2015-03-15 13:03:29 ‹Mr. Dabbeljuh›
… warmer Regen kommt jetzt gleich …

2015-03-15 13:04:03 ‹Mr. Dabbeljuh›
… sag denen, die sollen aufpassen, das ist ansteckend ☺

2015-03-15 13:04:09 ‹Mia›
Und ich glaube das steckt an, Mr. Dabbeljuh klaue nicht meine Worte

2015-03-15 13:04:48 ‹Mr. Dabbeljuh›
Hä? Ich war nur schneller diesmal ;)

2015-03-15 13:06:34 ‹Mia›
Genau, du warst schneller, mach dich fertig und ich störe nicht mehr B-)B-)B-)

2015-03-15 13:07:42 ‹Mr. Dabbeljuh›
DU und stören? Wobei denn? Und mich schon gar nicht?

2015-03-15 13:10:13 ‹Mia›
Das ist ein Regelbruch, wenn du so schreibst. Du machst mich verlegen. :):)

2015-03-15 13:11:29 ‹Mr. Dabbeljuh›
Ach was … :D … ich gehe auch manchmal bei Rot über die Ampel … äh, über die Straße, natürlich … so, jetzt … warmer Regen … bis gleich ☺

2015-03-15 13:24:20 ‹Mia›
Ich merke, du kannst auch frech sein- na warte, werde mir was überlegen!!

2015-03-15 13:27:58 ‹Mr. Dabbeljuh›
Oh, Oh ☺ habe Dir noch 'n bisschen lila Laune geschickt … gestern ganz viel davon mitgenommen zum Weiterverteilen … Shake, Baby, Shake
So, ich verlege jetzt mein Onlineverlängerungskabel – auf ins Theater … meine Kollegen mit meinem Grinsen malträtieren XD

2015-03-15 13:57:30 ‹Mia›
Habe es eben gesehen, werde es jetzt hier in der DB Lounge nicht abspielen können
XDXDXDXD Danke

2015-03-15 13:58:01 ‹Mia›
Haben deine Kollegen etwas über dein Grinsen gesagt?

2015-03-15 15:31:35 ‹Mr. Dabbeljuh›
… hihi, in der Lounge wäre gut gewesen, hättest so ähnliches Event; wie das im Zug(hattest mir mal geschickt) anzetteln können :D

2015-03-15 15:34:26 ‹Mr. Dabbeljuh›
… meine Kollegen mobben mich, aber inzwischen habe ich sie angesteckt :D:D:D:D. die reden nur noch Blödsinn und lachen … tut einigen Miesepetern echt mal gut

2015-03-15 16:01:40 ‹Mia›
Hey die dürfen dich nicht mobben. Aber das Lächeln ist wirklich ansteckend, hättest mich im Café sehen sollen. Das ist der lila Unsinn wahrscheinlich

2015-03-15 16:19:14 ‹Mr. Dabbeljuh›
… ich glaube, dass die das schon gut finden, Mr. Dabbeljuh lacht wieder … ich kann denen nur nix erzählen, die sind so unlila

2015-03-15 16:22:01 ‹Mia›
Unlila ist doof

2015-03-15 16:22:19 ‹Mr. Dabbeljuh›
… genau …

2015-03-15 16:23:19 ‹Mia›
Mr. Dabbeljuh, Mr. Dabbeljuh was machst du nur, dass ich so lachen muss?

2015-03-15 16:24:36 ‹Mr. Dabbeljuh›
Mia, jetzt klaust du Worte … tssstssstsss
… solltest uns hier mal sehen … die gucken mich an, als wäre irgendwas komisch … .

2015-03-15 16:28:15 ‹Mia›
Mr. Dabbeljuh ab Morgen werde ich dir anstatt 30 000 nur 3 Mal schreiben, nehme Handy nicht in die Arbeit, am Mittwoch fahre ich nach Köln auf eine Fortbildung und sonst werde ich viel um die Ohren haben, aber werde an dich denken und immer wieder lila sein ☺
Ich würde gerne deren Gesichter sehen ^_^

2015-03-15 16:35:06 ‹Mr. Dabbeljuh›
… alles gut, hörst du. Ich werd' s sicher ein bisschen missen … aber wenn mir schon Gedanken ein Lächeln

zaubern und irgendwo lila erscheint dann weiß ich warum :)

2015-03-15 16:37:33 ‹Mia›
Mr. Dabbeljuh, ich werde es auch missen.
Noch eine Info, habe neues Bild gepostet, ich staune, wie gut die Bilder in den Hobbyfotografen angenommen werden.

2015-03-15 16:55:37 ‹Mia›
Du hast mit deinem Bild den Jackpot gemacht, aber ich werde mich bemühen

2015-03-15 18:00:54 ‹Mr. Dabbeljuh›
… das macht gute Laune ne ^_^ wenn du schon sooo viele +se in so kurzer Zeit geschnappt hast, schaffst du bestimmt auch noch die50er Marke :):):)

2015-03-15 18:15:36 ‹Mia›
Meinst du das ist mir sooo wichtig, nein Mr. Dabbeljuh die + e sind mir so unwichtig, es ist mir wichtig, dass Menschen sich auch an schönen Sachen erfreuen können. Ich habe noch was für dich, ist aber aus dem Internet geklaut, also nicht von mir selbst fotografiert

2015-03-15 18:18:29 ‹Mia sendet Mr. Dabbeljuh ein Bild mit einem lila Wolkenhimmel, der sich in einem See spiegelt

2015-03-15 18:19:17 ‹Mr. Dabbeljuh›
… wow, schööön

2015-03-15 18:20:17 ‹Mia›
Ich finde es auch wunderschön, oben und unten lila Wolkenhimmel

2015-03-15 18:22:33 ‹Mr. Dabbeljuh›
… nein, ich dachte nicht daran das dir einzig die Plusse wichtig sind, zeigt doch aber an wie viele sich an Schönem erfreuen!

2015-03-15 18:23:13 ‹Mia›
Ja das freut mich sehr! Wie sieht es bei dir aus?

2015-03-15 18:25:13 ‹Mr. Dabbeljuh›
… ich war irgendwann verwundert darüber, dass anscheinend so wenige deine schönen Wort/Bildkombinationen wahrnehmen …

2015-03-15 18:25:53 ‹Mia›
Ich glaube, ich stehe im Bahnhof!! Das verstehe ich jetzt nicht

2015-03-15 18:27:09 ‹Mr. Dabbeljuh›
… hier, alles ruhig … Vorstellung läuft, warten auf kleinen Umbau … und in schon einer Stunde ist Abbau … Kollegen sind friedlich.

2015-03-15 18:27:44 ‹Mia›
Du hast sie Wahrgenommen, das ist doch schön!

2015-03-15 18:28:51 ‹Mr. Dabbeljuh›
Jaaaa, einer dieser lila Nichtzufälle!

2015-03-15 18:29:34 ‹Mia›
Für lila bist du schuld, nicht ich!!

2015-03-15 18:30:00 ‹Mr. Dabbeljuh›
… iiiich? O:)

2015-03-15 18:30:26 ‹Mia›
Du hast das Lied rein gebracht, ich erinnere nur ☺
Ich bin schon in Frankfurt.

2015-03-15 18:32:21 ‹Mr. Dabbeljuh›
… mh, ja … mir war so danach … ähem

2015-03-15 18:32:51 ‹Mia›
Dir war so danach, nach was?

2015-03-15 18:33:15 ‹Mr. Dabbeljuh›
… nach Liiiilaaa

2015-03-15 18:34:03 ‹Mia›
Und mir war danach zu schreiben, dass ich lila Wolken mag O:) O:) O:)

2015-03-15 18:35:45 ‹Mr. Dabbeljuh›
… deswegen hab ich doch das Lied gepostet, Mensch!!

2015-03-15 18:36:14 ‹Mia›
Ahh, verstehe!!
Wenn du mal Zeit hast, rolle mal die Nachrichten durch----- oje, oje

2015-03-15 18:37:46 ‹Mr. Dabbeljuh›
Was bedeuteten jetzt die Smileys?

2015-03-15 18:38:03 ‹Mia›
Bei mir grinsen ☺

2015-03-15 18:39:18 ‹Mr. Dabbeljuh›
… ah, ok … Missverständnis … dachte grimmig gucken …

2015-03-15 18:39:43 ‹Mia›
Ich unterscheide zwischen lächeln und grinsen
Grinsen ist frecher!!

2015-03-15 18:40:47 ‹Mr. Dabbeljuh›
Na, die ja … aber die anderen haben Mundwinkel nach unten … .

2015-03-15 18:41:35 ‹Mia›
Ach Mr. Dabbeljuh wo denn?? Das ist ein breites Grinsen und kein grimmig schauen

2015-03-15 18:42:51 ‹Mr. Dabbeljuh›
… nee, scroll noch mal zu Mail 34987 ☺

2015-03-15 18:43:11 ‹Mia›
Ach, ☺ . Du meist die Mail 27335

2015-03-15 18:44:37 ‹Mr. Dabbeljuh›
… upps, sorry, verzählt in der Eile XD

2015-03-15 18:45:09 ‹Mia›
Oder Wiederholungsfehler der Smileys XDXDXDXD

2015-03-15 18:45:21 ‹Mr. Dabbeljuh›
Nee

2015-03-15 18:46:11 ‹Mia›
Mr. Dabbeljuh muss mich gerade wieder beherrschen, bin nicht allein im Abteil XDXDXDXD

2015-03-15 18:46:21 ‹Mr. Dabbeljuh›
Die sind ^_^ sonst dann waren da diese ☺ ☺

2015-03-15 18:47:12 ‹Mia›
Soll ich diese^_^^_^^_^nicht schicken, da es dich verunsichert?

2015-03-15 18:48:12 ‹Mr. Dabbeljuh›
NEIN, HALT STOP

2015-03-15 18:48:40 ‹Mr. Dabbeljuh›
… diese Grinse-Smileys haben mich irritiert …

2015-03-15 18:48:44 ‹Mia›
Mr. Dabbeljuh ich beiße mir schon auf die Lippen, weil du mit mir über Smileys diskutierst!!

2015-03-15 18:49:52 ‹Mr. Dabbeljuh›
Lach, ich gehe besser mal vor die Tür eine rauchen … meine Kollegen gucken so merkwürdig ;)

2015-03-15 18:50:31 ‹Mia›
Also diese ^_^werde ich nicht mehr schicken, nur wenn ich grimmig bin ☺

2015-03-15 18:51:54 ‹Mr. Dabbeljuh›
Nein, andersrum!!

2015-03-15 18:53:00 ‹Mia›
Ich will auch eine, zieh mal für mich ein paar Züge. Was nun, kannst du jetzt mal entscheiden??

2015-03-15 18:55:36 ‹Mr. Dabbeljuh›
… hab ich gemacht, jetzt ist mir schwindelig XD

2015-03-15 18:55:53 ‹Mia›
Ich muss gleich umsteigen, also werde dich damit nachher noch quälen.
Hör auf Mr. Dabbeljuh XDXDXDXDXDXDXDXDXDXD
Ich mach in die Hose und dann??

2015-03-15 19:02:21 ‹Mr. Dabbeljuh›
..oh Umbau …

2015-03-15 19:13:24 ‹Mr. Dabbeljuh›
… wieder da, hast Du schon neuen Zug? … .den anderen wohl kaputt gelacht … ;)

2015-03-15 19:18:04 ‹Mr. Dabbeljuh sendet ein Bild, in dem Farben in Wörtern ausgeschrieben sind, aber nicht in der richtigen Farbe gefärbt sind und diese soll man richtig laut lesen

2015-03-15 19:21:07 ‹Mr. Dabbeljuh›
… noch eine kleine Konzentrationsübung, damit dir nicht langweilig wird … aber nicht lachen, wegen der Hose und so, du weißt schon, ne … ich muss jetzt leider gleich auf die Bühne … abbauen … wuuuhääa
Wie lange musst du noch fahren? Dann schreib ich dir noch etwas Lustiges zwischendurch … jetzt bin ich erstmal sozusagen offline Bis später!

2015-03-15 20:04:23 ‹Mia›
Habe jemanden Bekannten getroffen ist unhöflich beim Unterhalten zu schreiben :):):)
Mr. Dabbeljuh du bist unglaublich, echt schön dass es dich gibt!

2015-03-15 20:35:30 ‹Mr. Dabbeljuh›
Yippie, fertig^_^eine lächelnde Mannschaft schafft mit Scherzen und guter Laune alles viel schneller

2015-03-15 20:36:25 ‹Mia›
Ich will eine Zigarette rauchen!!! Ja nun, was bedeutet jetzt dieser Smiley^_^

2015-03-15 20:36:59 ‹Mr. Dabbeljuh›
… mach ich jetzt.

2015-03-15 20:37:21 ‹Mia›
Mr. Dabbeljuh, ich muss noch 45 Minuten fahren. Was machst du jetzt?

2015-03-15 20:38:13 ‹Mr. Dabbeljuh›
Sooo lange insgesamt?

2015-03-15 20:38:36 ‹Mia›
Von 15:11Uhr bis 21:15 Uhr

2015-03-15 20:39:05 ‹Mr. Dabbeljuh›
Puuh!!

2015-03-15 20:39:57 ‹Mia›
Mr. Dabbeljuh ich trinke gerade Wein im Zug!

2015-03-15 20:40:03 ‹Mr. Dabbeljuh›
Ich habe noch 4 Zigaretten, ok 2 für dich!!

2015-03-15 20:40:06 ‹Mia›
Eine reicht O:) O:) Sonst wird dir wieder schwindelig

2015-03-15 20:41:19 ‹Mr. Dabbeljuh›
… gut, ist ja auch ungesund … B-)
Rotwein oder weißen? Prost! … auch haben wollen …

2015-03-15 20:45:15 ‹Mia›
Ich habe einer Gruppe Platz gemacht und die haben Wein dabei und direkt einen ausgegeben. Mr. Dabbeljuh seit zwei Jahren ist meine Welt verrückt und lila und das ist sooo schön und jetzt noch du!

Ich rieche schon den Zigarettenrauch durch den Chat

2015-03-15 20:50:09 ‹Mr. Dabbeljuh›
Was ist denn seit 2 Jahren verrückt?:)

2015-03-15 20:51:21 ‹Mia›
Mein Leben und ich:):):)

2015-03-15 20:52:12 ‹Mr. Dabbeljuh›
Du vorher nicht?;)

2015-03-15 20:53:22 ‹Mia›
Vorher zwar auch schon bisschen doch jetzt ganz viel!

2015-03-15 20:54:59 ‹Mr. Dabbeljuh›
Du bist einfach umwerfend. In unserem nächsten Leben möcht ich dich gerne bisschen früher treffen :) … so, Kollegen sind endlich weg, jetzt kann ich wenigstens laut grinsen
… bist gleich bald da … ich schreib schon mal ein tschööö … bleibe noch ein Weilchen hier im Theater bis Du sicher angekommen bist. Ich mag jetzt nicht mit Autofahren unsere letzten Minuten für heute verplempern

2015-03-15 21:13:02 ‹Mia›
Mr. Dabbeljuh ich sage auf Wiedersehen bis morgen früh!! Danke für alles!
Ich will Bilder bei Google von dir sehen!

2015-03-15 21:14:54 ‹Mr. Dabbeljuh›
Ja, herzliebst Mia! Komm gut Heim und ich danke dir.

2015-03-15 21:15:04 ‹Mia›
Heute haben wir die 40000 Mail vollgemacht

2015-03-16 05:45:58 ‹Mia›
Guten Morgen Mr. Dabbeljuh!!!

2015-03-16 05:51:26 ‹Mia›
Ich wünsche dir einen wunderschönen Tag, habe gemerkt, ich darf kein Enter drücken, sonst ist die Nachricht gleich weggeschickt und jetzt ist das Smiley Bild verschwunden, wo ich dir schicken wollte. Bin am PC und mit Hangouts noch sehr unwissend, kenne mich jetzt nur am Handy damit aus, ich hoffe, du weißt, dass man sich nach 40000 Nachrichten am Handy dann recht gut damit auskennt. :-)))))))))))))))))

2015-03-16 05:52:31 ‹Mia›
Da ist doch jetzt ein Smiley entstanden und der hat sich bewegt, Mr. Dabbeljuh, bin jetzt noch mehr lila!
Kämpfe mit Leidenschaft, Siege mit Stolz, Verliere mit Respekt, Aber gib niemals auf!

2015-03-16 05:55:08 ‹Mia›
Das zum Schluss sollte ein Smiley werden, misslungen!!!
Jetzt neuer Versuch; :-)

2015-03-16 05:57:30 ‹Mia›
Mr. Dabbeljuh ich werde verrückt, der bewegt sich wirklich, er bewegt die Augen, du musst immer auch eine Nase dazu machen, und wehe du sagst, bei dir hätte er sich nicht bewegt!!!!! Letzter Versuch :-)

2015-03-16 06:00:18 ‹Mia›
Ich tippe einen : – ) und dann, aber alles hintereinander und dann dreht sich das Ding und klimpert mit den Augen, ich bin begeistert. Ich bin manchmal mit echt wenig zu begeistern, es ist so schön, wenn der Smiley entsteht, mache noch einen :-)

2015-03-16 07:50:34 ‹Mia›
Wie ich sehe ist es am Handy nicht zu sehen du musst an den PC und probiere es bitte.

2015-03-16 07:52:47 ‹Mr. Dabbeljuh›
Guten Morgen Mia!

2015-03-16 07:56:06 ‹Mr. Dabbeljuh›
… ich schaue gerade … aber ich kann keine sehen :( dieser hier ist eben entstanden als ich Zeichen benutzt habe … .bewegt sich aber nicht

2015-03-16 07:58:52 ‹Mr. Dabbeljuh›
… grüble … ich war sowieso verwundert das du schon mal richtige Smileys bei g+ hattest … ich kann nur punktpunktkommastrich ;)

2015-03-16 08:02:10 ‹Mr. Dabbeljuh›
-‹@%

2015-03-16 09:40:14 ‹Mr. Dabbeljuh sendet ein Bild mit einem Steg im Meer mit einem Sonnenuntergang und einen Spruch: Glücklich sein hängt nicht davon ab, was du hast oder wo du her kommst, sondern allein durch deine Gedanken.

2015-03-16 09:42:50 ‹Mr. Dabbeljuh›
… überall wo ich hinschaue sehe ich Lila …

2015-03-16 09:56:54 ‹Mia›
Hey, habe mein Handy nicht, aber habe ganz vergessen, dass ich dich bei den Mails lesen kann :-)

2015-03-16 09:59:43 ‹Mia›
Mr. Dabbeljuh, du willst mich nicht jetzt ärgern mit den Smileys, dass du das nicht hast? Du musst Doppelpunkt, dann Minus und dann Klammer zu tippen, das alles hintereinander und dann dreht sich das und wird zum Smiley und klimpert mit den Augen, ich bin doch jetzt nicht ganz verrückt?!?!

2015-03-16 10:00:27 ‹Mr. Dabbeljuh›
Google ist überall, habe ich auch schon bemerkt … ich sitze hier gerade am PC und bin baff was meine neu eingestellten Fotos bewirken … und bling, da tauchst du am Bildschirm auf …

2015-03-16 10:04:42 ‹Mr. Dabbeljuh›
… he, Hangouts lässt Worte weg … grrr neueingestellte Fotos hatte ich geschrieben, sowas aber auch …

2015-03-16 10:05:52 ‹Mia›
Mr. Dabbeljuh habe sie eben geschaut, wunderschön, vor allem das Eine mit der Sonne!!!

2015-03-16 10:06:45 ‹Mr. Dabbeljuh›
… neee, Du bist nicht ganz verrückt, nur klitzekleines bisschen, entzückend ^_^

2015-03-16 10:07:20 ‹Mia›
Mr. Dabbeljuh, Regelbruch!!!!!!!!!!!!!!

2015-03-16 10:08:14 ‹Mr. Dabbeljuh›
… ich weiß, ich wollte es erst noch dazu schreiben … aber ich dachte du kommst von selber drauf ;):D

2015-03-16 10:09:47 ‹Mia›
Hey du hast einen Smiley geschickt, der sich auch bewegt!!!!!
Und du bist frech!!!!

2015-03-16 10:11:15 ‹Mr. Dabbeljuh›
… nur ein bisschen …

2015-03-16 10:11:37 ‹Mia›
Was kann man schon erwarten, wenn sich jemand nicht an die Regeln hält und dann noch über rote Ampeln :-)
Ohhhh ich meine Straße geht. :-)

2015-03-16 10:13:57 ‹Mr. Dabbeljuh›
… ja, ich weiß auch manchmal nicht was ich von mir denken soll – in vielen Dingen zu sehr Perfektionist, aber Regeln muss ich austesten ob sie Sinn machen ;)

2015-03-16 10:18:28 ‹Mia›
Ahh so sieht es bei dir aus, werde ich mir merken :-)

Ich werde jetzt meine erste Nachricht für dich beenden müssen, denn sonst kann ich nicht mehr arbeiten. Das war wohl alles nur eine Nachricht von dreien, also bis dann :-)

2015-03-16 10:18:29 ‹Mr. Dabbeljuh›
… wird bei dir auch angezeigt welches Gerät ich benutze? Ich bin verblüfft, dass ich jetzt bei dir ein Laptopsymbol sehe … Google, die wissen anscheinend alles … !
… so long!

2015-03-16 10:19:02 ‹Mia›
Wo steht das???

2015-03-16 10:20:06 ‹Mr. Dabbeljuh›
… wird links unten neben deinem Foto angezeigt, also bei mir jedenfalls … so ganz klein …

2015-03-16 10:21:06 ‹Mia›
Ich bin auf meiner Mailseite, ich habe kein Foto von dir, da steht: Mr. Dabbeljuh

2015-03-16 10:21:44 ‹Mr. Dabbeljuh›
… ah, ok … das habe ich noch nicht probiert … bin auf G+

2015-03-16 10:24:32 ‹Mia›
Deshalb kannst du die Smileys auch nicht sehen, die entstehen und sich bewegen, habe jetzt bei Google+ geschaut, da bist du mit Bild und die Smileys sehen ganz anders aus :-) Bis bald Mr. Dabbeljuh!!

2015-03-16 10:26:52 ‹Mr. Dabbeljuh›
… ..ah, kapito! Mach's jut … arbeite nicht zu viel, schönen Tag weiterhin mit lila … .

2015-03-16 10:27:36 ‹Mia›
Ich kann nicht ersehen, welches Gerät du benutzt. Habe wohl mehr Spione!

2015-03-16 10:28:51 ‹Mr. Dabbeljuh›
… ..gestern war immer ein Handysymbol … aber solange wir nichts Subversives , werden wir auch nicht verhaftet^_^

2015-03-16 10:30:49 ‹Mr. Dabbeljuh›
… man, schon wieder ein Wort nicht durchgekommen … schreiben – hatte ich getippt … grrr

2015-03-16 13:46:15 ‹Mr. Dabbeljuh›
… auweia, es ist schrecklich-schön … alles lila infiziert …

2015-03-16 13:46:53 ‹Mr. Dabbeljuh schickt ein Foto von einer Schneelandschaft, mitten drin ist eine Wand, mit lila Graffiti

2015-03-16 13:47:50 ‹Mr. Dabbeljuh›
… habe ich eben bei den Hobbyfotografen entdeckt … muss jetzt los – Theater muss sein;)

2015-03-16 14:16:42 ‹Mia›
Ich wünsche dir einen schönen, lila Arbeitstag. Das Bild

ist wirklich wunderschön und auch lila infiziert XDXDXDXD
Worauf du alles achtest, ich sehe weder Handysymbol noch Laptop oder PC XDXDXDXDXD

2015-03-16 14:36:08 ‹Mia sendet ein Bild mit einem lila Sonnenuntergang

2015-03-16 14:36:29 ‹Mia›
Habe ich im Netz geklaut!

2015-03-16 15:13:38 ‹Mr. Dabbeljuh›
… wow, schööön!!!!

2015-03-16 16:44:17 ‹Mr. Dabbeljuh›
Miaaaa, Hiiilfeeee … kneif mich mal … ich glaube ich träume noch … irgendwas Verrücktes passiert hier gerade … Meine Kollegen sind total albern, mein Foto finden sooo viele toll … das wird mir langsam ein kleinwenig unheimlich … was haben wir nur mit Lila in Gang gebracht?

2015-03-16 16:48:33 ‹Mia›
Mr. Dabbeljuh, willkommen in der lila Welt!!!
Wenn es lila wird, passieren unvorstellbare Dinge!!
Ich weiß nicht, wo mir der Kopf steht :-)))) muss noch die Fahrkarte nach Köln buchen.

2015-03-16 16:52:03 ‹Mr. Dabbeljuh›
ich merke das gerade … wundervoll …

2015-03-16 16:52:50 ‹Mia›
Und ich werde dich hauen, wenn es bei du aufhörst lila zu sein!!!! … ok scheiß deutsch
Ich werde dich hauen, wenn du aufhörst lila zu sein!!

2015-03-16 16:54:23 ‹Mr. Dabbeljuh›
… .ohoh, nee … lieber nicht XD … wieso eigentlich: scheiß Deutsch, die Wortkombination hat was amüsantes, kicher!!

2015-03-16 18:24:20 ‹Mia›
… amüsiere dich nur :-))), schön, dass deine Kollegen albern sind, sind sie es sonst nicht?? Du hast sie angesteckt!!
Ich habe zu meinen Freunden vor langer Zeit gesagt: »Ich warne euch, ich bin krank und ihr könnt euch infizieren, die Krankheit heißt Leben!« Darauf hat meine Freundin gleich geschrieben, sie hätte keine Angst sich zu infizieren und würde gerne die Krankheit von mir bekommen. Seitdem hat sie sie auch. Und seit 3 Wochen noch eine andere Bekannte. Mr. Dabbeljuh es ist so schön, wenn sich die Menschen damit infizieren, es gibt keine schönere Krankheit. :-)))

2015-03-16 18:31:11 ‹Mia›
Es gibt auch Leute, die sich weigern, aber das bekomme ich noch hin. Ich werde ganz viel Geduld zeigen, obwohl ich oft ungeduldig :-) bin

2015-03-16 19:52:38 ‹Mr. Dabbeljuh›
… das kriegst du hin … ansonsten schick sie zu mir, ich

erkläre dann, was ihnen blüht wenn sie sich nicht mittels lila Infizierung immunisieren

… mein neuer Spitzname hier ist »Schmunzel-Mr.-Dabbeljuh« … :D, schön ist's wenn man so einfach Leute aus ihrem Unmut rausholen kann:D^_^:D

2015-03-16 19:56:55 ‹Mia›
Schmunzel-Mr.-Dabbeljuh, ok ich muss wieder … …

2015-03-16 19:57:03 ‹Mia›
… mich kringeln …

2015-03-16 19:59:41 ‹Mr. Dabbeljuh›
… ein älterer Kollege hat mich vorhin so benannt … und musste selbst schmunzeln … Der amüsiert sich grad schon wieder … .

2015-03-16 20:02:23 ‹Mia›
Was machst du bloß mit denen? :-))))
Du schmunzelst also den ganzen Tag?? :-))))

2015-03-16 20:04:11 ‹Mr. Dabbeljuh›
… nee, nicht immer … aber fast:D

2015-03-16 20:04:53 ‹Mia›
Mr. Dabbeljuh ich habe mich heute offiziell geoutet, mal gespannt was alles auf mich zukommt. :-))))) Ich nehme es lila

2015-03-16 20:05:51 ‹Mr. Dabbeljuh›
… was meinst mit geoutet?

2015-03-16 20:06:24 ‹Mia›
Ab heute läuft mein Projekt unter meinem Gesicht!!

2015-03-16 20:08:00 ‹Mia›
Lebst du noch???

2015-03-16 20:08:20 ‹Mr. Dabbeljuh›
Jaha … ich war am Rätseln, ich weiß doch nix!

2015-03-16 20:09:40 ‹Mia›
Bist du sehr beschäftigt??

2015-03-16 20:10:30 ‹Mr. Dabbeljuh›
Ja, ich schreibe mit Mia!

2015-03-16 20:10:58 ‹Mia›
Also wenn du kannst setzt dich jetzt hin. :-))

2015-03-16 20:12:17 ‹Mr. Dabbeljuh›
Aaah, bin grad aufgestanden, um draußen zu rauchen … schieß los … :D

2015-03-16 20:13:45 ‹Mia›
Mr. Dabbeljuh, gebe bei Google bitte den Namen Mia Ballweg ein, wenn du in Ruhe (soll nicht heute sein) alles gelesen hast, schreiben wir darüber. :-)))))))))))))

2015-03-16 20:16:20 ‹Mr. Dabbeljuh›
Ok, :)

2015-03-16 20:37:06 ‹Mr. Dabbeljuh›
Jetzt bin ich wirklich überrascht … sozusagen …

2015-03-16 20:44:17 ‹Mr. Dabbeljuh›
… war am Rätseln wieso mir der Name bekannt vorkam … das muss ich wirklich in Ruhe anschauen, nachher, heute Nacht^_^am liebsten gleich, geht aber nicht …

2015-03-16 21:02:29 ‹Mia›
Mach das. Wenn du Fragen hast frage mich, wenn es möglich ist werde ich sie beantworten, habe ich dir schon mal geschrieben!

2015-03-16 21:04:03 ‹Mia›
Du solltest dir nicht die Nacht um die Ohren hauen, sondern schlafen. Das ist nicht so wichtig, hat alles Zeit.

2015-03-16 21:05:51 ‹Mr. Dabbeljuh›
… lach, das sagst du so einfach …

2015-03-16 21:06:46 ‹Mia›
Ich werde heute mal sehr früh schlafen gehen. Mr. Dabbeljuh glaube mir, dass es nicht wichtig ist.

2015-03-16 21:20:21 ‹Mr. Dabbeljuh›
Du Zauberin der Worte, ich hatte doch Recht neulich … Mia ;) ich werde natürlich schlafen und
versuchen meine Neugier im Zaum zu halten. Wieso ist das nicht wichtig? Du hast doch selbst geschrieben, wie wichtig die letzten Tage für dich sind … und hast

trotzdem sooo viel Zeit mit mir verbracht … oh, Mia … schön, dass es dich gibt (Regelverstoß Nr.3) ;):D)
Gute Nacht Mia

2015-03-16 21:22:39 ‹Mia›
Du machst zu viele Regelverstöße!!!!!!! :-)))))) Für mich ist es ein riesiges Projekt, aber für dich soll es nicht wichtig sein. Gute Nacht Mr. Dabbeljuh :-)))

2015-03-16 21:25:01 ‹Mr. Dabbeljuh›
Ok!! schlaf schön;*

2015-03-17 02:13:26 ‹Mr. Dabbeljuh sendet ein Foto mit einer Mohnblume von unten gegen den Himmel fotografiert

2015-03-17 02:53:19 ‹Mr. Dabbeljuh› Guten Morgen Mia, ich war noch ein bisschen auf und habe mir das Video angeschaut, wunderschön. Jetzt weiß ich ein wenig über das Geheimnisvolle und freue mich auf das Buch. Ich lese sehr viel und wahnsinnig gerne, Bücher die meine Phantasie anregen können mich alles ringsherum vergessen lassen … früher habe ich als Leseratte immer Ärger bekommen, ich soll mich rausscheren an die Luft, lach …
Für dich freue ich mich ganz besonders, wenn mit deinem Projekt alles so gelingt wie du es dir wünschst und für dein Vertrauen mir das zu schreiben bedanke ich mich. Es ist wirklich ein wenig verrückt, dass und wie wir uns hier über Weg gelaufen sind, naja, besser gesagt: geschrieben;) ich freue mich jedenfalls auf weitere zigtau-

send Mails von Dir^_^ so, jetzt muss ich wirklich auch schlafen. Ich wünsche Dir einen wunderschönen Tag. so long :)

2015-03-17 04:54:19 ‹Mia›
Guten Morgen Mr. Dabbeljuh, ich bin froh, dass du nicht verstimmst bist. Mr. Dabbeljuh, wenn nicht alles so verrückt wäre, würde ich es jetzt mit der Angst bekommen. Doch ich habe keine. Ich zeige ab sofort zu meiner Arbeit mein Gesicht. :-)). Mr. Dabbeljuh, warum hast du gerade die Mohnblume als Bild ausgesucht, um sie mir zu schicken? Auch ich wünsche dir einen wunderschönen Tag. :)

2015-03-17 04:55:29 ‹Mia›
Es fehlen hier und da mal paar Buchstaben :-)), ich schreibe oft sehr unmöglich!!

2015-03-17 09:37:46 ‹Mr. Dabbeljuh›
… wunderschönen guten Morgen Mia, die Sonne scheint, warum sollte ich denn verstimmt sein, bin doch kein Klavier;) schön das Du keine Angst hast, kann ich mir bei dir auch eigentlich gar nicht vorstellen … apropos Ängste, du sagst, du zeigst dein Gesicht aber nicht deinen Namen … hab ich das so richtig verstanden? Wenn das mit dem Pseudonym für dich sehr wichtig ist, dann hätte ich da noch ein paar Tipps bezüglich Internet/Google für dich parat, sonst stehen vielleicht demnächst deine Fans vor deiner Haustür … es gibt leider auch viele Idioten auf diesem Planeten die dir auf den Keks gehen könnten.

2015-03-17 11:29:06 ‹Mia›
Hallo Mr. Dabbeljuh, habe nur kurz Zeit :-)), ich wollte es unter einem Pseudonym laufen lassen. Es wird über ein offenes Pseudonym laufen und dann sollen sich hier bestimmte Menschen halt den Mund zerreißen. Mr. Dabbeljuh, ich stehe dazu, was ich geschrieben. Liebe Grüße!! bis dann. :-)))))

2015-03-17 11:30:32 ‹Mia›
Entschuldige es fehlen einige Wörter!!! du wirst es schon verstehen :-)))))

2015-03-17 11:34:48 ‹Mr. Dabbeljuh›
Mia, no Problem wenn Worte fehlen, ich versteh's … ich hatte mir nur ein kleinwenig Sorge gemacht, weil man mit nur ein bisschen Kombination deine Adresse/Telefonnummer hat …

2015-03-17 11:37:53 ‹Mia›
Mr. Dabbeljuh, wer sucht, der findet!!

2015-03-17 11:38:08 ‹Mr. Dabbeljuh›
Oko … . O.K. sollte das werden.

2015-03-17 11:38:23 ‹Mia›
Und hör auf mich zu googlen XDXDXDXD

2015-03-17 11:38:55 ‹Mr. Dabbeljuh›
… du hast doch gesagt, ich soll das machen.

2015-03-17 11:39:05 ‹Mia›
Ein Regelverstoß nach dem anderen XDXDXD

2015-03-17 11:39:23 ‹Mr. Dabbeljuh›
Oh, shit!

2015-03-17 11:40:07 ‹Mia›
Schön dass es dich gibt, so muss jetzt noch etwas arbeiten!!

2015-03-17 11:41:02 ‹Mr. Dabbeljuh›
… ich hör ja schon auf damit … ich habe mir wirklich nur Sorgen gemacht.

2015-03-17 11:42:26 ‹Mia›
Zu einer der größten Regel gehört, sich über mich keine Sorgen zu machen, ich bin ein großes Mädchen, das darf noch nicht mal mein Freund!

2015-03-17 11:42:51 ‹Mr. Dabbeljuh›
… ok ok … kapito!!

2015-03-17 11:43:05 ‹Mia›
Bis dann!!

2015-03-17 11:43:17 ‹Mr. Dabbeljuh›
… ciao :D

2015-03-17 14:18:41 ‹Mia›
Und wann gehst du arbeiten? Oder bist du schon?

2015-03-17 14:25:34 ‹Mr. Dabbeljuh›
Oh, hi, nee, fahre gleich los – 15.30h Dienstbeginn – heute ist wieder die gleiche Vorstellung wie Samstag, also mehr zu tun … vielleicht gelingt es mir mal Foto zu machen, ist wirklich ausgesprochen schönes Bühnenbild …

2015-03-17 14:26:02 ‹Mia›
Ja, schön … bin gespannt!

2015-03-17 14:27:24 ‹Mr. Dabbeljuh›
… ich hoffe es klappt, letztes Mal sind wir erst kurz vor knirsch fertig geworden!

2015-03-17 14:28:01 ‹Mia›
Wenn es klappt ist schön und wenn nicht; nicht so wild! Wie heißt das Stück nochmal?

2015-03-17 14:28:30 ‹Mr. Dabbeljuh›
Andrea Chenier

2015-03-17 14:30:27 ‹Mr. Dabbeljuh›
bisschen grausam … teilweise … aber das Durchschnittspublikum(weiblich, ca. 60, gut situiert, … aaaah … (kommt alleine im eigenen Auto) ist begeistert.

2015-03-17 14:31:34 ‹Mr. Dabbeljuh›
Puuh, doofe Entertaste, nein, ich doof … ich User.

2015-03-17 14:33:43 ‹Mia›
Mr. Dabbeljuh du musst unbedingt mal auf deiner

Mailseite chatten, nur da bewegen sich die Smileys, ich könnte mich wegschmeißen, wenn ich das sehe.

2015-03-17 14:34:14 ‹Mr. Dabbeljuh›
... bei gmail?

2015-03-17 14:35:23 ‹Mia›
Ha, die hast du doch auch oder??

2015-03-17 14:35:29 ‹Mia›
Ich meine ja.

2015-03-17 14:35:53 ‹Mr. Dabbeljuh›
... muss ich mal testen – benutze ich selten ... :*

2015-03-17 14:36:21 ‹Mia›
Da ist jetzt von dir ein Smiley mit rotem Mund aufgetaucht :-)

2015-03-17 14:36:38 ‹Mr. Dabbeljuh›
... upps ...

2015-03-17 14:37:10 ‹Mia›
... und die klimpern mit den Augen.-)) Was hast du verschickt?

2015-03-17 14:37:37 ‹Mr. Dabbeljuh›
... na, so einen :-*

2015-03-17 14:38:20 ‹Mia›
Der hat sich nicht verwandelt :-*, ich kann das jetzt auch!!! So mach dich fertig!!!

2015-03-17 14:40:20 ‹Mr. Dabbeljuh›
Habe hier nur Zeichensprache … aber ich weiß, was der bedeutet.

2015-03-17 14:42:32 ‹Mia›
Ich verstehe nur Bahnhof, verstehe kein Wort!

2015-03-17 14:42:59 ‹Mr. Dabbeljuh›
… ja, nur noch schnell in die Schuhe hüpfen … Bye:);*
Hab mir die Augen zugehalten;) vorsichtshalber!!

2015-03-17 14:45:00 ‹Mia›
Mr. Dabbeljuh, Mr. Dabbeljuh

2015-03-17 14:46:05 ‹Mr. Dabbeljuh›
O:)
… so, bin jetzt weg hier von den Tasten, muss nun schnell zur Arbeit hasten;)
Genieße die Sonne, bis später :)

2015-03-17 17:00:02 ‹Mia›
Sonne genossen:-)))

2015-03-17 17:02:45 ‹Mr. Dabbeljuh›
… guuuut!

2015-03-17 17:33:26 ‹Mr. Dabbeljuh sendet zwei Fotos von dem neuen Bühnenbild.

2015-03-17 17:35:44 ‹Mr. Dabbeljuh›
… fast fertig!

2015-03-17 17:35:52 ‹Mia› d
Das sieht super aus, total aufwendig!!!!!!!!!! Der Wahnsinn!!

2015-03-17 17:36:27 ‹Mr. Dabbeljuh›
… jau, das ist's …

2015-03-17 17:37:10 ‹Mia›
Danke!

2015-03-17 17:38:51 ‹Mr. Dabbeljuh›
… ist aber nur ein Teil, zwei Akte sind in der Unterbühne(unter diesem Akt. Wird dann komplett 4m hochgefahren …

2015-03-17 18:42:17 ‹Mr. Dabbeljuh sendet ein Foto, auf dem man sehen kann, wie die Bühne sich verstellen kann.

2015-03-17 18:58:00 ‹Mr. Dabbeljuh›
Fertig! :D, in 15 Minuten kommen ja auch schon die Zuschauer …

2015-03-17 18:59:44 ‹Mia›
Ich applaudiere schon mal für den Aufbau!! :-))

2015-03-17 19:01:31 ‹Mr. Dabbeljuh›
Dankeschön!!
… jetzt noch schnell eine rauchen, Headset sitzt schon auf dem Ohr, und dann muss ich auf Sängerinnen in der Unterbühne aufpassen, damit denen beim rauf und

runter fahren nichts passiert ☺ Kindergartengruppe ist einfacher … lach

2015-03-17 20:11:03 ‹Mia›
Ahh, ein Bodyguard !!
Eben war ein Freund von uns da, haben wie Jugendliche vor dem Laptop gesessen und Lieder gehört, natürlich war auch Sting dabei und » piano man«
Du sollst auf die Sängerinnen aufpassen und nicht schreiben!!!!

2015-03-17 20:15:02 ‹Mr. Dabbeljuh›
:):):)

2015-03-17 20:15:21 ‹Mia›
Drei tanzende Smileys :-)
Mr. Dabbeljuh nicht schreiben, nur lesen!

2015-03-17 20:16:58 ‹Mr. Dabbeljuh›
… hab schon aufgepasst und in 3,5 Minuten Wohnung komplett umgeräumt, Umbau fertig, Puuh … Hechel …

2015-03-17 20:17:20 ‹Mia›
Sing us a song, you're the piano man
Sing us a song tonight
Well, we're all in the mood for a melody
And you've got us feeling alright

2015-03-17 20:17:45 ‹Mr. Dabbeljuh›
:)

2015-03-17 20:19:06 ‹Mia›
Ich sehe dich lächeln!!! Aber schön auf die Damen aufpassen!!

2015-03-17 20:20:30 ‹Mia›
Jetzt ist Sting mit Roxanne dran: you don't have to put on the red light
those days are over you don't have to sell your body to the night
Roxanne you don't have to wear that dress tonight
Walk the streets for money you don't care if it's wrong or if it's right
Roxanne you don't have to put on the red light

2015-03-17 20:21:39 ‹Mia›
Entschuldige, dass ich so verrückt bin, aber es macht einfach sooooo Spaß
Weiter Konzentration auf die Damen!!!!! nicht schreiben!
Jetzt Geigenmusik und was kommt danach? Nicht schreiben!!! Whenever I say your name, whenever I call to mind your face
Whatever bread's in my mouth, whatever the sweetest wine that I taste
Whenever your memory feeds my soul, whatever got broken becomes whole
Whenever I'm filled with doubts that we will be together
Wherever I lay me down, wherever I put my head to sleep
Whenever I hurt and cry, whenever I got to lie awake and weep
Whenever I kneel to pray, whenever I need to find a way
I'm calling out your name

Whenever those dark clouds hide the moon
Whenever those dark clouds hide the moon
Whenever this world has gotten so strange
I know that something's gonna change
Something's gonna change

2015-03-17 20:26:11 ‹Mia›
Mein Gott, hat Sting gute Lieder, ich kann gar nicht aufhören zu hören :-))))))
Habt ihr eigentlich Vorhänge auf der Bühne? Nicht dass dich einer anfällt, habe Erfahrung damit :-))))) Und weiter nicht schreiben. Nehme dich vor Vorhängen in Acht, könnten dich anfallen :-))
So Mr. Dabbeljuh, genug der Belästigung, ich wünsche dir einen schönen stressfreien Abend und einen schönen Feierabend danach. Schlaf gut!!!

2015-03-17 20:56:11 ‹Mr. Dabbeljuh sendet einen Smiley der ein rotes Herzchen küsst.

2015-03-17 21:06:10 ‹Mia›
Wieder ein großer Regelverstoß, ich muss dich wohl noch erziehen!!

2015-03-18 03:01:56 ‹Mr. Dabbeljuh›
… auweia x_x … bin gespannt;) – hat ja nicht mal meine Ma geschafft O:) … und außerdem steht in meinem Handbuch der Regeln auf Seite 42: alle Regeln. Die Regeln wollen das Mensch sich in Sachen Lila, Gefühlen, Liebe, Glücklich sein und dem Leben überhaupt geregelt an Regeln hält, regelmäßig unwirksam werden.

Um den schwerwiegenden Folgen eines unterdrückten Lilas entgegen zu wirken ist ein sofortiger Regelverstoß unumgänglich. Ätschbätsch :D
… ich bin jetzt gerade auch bisschen albern … war eine tolle Vorstellung heute, mit gaaanz vielen Bravo-Rufen … schönes Gefühl, wenn es den Leuten gefällt … ich gehe jetzt lieber mal schlafen … .muss morgen früh raus – mit meiner Ma ins Krankenhaus und Sie ein bisschen lila einfärben bevor sie in die Röhre geschoben wird … .wünsche dir einen wundervollen guten Morgen, Mia … bis später …

2015-03-18 05:32:39 ‹Mia›
Guten Morgen Mr. Dabbeljuh!

2015-03-18 05:41:21 ‹Mia›
Im Handbuch der Regeln auf der Seite 42 steht, man darf vergebene Frauen nicht verlegen machen und Küsschen schicken, das steht dort ganz dick und fett geschrieben.:-) Auch bei Lila gibt es Regeln :-))) Doch ein Muss bei Lila ist » albern zu sein« und da sind wir, so glaube ich ganz gut in Übung jetzt. Ich hoffe, dass ihr im Krankenhaus nichts Schlimmes zu erwarten habt. Ich bin heute in Köln und heute soll der schönste Tag der Woche sein. Mr. Dabbeljuh genieße heute die Sonne!!!!!!!! Bis später … .

2015-03-18 09:12:47 ‹Mr. Dabbeljuh›
Guten Morgen Mia!! … hab Kaffee eingefüllt, Wäsche aufgehängt, die Sonne scheint. Ich übe weiter … Viel

Vergnügen in Köln, hoffe kannst die Sonne auch bisschen genießen …

2015-03-18 11:00:04 ‹Mia›
Auch bei mir war Hausarbeit angesagt und nun ab nach Köln, weiterhin viel Sonne heute!

2015-03-18 11:01:30 ‹Mr. Dabbeljuh›
… meine Ma hat schon fast keine Angst mehr vor der MRT Röhre, ist nur noch aufgeregt … neulich ist sie geflüchtet, deshalb fahre ich diesmal mit … Bodyguard ;) lila wirkt fantastisch!!

2015-03-18 11:18:14 ‹Mia›
:-))))))

2015-03-18 12:10:23 ‹Mr. Dabbeljuh›
… mmmh, auch hierbei muss ich noch mehr üben, hat sie doch wieder Panik bekommen, naja, schlimmer noch dass ihr das dann peinlich ist … aller guten Dinge sind 3, nächster Versuch April … musst du wieder so lange zugfahren?

2015-03-18 12:15:17 ‹Mia›
Nein von insgesamt 2 h habe schon eine hinter mir:-)) Der Zug ist total überfüllt und es riecht: naja:-))))

2015-03-18 12:16:17 ‹Mia›
Bin gerade umgestiegen

2015-03-18 12:17:32 ‹Mr. Dabbeljuh›
… eine Stunde geht ja noch, wäre ja sonst schade um die Sonne:)

2015-03-18 12:18:00 ‹Mia›
Ich sollte mal mit Parfüm durch das Abteil gehen XDXDXDXD

2015-03-18 12:18:03 ‹Mia›
Es ist schade, dass es bei euch mit der Untersuchung nicht geklappt hat.

2015-03-18 12:20:13 ‹Mr. Dabbeljuh›
Never mind, ich hab sie in den Arm genommen und beruhigt …

2015-03-18 12:20:50 ‹Mia›
Also braucht deine Ma noch mehr Lila, du weißt ja wie das jetzt funktioniert :D:D

2015-03-18 14:29:38 ‹Mr. Dabbeljuh›
Na, hast Du Parfüm verteilt? Haben der Zug oder Leute gerochen? Bist ja sicher schon befreit! :D

2015-03-18 16:03:41 ‹Mia›
Es hat im Zug schlecht gerochen und nicht ich XDXDXDXD befreit von was??

2015-03-18 16:05:51 ‹Mr. Dabbeljuh›
Na, vom der Zugfahrt;)
… bin gerade einkaufen, man gut das ich schon Essen

war … kaufe sonst immer Zeugs was ich nicht brauche XD

2015-03-18 16:16:23 ‹Mia›
Das geht mir auch so, deshalb schön vorher essen XDXDXD muss noch 2 Stunden durchhalten und mein Akku geht leer und kein Ladekabel dabei!

2015-03-18 16:21:00 ‹Mr. Dabbeljuh› ,
Oh, dachte bist schon da! Was machst du dort, teile dir den Strom gut ein^_^

2015-03-18 18:15:33 ‹Mia›
Ich bin seit 14 h da, es ist eine Fortbildung von Datev.

2015-03-18 18:17:07 ‹Mr. Dabbeljuh›
… upps, was ist denn das? Du machst ja auch Multitasking, ne!

2015-03-18 18:18:52 ‹Mia›
Man tut was man kann!!

2015-03-18 18:20:54 ‹Mr. Dabbeljuh›
Kannst Du jetzt eigentlich sehen welches Gerät ich benutze? Ich habe mal deinen Tipp befolgt und gmail angeworfen … unglaublich … wie diese Datenkrake Google alles miteinander verknüpft … tssstssstsss

2015-03-18 18:21:18 ‹Mia›
Ja jetzt. Mach mal den Smiley. :-)

2015-03-18 18:22:47 ‹Mr. Dabbeljuh›
:)

2015-03-18 18:22:48 ‹Mia›
Der wird sich bewegen!

2015-03-18 18:23:30 ‹Mr. Dabbeljuh›
… nee, deiner ist auch nur Punkt, Strich, Klammer … :(

2015-03-18 18:24:04 ‹Mia›
Beim Handy funktioniert es nicht :D:D:D:D
Mein Akku wird bald Auf Wiedersehen sagen, da er auf 40 % ist und der Rest geht schnell runter.

2015-03-18 18:25:49 ‹Mr. Dabbeljuh›
… habe Laptop an – aber muss mich erstmal durchwurschteln … gmail, Hangouts und g+, das wird mir alles gleichzeitig angezeigt … x_x

2015-03-18 18:26:39 ‹Mr. Dabbeljuh›
… überhaupt kein Ladekabel dabei? … nicht gut, du …

2015-03-18 18:27:43 ‹Mia›
Nein leider nicht!

2015-03-18 18:28:28 ‹Mr. Dabbeljuh›
… ich musste die Tage teilweise 2mal aufladen, lach … kein Wunder … haben wir schon 50000+ erreicht!

2015-03-18 18:28:51 ‹Mia›
Vielleicht 60000 XDXDXDXD

2015-03-18 18:31:35 ‹Mia›
Ich sehe das Symbol von einem PC oder Laptop.

2015-03-18 18:32:51 ‹Mr. Dabbeljuh›
… ich habe spaßeshalber mal probiert die alle zu lesen … äußerst gefährlich für die Lachmuskeln XD … … das ist einfach unglaublich … sooooviel, hab ich mit noch keinem Menschen geschrieben

2015-03-18 18:33:36 ‹Mia›
Warum gefährlich ? Mr. Dabbeljuh ich muss mich verabschieden:‘(:‘(
Bis bald !!! Nur wegen dem Akku :‘(??B-)XDXD

2015-03-18 18:35:53 ‹Mr. Dabbeljuh›
… ok … tschööö mit ö!

2015-03-18 21:29:07 ‹Mia›
Sitze immer noch im Zug, da dauernde Verspätungen, Akku 14% und musste unheimlich lachen als ich daran gedacht habe, dass du versuchst hast alle Nachrichten zu lesen XDXDXD beantrage bitte Urlaub dafür!! :D:D

2015-03-18 22:25:18 ‹Mr. Dabbeljuh›
… ohoh, neue Post! Bin gerade zurück von Besuch bei Nachbarin(Freundin von vor vielen Jahren) … .das ist ja doof mit der Bahn, zum Glück schneit es nicht noch … mit Urlaub nehmen ist ne prima Idee, habe noch sooo viele Tage und Überstunden, könnte knapp reichen zum lesen;)

2015-03-18 22:28:13 ‹Mia›
Ich bin gerade nach Hause gekommen, bisschen Musik zum runter kommen und dann Bubu, denn morgen wieder um 8 Uhr arbeiten :-))

2015-03-18 22:29:34 ‹Mr. Dabbeljuh›
Frag doch mal nach dem Grund der Verspätungen … die oft verwendeten Ausreden können auch gut zur allgemeinen Erheiterung beitragen … ^_^

2015-03-18 22:30:16 ‹Mia›
… technische Probleme, immer dasselbe:-)

2015-03-18 22:31:21 ‹Mr. Dabbeljuh›
… siehste …

2015-03-18 22:31:41 ‹Mia›
Ja, habe ich gesehen :-)))))))))))))))

2015-03-18 22:33:47 ‹Mr. Dabbeljuh›
… ich hab im letzten Jahrtausend da mal meine erste Ausbildung gemacht … deswegen find ich die Ausreden so Banane … -_-Zzz

2015-03-18 22:35:27 ‹Mia›
Banane :-)))))))))) ich finde es Birne!

2015-03-18 22:36:22 ‹Mr. Dabbeljuh›
… die lügen, ohne rot zu werden …

2015-03-18 22:36:50 ‹Mia›
Da hast du wohl Recht.

2015-03-18 22:39:48 ‹Mr. Dabbeljuh›
… nur die Nerven behalten und mit Humor nehmen … quasi ne lila Wolke um dich herum positionieren, dann bleibt's erträglich??

2015-03-18 22:40:26 ‹Mia›
Mr. Dabbeljuh, ich fühl mich gut, keine Sorge, ich bin lila ganz und ganz

2015-03-18 22:41:11 ‹Mr. Dabbeljuh›
… schööön:)

2015-03-18 22:41:19 ‹Mia›
:-)))))))))))))

2015-03-18 22:41:52 ‹Mia›
Hast du denn jetzt endlich die bewegenden Smileys gesehen?

2015-03-18 22:42:16 ‹Mr. Dabbeljuh›
..Nein … heul.

2015-03-18 22:43:01 ‹Mia›
Och Mr. Dabbeljuh, ich bilde sie mir doch nicht ein, auch wenn ich lila bin, heul

2015-03-18 22:43:57 ‹Mr. Dabbeljuh›
… die Einzigen die ich gefunden habe sind im Handy,

unter der Rubrik: Sticker anhängen ... so welche wie der von gestern ...

2015-03-18 22:46:17 ‹Mia›
nein, wenn du bei Gmail Mail Seite eintippst und dann nach dem Text oder so ein Doppelpunkt, ein Minuszeichen und eine Klammer zu dann verwandelt es sich zum Smiley

2015-03-18 22:47:05 ‹Mr. Dabbeljuh sendet einen Hangoutssticker, einen lila Kater, welcher winkt

2015-03-18 22:47:46 ‹Mia›
;-))))))))))))

2015-03-18 22:54:23 ‹Mia›
Mr. Dabbeljuh ich werde nun Bubu gehen, schlafe gut und gute Nacht!!!

2015-03-18 22:56:19 ‹Mr. Dabbeljuh›
... ok, schlaf schööön:) ich werde mir meinen Samstagabend noch bisschen gemütlich machen ... Bye, Bye

2015-03-18 22:57:44 ‹Mia›
Bye, Bye

2015-03-19 04:58:11 ‹Mia›
Guten Morgen Mr. Dabbeljuh, vielen, vielen Dank, die geklauten Blumen sind wunderschön. Ich wünsche dir einen wunderschönen und natürlich lila Tag, Ich könnte mich in dem Foto verlieren, wenn ich es lange anschauen

würde, hat aber auch etwas von morgens, denn die Sonne sieht noch so frisch aus und die Luft scheint noch leicht kühl zu sein, genauso wie ein Morgen sein soll, atme mal tief ein und aus!! Spürst du das? In der Luft liegt noch etwas Feuchtigkeit, denn hinten sehe ich noch den letzten Nebelschleier. Einfach nur wundervoll. Du hast dann heute wohl Sonntag, genieße ihn. Bis bald … .. :-)

2015-03-19 09:36:33 ‹Mr. Dabbeljuh›
Juhu:) Jaaaa, heute ist mein Sonn(en)tag:D
Guten Morgen Mia, das Bild fand ich auch einfach wundervoll:) konnte mich nicht beherrschen das zu mopsen, heute habe ich auch Einiges vor, erstmal jetzt gleich eine alte Freundin besuchen – habe sie bestimmt 20Jahre nicht gesehen und neulich lief sie mir bei der WorldBeatParty genau vor die Füße. Da sie jetzt mit Family hier wohnt muss ich die Gelegenheit nutzen, dass ich frei habe. Und dann habe ich mir noch vorgenommen meiner »noch« verheirateten ein Geburtstagsblümlein vor die Tür zu stellen – trotz allem Ärger muss das sein, finde ich.

2015-03-19 11:56:35 ‹Mia›
Hallo Mr. Dabbeljuh, hier bei uns ist heute leider keine Sonne, also am Himmel :-)). Ich fühle mich heute erschöpft, werde mich nachher hinlegen und Kraft tanken. Ich habe weiterhin viele Baustellen offen, die nacheinander abgearbeitet werden müssen, in der Ruhe und Sting liegt Kraft. Ich kenne zwar nicht deine Geschichte, was deine Trennung angeht, doch ich denke deine Frau wird sich freuen. Viel Spaß bei deinen ganzen Begegnungen

heute:-)))))))))))))) Bis bald. Gut, dass du das Foto gemopst hast, sonst hätte ich es nicht sehen können. :-))))

2015-03-19 13:36:20 ‹Mr. Dabbeljuh›
… och, das ist schade dass keine Sonne ist, hier brüllt sie vom Himmel!! Genau das was ich brauche:)Der Besuch eben war klasse, viel zu erzählen, erfordert Fortsetzung … gleich auch noch super sympathischen Menschen kennengelernt, ihren Mann und Einladung bekommen, neuer Standplatz für Kanu ist auch sicher(eine Sorge weniger) … ach, es ist einfach toll was mir gerade so passiert^_^fühle mich gut, lebe wieder! So, jetzt weiter -kurz in die City, vielleicht noch Momente für Fotos fangen, Motorrad fit machen … vorgenommen hab ich mir Einiges, aber lass mich auch gerne vom Lebensfluss überraschen!! Ruhe dich gut aus. Bis später:)

2015-03-19 16:48:13 ‹Mia›
Hey Mr. Dabbeljuh, habe 2 h Bubu gemacht und du genieße weiter die Sonne, bei uns leider nebelig, so wie mein Kopf heute! XDXD Habe eben mit meiner Werbefirma gesprochen, einige Sachen ändern lassen. Und jetzt müssen noch einige Telefonate erledigt werden … . Bis dann

2015-03-19 19:38:54 ‹Mia›
Hallo Mr. Dabbeljuh, heute kann sich mein Körper nicht hochfahren :-) Ich hoffe du hattest einen schönen Tag Was hat deine Frau zu deinen Blümchen gesagt??

2015-03-19 19:42:49 ‹Mr. Dabbeljuh›
Hallo Mia:) vielleicht brauchst du einfach mal eine kleine Pause … Vollmond ist auch keiner … Du hast sooo viel gemacht in den letzten Tagen, ist doch kein Wunder, wenn sich der Körper dann mal auf Sparflamme schaltet … und keine Sorge, das wird dann wieder – mit lila und lustig und Nebel aus dem Kopf weg:)

2015-03-19 19:45:35 ‹Mia›
Genauso fühle ich mich: Nebel im Kopf :-), wahrscheinlich weil hier bei uns so ein Wetter ist. Ich habe keine Sorge, mir ist schon bewusst, dass ich mal eine Ruhepause brauche :-)))
Mr. Dabbeljuh, ich muss dich was fragen: fühlst du dich mit unserer Schreiberei überfordert, wenn du das nicht so haben möchtest, musst du es nur schreiben.

2015-03-19 19:47:49 ‹Mr. Dabbeljuh›
… meine Frau habe ich nicht gesehen, Tochter war da, am Kuchenbacken, hat sich gefreut mich zu sehen. Ich hatte sowieso vor die nur dorthin zu stellen … eben kam gerade ein freundliches Danke per Whatsapp, freut mich das meine permanente Freundlichkeit langsam Wirkung zeigt:)

2015-03-19 19:48:18 ‹Mia›
Das freut mich für dich!!

2015-03-19 19:48:57 ‹Mr. Dabbeljuh›
… wie, was, warum … überfordert? Neeiiin

2015-03-19 19:50:03 ‹Mia›
Weil ich zwar schon viel mit Freunden schreibe oder geschrieben habe, aber das hier übertrifft alles!! :-)))

2015-03-19 19:50:03 ‹Mr. Dabbeljuh›
… im Gegenteil … ist es für Dich zu viel?

2015-03-19 19:51:12 ‹Mia›
Wenn es zu viel wäre, würde ich es dir schreiben, oder weniger schreiben :-))

2015-03-19 19:51:38 ‹Mr. Dabbeljuh›
… na dann ist doch alles lila …

2015-03-19 19:52:31 ‹Mia›
Ich finde es witzig, das 2 fremde Personen, die sich ja eigentlich nicht kennen, so viel schreiben. :-)) … genau lila ist prima

2015-03-19 19:54:33 ‹Mr. Dabbeljuh›
… das ist in der Tat bemerkenswert … ich hatte das sooo noch nie … ich kann's mir auch nicht erklären … ist einfach so … und schööön!

2015-03-19 19:56:33 ‹Mia›
Also fragen wir nicht warum, oder weshalb, Lila ist schuld :-)

2015-03-19 19:56:47 ‹Mia›
… weshalb wollte ich schreiben. Beginnt deine Woche Morgen wieder?

2015-03-19 19:57:54 ‹Mr. Dabbeljuh›
Jupp, genauso! … ja, morgen Frühdienst

2015-03-19 19:58:44 ‹Mia›
Was wird im Theater laufen?

2015-03-19 20:00:18 ‹Mr. Dabbeljuh›
Probe für »alle meine Söhne« – Schauspiel, Samstag ist Premiere …

2015-03-19 20:00:38 ‹Mia›
Hört sich schön an!!

2015-03-19 20:01:42 ‹Mr. Dabbeljuh›
… mh, ich weiß noch nicht … habe wenig bisher gesehen davon … manche Schauspiele sind laaaaangweilig …

2015-03-19 20:02:15 ‹Mia›
Ohhhh, langweilig finde ich doof :-)))

2015-03-19 20:02:26 ‹Mr. Dabbeljuh›
… Yes!!!

2015-03-19 20:02:33 ‹Mia›
:-)))

2015-03-19 20:03:26 ‹Mr. Dabbeljuh›
… das letzte richtig Gute war »der nackte Wahnsinn« 2,5 Stunden Tränen gelacht XD

2015-03-19 20:03:28 ‹Mia›
Hör mal Mr. Dabbeljuh, wirst du wirklich mein Buch lesen?

2015-03-19 20:03:46 ‹Mia›
Werde ich mal googlen, das Schauspiel.

2015-03-19 20:03:55 ‹Mr. Dabbeljuh›
… ich wollte es heute kaufen … die haben das nicht … grrr

2015-03-19 20:04:16 ‹Mia›
Du brauchst das doch nicht lesen!!!!

2015-03-19 20:04:43 ‹Mr. Dabbeljuh›
… hä, wieso nicht?

2015-03-19 20:04:59 ‹Mia›
Hä??? :-)))) … weil das nicht sein muss!

2015-03-19 20:05:33 ‹Mr. Dabbeljuh›
… wohl!

2015-03-19 20:06:18 ‹Mr. Dabbeljuh›
… ich lese gerne und bin neugierig …

2015-03-19 20:07:29 ‹Mr. Dabbeljuh›
die haben mir gesagt, sie haben es nicht, aber ich kann es bestellen – wird dann extra gedruckt, nur für mich, grins

2015-03-19 20:07:45 ‹Mia›
Grins

2015-03-19 20:08:50 ‹Mia›
Amazon und BoD und Thalia haben es vorrätig

2015-03-19 20:09:36 ‹Mr. Dabbeljuh›
… ah, ok – ich wollte den örtlichen Buchhandel unterstützen …

2015-03-19 20:09:51 ‹Mr. Dabbeljuh›
… bei Thalia war ich zuerst – nix gefunden

2015-03-19 20:10:03 ‹Mia›
Alles nur Online!

2015-03-19 20:10:20 ‹Mr. Dabbeljuh›
… he, ich will das anfassen

2015-03-19 20:10:41 ‹Mia›
Denn so bekannt bin ich noch nicht :-)))) noch nicht :-)))))

2015-03-19 20:11:09 ‹Mr. Dabbeljuh›
… also ich kenn dich schon mal und das es bekannt wird kommt dann, sicher!

2015-03-19 20:11:48 ‹Mia›
Ach nein ;-)) … die Frage ist, wie gut?? ;-))) du mich kennst?

2015-03-19 20:13:41 ‹Mr. Dabbeljuh›
ach so, nee – so kenn ich dich natürlich kaum … wie denn auch …

2015-03-19 20:14:24 ‹Mia›
Ich muss echt lächeln.

2015-03-19 20:14:37 ‹Mr. Dabbeljuh›
… wieso?

2015-03-19 20:15:18 ‹Mia›
Über deine Antwort, es ist kein auslachen!!!

2015-03-19 20:16:06 ‹Mr. Dabbeljuh›
… na, das hab ich auch nicht gedacht

2015-03-19 20:16:14 ‹Mia›
Gut!!

2015-03-19 20:16:52 ‹Mr. Dabbeljuh›
… lächeln ist ja auch nicht auslachen, aber geschrieben warum hast du nicht …

2015-03-19 20:19:40 ‹Mia›
Ich würde mich gerne für heute bei dir verabschieden, Mr. Dabbeljuh es ist eine große Bereicherung dich kennengelernt zu haben. Ich kann wirklich nicht anders sagen. Gute Nacht bis Morgen, ich werde meinen Körper heute früher runterfahren müssen.

2015-03-19 20:20:41 ‹Mia›
Der Kopf will nicht, doch der Körper fordert.

2015-03-19 20:24:14 ‹Mr. Dabbeljuh›
… mach das mal, bestimmt brauchst Du demnächst noch ordentlich Power. ich freue mich auch riesig dich getroffen zu haben, ehrlich, macht mich so freudig, wenn nicht in irgendeiner Form glücklich, danke dir dafür. So, nun ab – Bubu oder chillen, runterfahren und auftanken … Gute Nacht und schöne Träume:)

2015-03-19 20:24:41 ‹Mia›
:-)))))))))))))))))) dir auch!!!!!

2015-03-19 20:25:02 ‹Mr. Dabbeljuh›
:))))))))))))

2015-03-19 20:25:14 ‹Mr. Dabbeljuh›
… los jetzt! ;)

2015-03-19 22:55.15 ‹Mr. Dabbeljuh sendet ein Foto von einem Gänseblümchen

2015-03-20 05:44:09 ‹Mia›
Guten Morgen Mr. Dabbeljuh, vielen, vielen Dank, die Blume so zart und wunderschön. Fühle mich schon etwas besser, brauche wohl noch einen Tag :-)) dann bin ich wieder voll da. Mr. Dabbeljuh weißt du, was mir an dir so gefällt, dass du schreibst, was du denkst und dass du es ehrlich schreibst und das ist unbezahlbar. Merke

dir das!!! Ich wünsche dir einen wundervollen lila Tag. Bis bald!!
Hast du gesehen, an der Blüte ist lila :-))))))))

2015-03-20 07:57:19 ‹Mr. Dabbeljuh›
Moinsen Mia, hab ich gesehen;) bin ja auf dem Bauch ran gerobbt

2015-03-20 07:58:15 ‹Mr. Dabbeljuh sendet einen Blumenstrauß mit verschiedenfarbigen Tulpen

2015-03-20 08:00:03 ‹Mr. Dabbeljuh›
… jetzt machst Du mich bisschen verlegen!!

2015-03-20 08:41:10 ‹Mia›
Mr. Dabbeljuh will dich nicht verlegen machen, ich schreibe nur das was ich empfinde, wenn du mir schreibst. Und 2 Blümchengrüße sind für einen Tag zu viel :-))))))))))), sind aber wunderschön!!

2015-03-20 10:00:12 ‹Mr. Dabbeljuh›
… bin das nur nicht gewöhnt solche Komplimente zu bekommen … viele Blumen sind nie zu viel^_^die Tulpen sind ganz neu, musst Du doch wenigstens anschauen können

2015-03-20 10:07:10 ‹Mr. Dabbeljuh›
Die Sonnenfinsternis fängt gerade an … huh, gruselig!

2015-03-20 10:50:11 ‹Mr. Dabbeljuh›
… total abgefahren, it's magic …

2015-03-20 10:59:06 ‹Mia›
Wenn lila werden würde, würde ich umfallen XDXDXDXD

2015-03-20 10:59:14 ‹Mia›
Wenn es lila

2015-03-20 11:03:11 ‹Mr. Dabbeljuh›
… war lila, ganz zartes, kaum wahrnehmbar … :) … bei der letzten Großen vor vielen Jahren bin ich mit Wohnmobil Richtung Süddeutschland, unglaublich wundervolles Erlebnis an einem kleinen See gehabt … Das sind so Momente die immer in Erinnerung bleiben, genau wie meine Reisen, acht Monate Südostasien- 5000 Kilometer per einheimischer Verkehrsmittel gefahren –unvergessbar!

2015-03-20 11:28:02 ‹Mia›
Asien möchte ich nächstes Jahr besuchen, ich möchte eine große Reise machen und in Asien anfangen, acht Monate kann ich mir nicht leisten, ich werde es stückweise angehen. Ja, es gibt manchmal Erlebnisse, die man nie vergessen wird. Es ist schade, dass du Komplimente nicht gewohnt bist!! Ich mag von einigen Menschen auch keine Komplimente und ich mag nicht, wenn man sich um mich Sorgen macht.

2015-03-20 11:40:00 ‹Mr. Dabbeljuh sendet ein Foto der Sonnenfinsternis

2015-03-20 11:42:04 ‹Mr. Dabbeljuh›
Filter war zu schwach,:'(

2015-03-20 11:48:18 ‹Mia›
Mensch Mr. Dabbeljuh habe es noch nie sooo schön gesehen, das ist der absolute Wahnsinn!!!!!!!

2015-03-20 11:53:29 ‹Mr. Dabbeljuh›
… upps, wollte das schon löschen …

2015-03-20 12:00:05 ‹Mr. Dabbeljuh sendet weitere Fotos der Sonnenfinsternis und diese haben einen lila Schimmer

2015-03-20 12:00:34 ‹Mr. Dabbeljuh›
… schau, Liiiilaaa …

2015-03-20 12:08:53 ‹Mr. Dabbeljuh›
… als Reisetipp sag ich einfach nur Thailand, die sind so unglaublich.:):):)Malaysia, Sumatra, Java ist anstrengend … irre schöne Natur aber besonders mit blonden Haaren wirst Du entweder Staralüren entwickeln oder Nervenzusammenbruch bekommen … ;)

2015-03-20 13:01:10 ‹Mia›
Mr. Dabbeljuh die musst du posten!!!!!
Oder ich färbe meine Haare dunkel XDXD
Die lila Sonnenfinsternis ist unglaublich, ich bin gerade umgefallen, das hast du jetzt davon. :-)

2015-03-20 13:13:00 ‹Mr. Dabbeljuh›
… lach, die sind schon von wem anders gepostet … bei die Hobbyfotografen … Wollte dir nur lila zeigen, aber nicht umfallen jetzt ;) und wenn doch bitte mit Foto, lach …

2015-03-20 13:14:30 ‹Mia›
Du willst die umfallende Mia sehen :-)))) oh Gott lieber nicht,

2015-03-20 13:15:14 ‹Mr. Dabbeljuh›
XD

2015-03-20 13:19:36 ‹Mr. Dabbeljuh›
Haare färben, mh, nee, lass mal, geht doch nicht wieder so einfach raus … obwohl … vielleicht steht es dir ja auch gut so, wie jetzt deine blonden … schwer zum Vorstellen …

2015-03-20 13:21:25 ‹Mia›
Ich habe mir mal meine Haare schwarz gefärbt, also blonde Haare selbst schwarz gefärbt, es kam moosgrün heraus :-))))))) ich war einfach unwiderstehlich moosgrün :-))

2015-03-20 13:22:29 ‹Mia›
müsste rot ausprobieren!! ;-)

2015-03-20 13:23:44 ‹Mr. Dabbeljuh›
XDXDXD

2015-03-20 13:24:31 ‹Mr. Dabbeljuh›
Rot ist gute Alternative:)

2015-03-20 13:25:15 ‹Mia›
Wann musst du denn los?

2015-03-20 13:25:36 ‹Mr. Dabbeljuh›
Wohin?

2015-03-20 13:25:42 ‹Mia›
… arbeiten

2015-03-20 13:26:03 ‹Mr. Dabbeljuh›
… mach ich doch …

2015-03-20 13:27:52 ‹Mia›
Oh Mist Mr. Dabbeljuh, ich störe ab sofort nicht mehr!!! :-)))))))))))))))) bis dann Mr. Dabbeljuh und nicht ablenken lassen ;-)

2015-03-20 13:28:59 ‹Mr. Dabbeljuh›
… .wir waren gut und schnell … jetzt sind die Beleuchter dran … heute Abend Generalprobe …
Hey, Du störst mich nicht!

2015-03-20 13:29:45 ‹Mia›
Viel Spaß noch und schön lächeln!!!!!!!!!!!!!!!!!!!!!!!!!!!

2015-03-20 13:30:09 ‹Mia›
… aber die Arbeit!!

2015-03-20 13:33:08 ‹Mr. Dabbeljuh sendet einen riesen Smiley mit verschmitzten Augen der sich den Mund zuhält.

2015-03-20 17:16:36 ‹Mr. Dabbeljuh›
So, endlich Feierabend, gleich holt mich mein Schwes-

terlein ab … wir gehen doch Freitags immer schwimmen(wenn ich kann) mit noch paar anderen, nach Lust und Laune … .32 Grad waaarm, mmmh, letztes Mal war sogar da das Wasser lila …

2015-03-20 17:17:50 ‹Mia›
Ich will auch schwimmen, bitte eine Runde oder 2 oder 3 für mich im warmen Wasser mitschwingen

2015-03-20 17:18:54 …
… mach ich …

2015-03-20 17:19:41 ‹Mia›
Meinte mitschwimmen ☺

2015-03-20 17:20:30 ‹Mia›
Das Handy schreibt dauernd irgendwelche Fehler in meine Texte …

2015-03-20 17:21:33 ‹Mr. Dabbeljuh›
Ich kann schon wieder nicht mehr lesen vor Tränen

2015-03-20 17:21:47 ‹Mia›
??????warum????

2015-03-20 17:21:57 ‹Mr. Dabbeljuh›
Meins auch …

2015-03-20 17:22:24 ‹Mia›
Warum lachst du denn??

2015-03-20 17:27:12 ‹Mr. Dabbeljuh›
… na, wegen Fehlern und gute Laune … und weil meint Handy spinnt … das Wasser macht ganz kirre, wenn man da leicht und schwerelos dahingleitet, die farbigen Lampen dazu, ich bin dann immer ganz tiefenentspannt und kuschelig hinterher:)

2015-03-20 17:28:21 ‹Mia›
Ich beneide dich für das schwerelose Dahingleiten

2015-03-20 17:28:53 ‹Mr. Dabbeljuh›
… ja, sooo toll …

2015-03-20 17:29:30 ‹Mia›
Ich gehe auch öfters bei uns in die Therme und ich empfinde es genauso

2015-03-20 17:30:00 ‹Mr. Dabbeljuh›
Therme ist noch besser …

2015-03-20 17:30:51 ‹Mia›
Also Tasche packen und los jetzt mit deiner Schwester und hier nicht mehr schreiben, also viel Spaß

2015-03-20 17:31:04 ‹Mia›
Und genieße …

2015-03-20 17:32:57 ‹Mr. Dabbeljuh›
… ich mag das Gefühl von Wasser am Körper, genau wie warme Sonnenstrahlen auf der Haut, mmmh … Tasche ist schon fertig, warte auf Abholung

2015-03-20 17:34:33 ‹Mia›
Mr. Dabbeljuh, ich weiß nicht was das hier ist, es ist wunderschön und verrückt lila mit dir!!!
Ich empfinde dich als einen Freund, den ich schon lange kenne, obwohl ich dich ja nicht kenne :-)

2015-03-20 17:39:09 ‹Mr. Dabbeljuh›
:) :-*

2015-03-20 17:39:31 ‹Mia›
kein Kusssmiley!!!!! Regelverstoß

2015-03-20 17:43:19 ‹Mr. Dabbeljuh›
☺

2015-03-20 17:44:51 ‹Mia›
Los jetzt ins Wasser mit dir

2015-03-20 21:30:30 ‹Mia›
Gute Nacht Mr. Dabbeljuh
Hey Mr. Dabbeljuh muss dir noch etwas schreiben, auf meiner Facebook Fanseite sammeln sich alle Männer der fernöstlichen Länder, Hilfeeeeee!!!! Ich will mich doch nicht verkaufen, nur mein Buch :-)))))))))))))) Nachher stehen die Kamele vor unserem Haus und ich bin weg :-)))))) Ich hoffe, ihr hattet viel Spaß beim Schwimmen. So jetzt genug geschrieben. Gute Nacht!!

2015-03-21 00:53:05 ‹Mr. Dabbeljuh›
… auweia, na das kann ja »lustig« werden … bei Gesichtsbuch bin ich nicht … ich schau mal ob ich ohne

Anmeldung reinkomme ... lass dich nicht wegfangen;)

2015-03-21 01:18:21 ‹Mr. Dabbeljuh›
... schwimmen war wieder toll, das Wasser war ganz in Ehrlichkeit toootaaal lila heute ... selbst meiner Schwester ist das aufgefallen ... um uns, Arme, Beine, Körper war ein lila Schimmern wie eine Aura – total irre ... ich habe versucht das nur auf das Licht zurückzuführen – blaue Lampen im Wasser – aber es war einwandfrei lila ... ich könnt's nicht glauben wenn ich's nicht gesehen hätte ... leider hatten die anderen kurzfristig bei meiner Sister abgesagt – da hatten wir mal bis auf ein paar andere Leute mit 2 Babys das ganze Becken für uns alleine – cool? die ganze Atmosphäre hat dazu verleitet tiefsinnige Gespräche über Energie und Wahrnehmung zu führen, dazu das Plätschern und das warme Wasser ringsherum ... wundervoll! Anschließend haben wir noch unseren obligatorischen Spätsnack beim Türken in der Nähe eingeatmet – lustig war's wieder einmal, die kennen uns und unsere Albernheit mittlerweile ja schon, ich habe ein paar Bahnen mich vom Wasser treiben lassen, mit Gedanken an dich – ich hoffe das schöne Gefühl ist angekommen ... so, nun ist's wieder mal viiiel zu spät eigentlich ... aber ich musste erstmal langsam runterkühlen bei einem Drink, Zigarette und Sting ... hihi, reimt sich sogar ... ok, muss ja morgen wieder früh ran – viel zu tun haben wir nicht mehr für Premiere – aber trotzdem, paar Stunden Schlaf brauch ich dennoch ... Gute Nacht, Mia – bzw. Guten Morgen – wird's ja schon sein wenn du das liest? und Danke

für alles verrückt Lilane was hier gerade mit uns passiert ich kenn dich, ich kenn dich nicht … irgendwie ist's trotzdem so vertraut wie schon immer kennen … wundervoll unerklärlich :)))))))))))))))))))))))

2015-03-21 01:21:54 ‹Mr. Dabbeljuh› sendet ein Foto von einem Baum der am Meer steht und durch den Baum ist die untergehende Sonne zu sehen. Das Meer, sowie der Himmel erstrahlen in der Farbe Lila

2015-03-21 06:39:25 ‹Mia›
Guten Morgen Mr. Dabbeljuh, ja bei mir ist schon Morgen, wenn ich deine späten Nachrichten lese. Mit dem Schwimmen hat sich echt gut angehört. Vielleicht gehe ich heute mal für 2 Stunden, sich einfach mal treiben, in der Schwerelosigkeit--- schööön---- Wasser Lila hört sich wahnsinnig spannend an. Habe gestern meinem Freund von dir erzählt, habe ihm erzählt, dass ich mit dir chatte und das wir beide Lila mögen :-)))))))))))))))))))). Ich habe nicht erzählt, dass wir bei 65000 Chats sind :-))))))))) und auch nicht, dass wir uns beide nicht erklären können, warum wir uns so sympathisch finden, obwohl wir uns ja nicht kennen :-)) Manche Sachen sind halt unerklärlich, vielleicht finden wir uns ja irgendwann »saudoof« :-))) Deshalb genießen wir jetzt und hier. Ich werde heute die Buchhaltung machen, ich muss 3 Monate Papiere in das Programm Datev (Buchhaltungsprogramm) eintippen. So jetzt weißt du wieder ein Stückchen mehr über mich, doch Vieles finde ich einfach unwichtig. Ich finde mich persönlich nicht so wichtig, ich finde es wichtig, wenn Menschen ihr Leben gerne leben und genießen. Denn es

ist das Kostbarste was wir geschenkt bekommen können und das muss man auch erstmal lernen zu verstehen. Ohhhh Sentimentalität!! gehört wohl zum Leben auch dazu :-))
Ich wünsche dir einen wundervollen Tag gespickt mit lauter lila Situationen.

2015-03-21 07:14:19 ‹Mr. Dabbeljuh›
Guten Morgähn;) Mia mit einem Auge lesen, mit dem anderen Sachen packen … muss ich gleich nochmal in Ruhe lesen … bei der Arbeit, grins … danke das Du mir mal mehr von Dir scheibst:) bis später, bin jetzt in Hektik, lach … .

2015-03-21 07:17:36 ‹Mia›
Ich habe Augenkino, wie Mr. Dabbeljuh hektisch durch die Wohnung rauscht :-)))))))))))) Entschuldigung finde es echt witzig. Vergesse den Kaffee nicht!!

2015-03-21 07:25:48 ‹Mr. Dabbeljuh›
Lach, Augenkino … voll Realität XDXDXD

2015-03-21 10:51:47 ‹Mr. Dabbeljuh›
… so, Frühstück:) Premierenputz fast geschafft … bisschen Zeit zum Lesen, Schreiben … draußen ist Schneeregen, brrrrrrr … Du hast ja gut was vor für heute … schau zwischendurch immer mal schöne Bilder an:) toll, dass du deinem Freund erzählen kannst, echt beneidenswert. Mir kam irgendwann der Gedanke, dass ich positiv denken muss, um aus der negativen Schleife rauszukommen … .seitdem ist alles von Tag zu Tag besser und

immer lilaner ☺Meine Kollegen fragen, ob ich Romane schreibe, lach … nee, ich nicht, hab ich gesagt … .die können manchmal echt so doof sein … .aber liebenswert ;) mach mal mit schwimmen gehen, das ist sooo toll☺ Da, Ding Dong, Email von Thalia … mein persönliches Exemplar geht in Druck☺lila Nachrichten sind immer guuuut^_^

2015-03-21 10:57:38 ‹Mr. Dabbeljuh›
65000 Nachrichten, ich beantrage Aufnahme für Guinnessbuch ☺ volllila^_^?????

2015-03-21 11:00:28 ‹Mr. Dabbeljuh›
He, mein Handy hat sich umentschieden … statt Worte wegzulassen macht's jetzt Fragezeichen einfach ohne zu fragen … }:)

2015-03-21 11:17:37 ‹Mr. Dabbeljuh sendet ein Bild mit lauter Konfettis darauf und da steht in der Mitte des Bildes: 1. Ausdrucken 2. Ausschneiden 3. Hochwerfen

2015-03-21 11:24:54 ‹Mr. Dabbeljuh›
Pausenbeschäftigung für Buchhaltungsarbeit;)

2015-03-21 12:04:29 ‹Mia›
Hallo Mr. Dabbeljuh, schön von dir zu lesen, ich dagegen versuche jetzt nicht ganz zu verzweifeln Buchhaltung ist neu für mich, damit es schöner klingt, nenne ich es jetzt Malen nach Zahlen:), eine Baustelle schließt sich, eine neue Baustelle öffnet sich, ich versuche nicht zu verzweifeln, leichter gesagt als getan XDXDXDXD

Wenn ich nicht viel schreibe, dann weißt du wenigstens Bescheid, dass ich ab und zu lese

2015-03-21 12:44:01 ‹Mr. Dabbeljuh›
... alles gut ... ich kann mir schwach vorstellen wie interessant solche Arbeit ist ... überaus prickelnd wahrscheinlich ... ;) Ich mache eben auch Buchhalter, habe von meiner Schwester eins bekommen: »Ausgefressen« von Moritz Matthies .... ein Erdmännchen Roman ... .ich schmeiß mich gleich auf den Boden vor Lachen ... schon die ersten Seiten: köstlicher Wortwitz, muhahaha ... um 13h Probe zu Ende, dann dürfen wir weiter streichen, Bühnenportal und Teile vom Bühnenbild ... muss ja hübsch sein für heute Abend ...

2015-03-21 13:00:17 ‹Mia›
:):)

2015-03-21 13:06:16 ‹Mr. Dabbeljuh›
Wenn du Buchhaltung kapierst, dann kannst Du auch das hier im Video, und damit reich werden ...

2015-03-21 13:11:23 ‹Mr. Dabbeljuh›
grrr, Hangouts kann keine Videos ... hab' s dir bei g+ geschickt ...

2015-03-21 13:24:18 ‹Mia›
Ich habe noch nichts erhalten :-)))))))

2015-03-21 14:14:04 ‹Mia›
Sooo Schokolade ist verdrückt B-)B-)weiter an Malen mit Zahlen ☺

2015-03-21 15:08:43 ‹Mr. Dabbeljuh›
… komplett eingeatmet? ;) hab mir auch schon Nervennahrung verpasst … dachte vorhin ich bekomme Augen Tinnitus … sehe nur noch Pfeifen … hat doch einer mit dem falschen Schwarz das Bühnenbild ausgebessert … jetzt muss das ganze Teil neu gestrichen werden … }:) man gut das ich grad sooo lila bin … .:D

2015-03-21 15:44:08 ‹Mia›
Ich bin auch gerade lila, funktioniert mal wie es soll

2015-03-21 15:44:50 ‹Mia› sendet Schokoladensticker und schreibt dazu: Das ist Schuld

2015-03-21 15:54:12 ‹Mr. Dabbeljuh›
… ah, Schoki … ist das … die Symbole waren so lütt, konnte erst nicht erkennen … prima, wenn alles klappt bei dir:) Ich hab gleich fertig für heute, es reicht mir auch mit den Energievampiren hier, ich könnte schon wieder schwimmen gehen um aufzutanken

2015-03-21 16:19:57 ‹Mia›
Mr. Dabbeljuh dann mach doch einfach und schmeiß dich in die Wellen
Genieße den Feierabend, ich sitze jetzt noch in der Arbeit, habe mir jetzt aber Radio angemacht und zwischendurch eine Zigarette

2015-03-21 17:53:23 ‹Mr. Dabbeljuh›
@Home, noch kurz einkaufen, da hab ich wieder lila bekommen, bisschen Spaß an der Kasse mit allen rings-

herum, jetzt geht's mir wieder besser ... .gleich bald kommt Schwesterlein, braucht PC Hilfe, vielleicht noch eine Runde tanzen heute Abend in der Bar, angenehme Atmosphäre dort ... zum Austoben als Kuschelersatz gerade richtig, jetzt erstmal Kaffee, eine Zigarette rauchen, Abendbrothäpperchen vorbereiteten und Musik und du, arbeite nicht mehr sooo viel Malen nach Zahlen, das macht doch ganz wirr im Kopf ;):D

2015-03-21 18:16:11 ‹Mia›
Mr. Dabbeljuh mache auch gleich Schluss noch vier Überweisungen, habe noch nicht mal Monat Januar ganz geschafft XDXDXD ich male und male und es wird auch weniger aber halt nicht all, viel Spaß beim Tanzen, vielleicht triffst du ja jemanden zum Kuscheln.

2015-03-21 18:20:32 ‹Mr. Dabbeljuh›
... oh, weh!! ... das scheint ja doch sehr aufwendig zu sein ... deine Arbeit ... bist doch schon fast den ganzen Tag dabei ... ich habe eben erstmal den lustigen Tulpenstrauß geschnippelt ... die lila Tulpen waren ganz vorwitzig und fast 10cm länger geworden als die anderen ... lach

2015-03-21 18:23:30 ‹Mr. Dabbeljuh›
... ich höre gerade die Beatles – habe ich neulich (wieder)entdeckt :)

2015-03-21 18:44:09 ‹Mia›
So Schluss für heute, gehe jetzt nach Hause, ich glaube ich werde heute mal einen Sekt trinken, bis bald und dir vielllllllll Spaß

2015-03-21 18:52:06 ‹Mr. Dabbeljuh›
… ja, mach das mal … einen Drink hast du dir redlich verdient :-))))))))

2015-03-21 18:54:11 ‹Mr. Dabbeljuh›
… so, jetzt ist mein Schwesterlein eingetrudelt, mal schauen wie ich ihr Internet Problem lösen kann … sie hat nur so nen doofen Rechner, meiner ist wohl bisschen besser, zeigen ja die zichtausende Mails ☺ schönen Abend und see u later:)

2015-03-21 19:19:57 ‹Mia›
Ich muss wieder lächeln Mr. Dabbeljuh

2015-03-21 19:21:46 ‹Mr. Dabbeljuh›
… schööön, so muss das sein :):):)

2015-03-21 20:03:35 ‹Mia›
Mr. Dabbeljuh ich glaube ich bin angeheitert :-))))
Habe jetzt 2 oder 3 Gläschen in mich reingeschlürft und nun … lass dich nicht stören, schön den PC deiner Schwester in Gang bringen :-))),
Du musst dir unbedingt von Sting »The Last Ship« anhören. So Gute Nacht Mr. Dabbeljuh bis Morgen :-)))

2015-03-21 21:18:51 ‹Mr. Dabbeljuh›
Guuute Nacht, schlaf schön!!

2015-03-22 02:16:56 ‹Mr. Dabbeljuh›
… schöner song, ich muss mir den Text in Ruhe nochmal anhören … wow, hast du das lila gesehen, wie ein

Fell;) so war das im Schwimmbad auch ... so, jetzt ist's schon fast zu spät zum Schlafen ... eine kleine Mütze voll muss aber sein ... könnte jetzt auch wach bleiben bis die Wolken wieder lila sind ...

2015-03-22 02:18:53 ‹Mr. Dabbeljuh sendet einen Spruch auf einem lila Hintergrund: Focus on the powerful, euphoric, magical, synchronistic, beautiful parts of life and the universe will keep giving them to you.

2015-03-22 07:04:01 ‹Mia›
Guten Morgen Mr. Dabbeljuh!

2015-03-22 07:04:24 ‹Mr. Dabbeljuh›
Guten Morgen Mia!

2015-03-22 07:05:32 ‹Mr. Dabbeljuh›
... ich wollte gerade schreiben: ich hab's mal geschafft vor dir wach zu sein ... muss jetzt schnell in den warmen Regen hüpfen^_^

2015-03-22 07:08:09 ‹Mia›
Dann los!!

2015-03-22 07:09:32 ‹Mia›
Denn langen Text schreibe ich per Computer ... man kann hier gleichzeitig mit Handy und Computer schreiben B-):):) B-)

2015-03-22 07:15:49 ‹Mr. Dabbeljuh›
... cool, ich kann immer nur ein Gerät bedienen;)

2015-03-22 07:16:26 ‹Mia›
Du bist ja auch ein Mann!!

2015-03-22 07:16:54 ‹Mr. Dabbeljuh›
hab nur 2 Hände …

2015-03-22 07:17:19 ‹Mia›
Ach

2015-03-22 07:17:43 ‹Mr. Dabbeljuh›
… ja, is so XD

2015-03-22 07:17:50 ‹Mia›
Gleich kommt mein großer Text XDXDXD

2015-03-22 07:17:56 ‹Mia›
Ich hoffe du hattest eine gute Nacht, war wohl für dich sehr kurz, ich dagegen bin um 21.30 h ins Bett k.o. gefallen, etwas angeheitert ☺, bin ca. um 3 h aufgewacht, weil ich einen furchtbaren Durst hatte, hatte wohl gestern vergessen zu trinken :-))) Nach fast einer Flasche Wasser, 2 Liedern durch die Kopfhörer und deiner Nachricht, bin ich dann ins Bettchen und habe Bubu gemacht bis kurz vor 7 h. Ist das mal ein Genuss!! Werde nach dem Frühstück mich wieder an die Arbeit begeben und Januar fertig machen (hatte gestern Abend keinen Elan mehr) ich denke Januar noch ca. 2h, dann müsste er abgeschlossen sein sowie Februar heute beenden. Mal sehen. Darf trinken nicht vergessen :-))))))))))))

2015-03-22 07:18:34 ‹Mia›
Entschuldige die Fehler oder fehlenden Wörter lese nie B-)B-)B-) XDXD ich lese immer erst, wenn ich abgeschickt habe

2015-03-22 07:19:52 ‹Mr. Dabbeljuh›
die Fehlerchen machen mir nix … wenn's ganz unbegreiflich scheint frage ich eh nach:)

2015-03-22 07:19:57 ‹Mia›
Wann geht es für dich los??

2015-03-22 07:21:11 ‹Mr. Dabbeljuh›
… in max. 10 min Take off … 8h Dienst … heute richtig viel – Umbau auf »My Fair Lady«

2015-03-22 07:22:07 ‹Mia›
Dann mache dich fertig, ich schreibe noch bisschen und du kannst später lesen!!!!!! Loooosssssssssss!!

2015-03-22 07:22:56 ‹Mr. Dabbeljuh›
… ich komme dann bis mittags bestimmt eher selten zum Schreiben, aber lesen kann ich … und gerne!!!

2015-03-22 07:24:20 ‹Mia›
Ist doch nicht schlimm Mr. Dabbeljuh, oder hast du einen Vertrag mit mir :-))))))) ok nach dem Satz könnte ich mich wieder kringeln. :-)))) du sollst nicht schreiben!!!!!!!!!!!!

2015-03-22 07:25:35 ‹Mr. Dabbeljuh›
… lach … jetzt – Take off – Bye Bye bis später …

2015-03-22 07:33:45 ‹Mia›
Ich sitze noch mit (Achtung) lila Schlafkleid, Sting im Hintergrund und einer dicken Tasse Kaffee neben mir. My Fair Lady habe ich in Koblenz am 10.03 gesehen, ich mag Theater, Musicals sehr. In der Oper war ich noch nicht so oft, aber Madame Butterfly hat mir sehr gefallen. Ich werde jetzt auch unter den warmen Regen mich begeben und dann mit meinem Freund frühstücken und dann mich absetzen, um zu Malen nach Zahlen, versuche heute die Tinte in der lila Farbe zu benutzen :-))))))) Also bis bald!!! Einen wundervollen Tag für dich. :-)

2015-03-22 07:35:59 ‹Mia sendet einen Ausschnitt von einem lila Tulpenstrauß

2015-03-22 07:58:16 ‹Mr. Dabbeljuh›
… so, umgezogen, gleich geht's ab … dir auch einen schönen Tag und danke für die Blümleins

2015-03-22 07:58:40 ‹Mia›
:-))))

2015-03-22 09:46:10 ‹Mia›
Mr. Dabbeljuh Januar fertig juhu!!

2015-03-22 10:08:44 ‹Mr. Dabbeljuh›
Supi, sei stolz auf dich, Februar ist ja kürzer und März noch nicht zu Ende, dann musst du ja vielleicht nicht wieder sooo lange wie gestern:)

2015-03-22 10:09:32 ‹Mr. Dabbeljuh›
1.Teil fertig ... Abbau Premiere ... :D:D:D

2015-03-22 10:22:29 ‹Mia›
Auch supi bei dir, prima

2015-03-22 10:28:47 ‹Mr. Dabbeljuh›
... ja, jetzt nur noch bisschen Aufbau ... ungefähr doppelt so groß wie neulich die Fotos
... tja, das ist das Leid bei täglich wechselndem Spielplan-_-

2015-03-22 13:21:04 ‹Mia›
Hallo Mr. Dabbeljuh mache eine Pause, mein Freund hat lecker gekocht und ich bin meine Seite am Durchschauen, heute gab es einige Kommentare in Facebook, einen davon schicke ich dir, finde ich sehr schön. Hoffe bei dir läuft alles nach Plan, Ich habe ca. die Hälfte von Februar fertig.

2015-03-22 13:21:10 ‹Mia›
Kommentar: Wer die Liebe in sich gefunden hat, wird sie immerzu weitergeben. Sie ist wie ein ewiger Fluss, eine Quelle, die, wenn sie sich einmal geöffnet hat, nie mehr verschließt. Sie ist formlos, ewig, unzerstörbar. Und wir alle sind diese Liebe, auch wenn es Vielen noch nicht bewusst ist.

2015-03-22 13:34:34 ‹Mia›
Hey Mr. Dabbeljuh weißt du was mich wundert, ich kann von jemand die privatgeteilten Sachen sehen, die er bei g+ geteilt hat. Warum ist das so? bis dann!!

2015-03-22 13:46:30 ‹Mr. Dabbeljuh›
Das ist echt schöner Text:) guck mal, klick mal auf »privat geteilt« – dann kannst Du sehen mit wem alles er das privat geteilt … das heißt, er hat nicht »öffentlich« geteilt, sondern mit den Leuten in seinen Kreisen … war verständlich meine Erklärung? … und guten Appetit, ich hab auch Hunger x_x

2015-03-22 13:50:01 ‹Mr. Dabbeljuh›
… der Plafond hängt, Fußboden liegt … ^_^
… o, wir haben heute kurzen Dienst … Rest macht Spätschicht …

2015-03-22 14:51:12 ‹Mia›
Ich wünsche dir einen schönen Feierabend und erhole dich, hast es dir verdient!!!

2015-03-22 14:51:45 ‹Mia›
Ich habe Februar halb fertig!

2015-03-22 15:50:27 ‹Mr. Dabbeljuh›
… vorher hab alles Mögliche durch … von Lederklamotten nähen, Siebdruck, Lkw/Taxifahrer und und, und ,und wenn genug Geld da war, ab die Post- Planet Erde gucken, kommt mir hier alles zugute, wenn was zu Bruch geht, so gaaanz aus Versehen … dann heißt es immer Mr. Dabbeljuh, mach mal schnell heile, Vorhang geht gleich hoch, lach … sind schon liebenswerte Verrückte;) XD sonst wäre ich nicht schon 18Jahre hier …

2015-03-22 15:52:51 ‹Mr. Dabbeljuh›
… was meinst du mit: wo … was ich mache, Bühnentechnik, bin »abgebrochener« Schlosser, umentschieden auf Tischler … eigentlich habe ich vorher mit Behinderten und sogenannten »verhaltensauffälligen« Kindern/Jugendlichen gearbeitet … und durch Exfreund meiner Schwester bei den echt verrückten gelandet, lach …
… oh weh, mein Handy spinnt … falsche Reihenfolge der Nachrichten, lach

2015-03-22 15:57:15 ‹Mr. Dabbeljuh›
… dabei habe ich mir Kopf eingehauen, kurz vor Feierabend, hab eine Beule, aua … (jetzt erstmal nen Kaffee und Kühl-Akku ;)

2015-03-22 15:57:52 ‹Mia›
Mensch Mr. Dabbeljuh mehr den lila Kühl-Akku

2015-03-22 15:58:12 ‹Mia›
Meinte nehme

2015-03-22 15:58:13 ‹Mr. Dabbeljuh›
Februar schon halb geschafft … cool …

2015-03-22 15:58:36 ‹Mia›
Fast Dreiviertel, juhu

2015-03-22 15:59:03 ‹Mia›
Gebe jetzt Gas guck auf die Uhr

2015-03-22 15:59:08 ‹Mr. Dabbeljuh›
Ja, ich guck mir den blauen lila, lach

2015-03-22 15:59:19 ‹Mia›
XDXDXD

2015-03-22 16:03:44 ‹Mia›
Bist du schon zu Hause?

2015-03-22 16:04:30 ‹Mr. Dabbeljuh›
Ja, eben eingetrudelt

2015-03-22 16:04:41 ‹Mia›
Mache ich aber jetzt Ruhe dich aus und ich male weiter!

2015-03-22 16:06:12 ‹Mr. Dabbeljuh›
… Need Cooofffeee …

2015-03-22 17:23:23 ‹Mia›
Du wirst es nicht glauben, ich bin fertig jetzt, muss noch ein paar Feinheiten mit dem Steuerberater besprechen, aber Mr. Dabbeljuh Januar und Februar geschafft, hatte gestern leichte Zweifel!!

2015-03-22 17:23:37 ‹Mia›
Und Kaffee geschmeckt?

2015-03-22 17:55:18 ‹Mr. Dabbeljuh›
Na klaro … noch Puffer gegessen mit Apfelmus und jetzt bin ich dabei Telefon zu malträtieren … das spinnt

echt irgendwie ... Warum ist das so kalt heute? Ich will warm haben ... quengel ...

2015-03-22 17:58:36 ‹Mia›
Mensch Mr. Dabbeljuh, meckere nicht herum denn es gibt kein kaltes Wetter nur falsche
Kleidung!! :-)))))))))))))) Männer, die quengeln, das geht doch nicht, oder??? :-)))

2015-03-22 18:34:50 ‹Mr. Dabbeljuh›
Nee, geht gar nicht, lach ... Ich wollt's ja nur mal gesagt haben ;) jetzt ist's weg aus dem Kopf ... :D höre gerade Reggae ...
Du hast alles fertig? lese ich eben erst ... wow, prima ... bestimmt gutes Gefühl :)

2015-03-22 18:57:57 ‹Mia›
Ja, das ist wirklich ein tolles Gefühl, ich höre Sting, kann mich irgendwie nicht satt hören
..das ist gut, dass es aus deinem Kopf draußen ist :-))))))))
... habe gerade Sunshine Reggea angemacht :-)))))))

2015-03-22 19:02:21 ‹Mr. Dabbeljuh›
Sting ist ja auch toll, hab eben dein neu gepostetes angeschaut ... kannte ich gar nicht ... und, wieder alles lila ...

2015-03-22 19:03:07 ‹Mr. Dabbeljuh›
Das hatte ich davor ...

2015-03-22 19:04:16 ‹Mia›
Mr. Dabbeljuh, das ist echt ein Zufall mit dem Lila, hat mir einfach gut gefallen :-)))

2015-03-22 19:06:14 ‹Mr. Dabbeljuh›
… na, das mit den Zufällen war ja schon geklärt, ne … geht mir aber oft ähnlich, irgendwas springt mir ins Auge oder Ohr und wenn ich dann hingucke … lila … ;)

2015-03-22 19:07:10 ‹Mia›
Ich kann mich echt »wegschmeißen« wenn du schreibst, du siehst alles lila :-))) Was macht die Beule??

2015-03-22 19:07:47 ‹Mr. Dabbeljuh›
… habe vorher vielleicht nur nicht darauf geachtet … XD

2015-03-22 19:08:37 ‹Mr. Dabbeljuh›
Beule ist schon besser … wenn's der Hinterkopf gewesen wäre hätte ich's ja verstanden … aber oben drauf ist doof

2015-03-22 19:09:18 ‹Mia›
Ich habe es mir noch einmal angemacht, lila, wo man hinschaut :-)))))))))))
… sei froh, dass du keine Platzwunde hast

2015-03-22 19:09:36 ‹Mr. Dabbeljuh›
sag ich doch … alles Lila …

2015-03-22 19:10:06 ‹Mr. Dabbeljuh›
Platzwunde wäre echt voll daneben …

2015-03-22 19:10:38 ‹Mia›
… das wäre nicht daneben, sondern mittenrein

2015-03-22 19:10:58 ‹Mr. Dabbeljuh›
… oder so, lach
… mein Schutzengel hat manchmal gut zu tun …

2015-03-22 19:12:26 ‹Mia›
Hast du einen männlichen oder weiblichen Schutzengel?

2015-03-22 19:12:36 ‹Mr. Dabbeljuh›
… bin vor paar Wochen mit Leiter umgestürzt … Kollege der unten stand, war verletzt – ich nicht ☺

2015-03-22 19:13:02 ‹Mia›
Du machst Sachen …

2015-03-22 19:13:10 ‹Mr. Dabbeljuh›
… weiblich … natürlich … glaube ich;)

2015-03-22 19:14:26 ‹Mia›
Du weißt aber, dass glauben nicht wissen ist :-))))

2015-03-22 19:15:22 ‹Mr. Dabbeljuh›
… ich glaube daran, weil ich es weiß … ;)

2015-03-22 19:16:04 ‹Mia›
Hört sich schon besser an :-)

2015-03-22 19:16:49 ‹Mr. Dabbeljuh›
… hab ich was anderes geschrieben O:)

2015-03-22 19:17:38 ‹Mia›
Du hast nur »ich glaube« geschrieben :-)

2015-03-22 19:18:00 ‹Mr. Dabbeljuh›
… Kurzform … :D

2015-03-22 19:18:41 ‹Mia›
Deine Smileys verändern sich jetzt auch und tanzen an meinem Bildschirm

2015-03-22 19:20:03 ‹Mr. Dabbeljuh›
… echt? oder hast Du von Malen nach Zahlen … Halluzinationen? ;)

2015-03-22 19:20:08 ‹Mia›
Ich muss noch meine Haare gleich noch färben

2015-03-22 19:20:38 ‹Mr. Dabbeljuh›
… wie denn – also welche Farbe? meine ich … lila?:)

2015-03-22 19:22:05 ‹Mia›
:-)))))))))))))) wär mal eine Idee, ich glaube ich bleibe bei blond :-))

2015-03-22 19:23:05 ‹Mr. Dabbeljuh›
… und wieso dann färben?

2015-03-22 19:23:59 ‹Mia›
Weil meine Naturhaarfarbe dunkelblond ist :-)) und ich keinen Ansatz mag und auch ich sehr eitel bin :-))

2015-03-22 19:25:34 ‹Mr. Dabbeljuh›
… also, entfärben … naja, steht dir ja auch die Farbe :)

2015-03-22 19:26:28 ‹Mia›
Ich schlafe ja auch in einem Schlafkleid, ich kringele mich wieder, weil ich es in Leipzig nicht gefunden habe

2015-03-22 19:27:05 ‹Mr. Dabbeljuh›
… wo war es denn nun eigentlich? Hast es ja wohl wieder gefunden

2015-03-22 19:27:43 ‹Mia›
Ja unter meinem Koffer ☺

2015-03-22 19:28:16 ‹Mr. Dabbeljuh›
… gutes Versteck XD

2015-03-22 19:28:45 ‹Mia›
Frag mich nicht, wie er dahin kam, ich weiß es nicht …

2015-03-22 19:29:06 ‹Mr. Dabbeljuh›
… der Koffer? … hast Du den nicht mitgebracht? XD

2015-03-22 19:30:12 ‹Mia›
Das Schlafkleid

2015-03-22 19:30:22 ‹Mr. Dabbeljuh›
… .ach so … .

2015-03-22 19:30:37 ‹Mia›
So Mr. Dabbeljuh, ich werde jetzt meine Schönheitsfarm besuchen

2015-03-22 19:31:33 ‹Mr. Dabbeljuh›
… ja, mach mal, gibt's dann neues Foto?

2015-03-22 19:31:45 ‹Mia›
… ach was ich dir noch sagen wollte, es ist gaaanz schön kalt geworden :-)))))))))

2015-03-22 19:32:02 ‹Mr. Dabbeljuh›
..schön!

2015-03-22 19:32:13 ‹Mia›
Nein, man wird keine Veränderung an mir sehen

2015-03-22 19:32:32 ‹Mr. Dabbeljuh›
… .nee, sooo meinte ich das auch nicht

2015-03-22 19:32:41 ‹Mia›
ich meine schön kalt :-))) … du bekommst das schwarz weiße Foto

2015-03-22 19:33:19 ‹Mr. Dabbeljuh›
☺ … das andere ist auch schön!

2015-03-22 19:34:46 ‹Mia›
Mache keine Versuchungen machen mich verlegen zu machen!! :-))

2015-03-22 19:35:15 ‹Mr. Dabbeljuh›
… ich schreib aber nix weiter dazu … sonst krieg ich wieder Kloppe …

2015-03-22 19:35:31 ‹Mia›
Mr. Dabbeljuh, ich bin der Durchnitt der Frauen :-))

2015-03-22 19:35:46 ‹Mia›
… ich lach mich tot … .kloppe wunderschönes Wort

2015-03-22 19:36:19 ‹Mr. Dabbeljuh›
du = Mia!

2015-03-22 19:36:42 ‹Mr. Dabbeljuh›
nix Durchschnitt

2015-03-22 19:37:37 ‹Mia›
Ok ich hole den Teppichklopfer!! :-))

2015-03-22 19:37:46 ‹Mr. Dabbeljuh›
… aua … .

2015-03-22 19:38:17 ‹Mia›
Also bis später, sonst kriege ich mich nicht ein.

2015-03-22 19:39:06 ‹Mr. Dabbeljuh›
… ok, muss auch Augen trocken legen

2015-03-22 20:23:44 ‹Mr. Dabbeljuh›
… schau, wenn du Zeit hast … es sind Ausschnitte einiger älterer und aktueller Stücke – von Musiktheater,

Tanz, und Schauspiel ... teilweise ganz gut zusammengeschnitten ... :)

2015-03-22 21:34:45 ‹Mia›
Ich habe gerade in My Fair Lady reingeschaut, finde alles sehr aufwendig gemacht, sieht wunderschön aus. Als ich in My Fair Lady war, war es lange nicht so aufwendig gemacht. Eine wahre Kunst bei euch!!

2015-03-22 21:43:22 ‹Mr. Dabbeljuh›
... jau, manchmal für uns etwas heavy ... täglicher Programmwechsel bei solchen Bühnenbildern mit seit Monaten ca. 50% Kranken ist hart an der Grenze des Schaffbaren ... .früher haben sie mehr »Hänger« gemalt – heute ist fast »massiv« – also nach vorne hin ... die Maler haben es echt drauf ... ich muss ja manchmal auch in die Tischlerei, aushelfen ... das ist das Schöne an diesem Job, nie das gleiche ... die eigentlichen Arbeiten sind zwar ähnlich aber jeden Tag ist immer mit Unvorhersehbarkeiten zu rechnen ... und dann die »Verrückten« dazu ... macht einfach Spaß?
Ganz anders als mit Kindern/Jugendlichen – obwohl ich dem manchmal nachtrauere ... aber Theater muss sein ;)

2015-03-22 21:46:30 ‹Mia›
Ich finde etwas verrückt ist immer gut und es scheint ja sehr abwechslungsreich zu sein, natürlich gibt es immer wiederkehrende Aufgaben, diese gibt es in jedem Beruf :-)) Es freut mich, dass es dir Spaß macht

2015-03-22 21:46:31 ‹Mr. Dabbeljuh›
… .guck mal Liebestrank … das war lustig …

2015-03-22 21:46:56 ‹Mia›
Ich habe schon gesehen, alles lila

2015-03-22 21:47:40 ‹Mr. Dabbeljuh›
… ist mir vorhin auch erst aufgefallen XD

2015-03-22 21:48:35 ‹Mia›
:-))))))))))))))))

2015-03-22 21:49:00 ‹Mr. Dabbeljuh›
so geile Kostüme … bei der ersten Kostümprobe habe ich auf dem Boden gelegen … vor Lachen …

2015-03-22 21:50:10 ‹Mr. Dabbeljuh›
… wenn die mal versteigert werden, wird bestimmt der Renner …

2015-03-22 21:50:14 ‹Mia›
Mr. Dabbeljuh wahnsinnig aufwendig, ich staune „Sunset Boulevard« sieht auch fantastisch aus.

2015-03-22 21:53:27 ‹Mr. Dabbeljuh›
… aber das absolute Highlight ist immer unser Sommer Open Air – Wahnsinns Aufwand – Wochenlang voll die Aktion für uns, immer ausverkauft und ganz anders als in der miefigen Bude …

2015-03-22 21:53:57 ‹Mr. Dabbeljuh›
Sunset war auch toll

2015-03-22 21:55:28 ‹Mia›
Ich bin begeistert.
Mr. Dabbeljuh ich werde mich bei dir verabschieden, meine Augen werden müde und du weißt ich bin ein Frühaufsteher. Also bis bald und gute Nacht

2015-03-22 21:59:05 ‹Mr. Dabbeljuh›
… gute Nacht Mia, ich bin auch bisschen müde um die Augen … war sehr kurze Nacht;)

2015-03-22 21:59:31 ‹Mia›
Bye

2015-03-22 21:59:39 ‹Mr. Dabbeljuh›
… schlafe jut? Ich bin auch gleich in der Heia

2015-03-23 05:18:27 ‹Mia›
Guten Morgen Mr. Dabbeljuh, einen wundervollen Tag wünsche ich dir!

2015-03-23 06:28:51 ‹Mr. Dabbeljuh sendet ein Makroaufnahmefoto von einer Pusteblume, im Hintergrund sieht man verschwommen den Sonnenaufgang, die Sonne ist durch die Pusteblume zu sehen. Der Hintergrund leuchtet in einem zarten grünen, hell blauen, gelben und lila Gemisch. Die Farbe Lila ist aber am dominieren.

2015-03-23 06:29:19 ‹Mr. Dabbeljuh›
Good Morning Mia!

2015-03-23 06:29:51 ‹Mia›
sehr schönes Bild!! :)

2015-03-23 06:32:09 ‹Mr. Dabbeljuh›
… hat mich quasi angesprungen, wie gute Laune Bilder ebenso sind;)

2015-03-23 06:34:16 ‹Mia›
Es ist sogar wunderschön, habe es mir vergrößert.
Gut, dass dich keine Vorhänge angesprungen haben :-))))
muss jetzt unter den warmen Regen :-)))

2015-03-23 07:16:23 ‹Mr. Dabbeljuh›
… .so, ich auch frisch geduscht, Kaffee eingefüllt, Müsli eingeatmet, My fair Lady wartet;)
… dann steht uns noch technische Einrichtung für neues Stück bevor … let's go? C u later :D

2015-03-23 07:54:44 ‹Mr. Dabbeljuh›
… ich schmeiß mich weg … komme ich eben um die Ecke vom Theater, steht da LkW und unser Transport lädt Wände für's neue Stück ab, 3 mal darfst Du raten, welche Farbe die haben :DXDXD

2015-03-23 11:35:13 ‹Mia›
Rot mit blau gemischt XDXDXD
Das kann einen echt verfolgen!!

2015-03-23 12:23:45 ‹Mr. Dabbeljuh›
… und dann auch noch weicher Samt … .:D

2015-03-23 12:35:48 ‹Mia›
Was hast du angestellt, dass die Farbe Lila dich immer verfolgt? XDXD, was und dann noch weich?? Mr. Dabbeljuh, Mr. Dabbeljuh du hast da mit deinem Lied von lila Wolken etwas losgetreten? XDXD

2015-03-23 12:40:29 ‹Mr. Dabbeljuh›
… ich weiß auch nicht … sorry :DXDXDXD

2015-03-23 12:42:56 ‹Mia›
… für mich ist das nichts Neues, lebe damit schon ca. 2 Jahre, aber du wirst dich noch um schauen, denn manchmal wirst du so lachen müssen, dass du fast meinst zu ersticken, so ist es jedenfalls bei mir :-))))))))

2015-03-23 12:47:50 ‹Mr. Dabbeljuh›
… na, äußerst beruhigend, wenn das nicht nur vorübergehend ist …

2015-03-23 12:49:13 ‹Mia›
Nein ist es nicht, denn ich weiß es :-)

2015-03-23 12:49:42 ‹Mr. Dabbeljuh›
… guuuut … .

2015-03-23 12:49:52 ‹Mia›
… bis dann Mr. Dabbeljuh!!

2015-03-23 17:44:18 ‹Mr. Dabbeljuh›
Halli Hallo Mia:) eeendlich Feierabend … richtiger Plattmachertag war das … neue Stücke montieren ist immer chaotisch bei uns, mal schauen wann alles fertig ist … dauert manchmal paar Tage … jetzt erstmal nen schönen Kaffee und Utube gucken, was du mir da geschickt hast … ging vorhin nicht …

2015-03-23 18:31:10 ‹Mr. Dabbeljuh›
… ich kann nicht mehr, gröööhl … ich mach mir gleich in die Hose vor Lachen … sooo lila der Typ … jetzt verstehe ich was du meintest mit fast ersticken vor Lachen … XDXDXDXDXDXD

2015-03-23 21:31:16 ‹Mia› Hallo Mr. Dabbeljuh ist es nicht schön, wenn man vor Lachen fast erstickt, Ich finde es einfach nur herrlich!! :-)

2015-03-23 21:32:43 ‹Mia›
Habe per Facebook einen Kommentar geschickt bekommen, ich solle mir mal den Song Sunshine Day anhören :-)

2015-03-23 21:35:43 ‹Mr. Dabbeljuh›
Halli hallo Mia, ich hab mich vorhin echt schlapp gelacht … gut nach dem Tag heute?
… Sunshine Day? Von welchem Interpreten denn?

2015-03-23 21:37:13 ‹Mia›
Osibisa

2015-03-23 21:37:29 ‹Mia›
Höre mir ihn gerade an :-))

2015-03-23 21:38:20 ‹Mr. Dabbeljuh›
… Ahh, Osibisa? Guuuut Music for Rastafari ;)
… ist auch schon gefühlte hundert Jahre her, dass ich die gehört habe XD

2015-03-23 21:39:29 ‹Mia›
… sieht wohl so aus, kenne mich da nicht so aus :-)

2015-03-23 21:39:48 ‹Mr. Dabbeljuh›
… womit?

2015-03-23 21:39:51 ‹Mia›
Kennst du dich da aus??

2015-03-23 21:40:02 ‹Mr. Dabbeljuh›
Womit?

2015-03-23 21:40:28 ‹Mia›
Musik for Rastafari

2015-03-23 21:41:17 ‹Mr. Dabbeljuh›
… black music for ganja smokers ;)

2015-03-23 21:42:18 ‹Mr. Dabbeljuh›
Vorläufer von Hip Hop … oder so XD

2015-03-23 21:42:23 ‹Mia›
… verstehe nur Bahnhof :-)

2015-03-23 21:43:16 ‹Mr. Dabbeljuh›
Jamaica … Bob Marley … sunshine

2015-03-23 21:43:48 ‹Mia›
Ja, verstehe langsam :-)

2015-03-23 21:44:02 ‹Mr. Dabbeljuh›
XD auf Gleis 42 fährt ein, der Zug nach lila …
… bin bisschen albern, sorry?

2015-03-23 21:45:00 ‹Mia›
haha, es ist schön wenn du mich jetzt noch auf den Arm nehmen willst :-)

2015-03-23 21:45:44 ‹Mr. Dabbeljuh›
höre jetzt sunshine Bob Marley
… in den … heißt das ;)

2015-03-23 21:46:19 ‹Mia›
Mr. Dabbeljuh!!!!!

2015-03-23 21:46:59 ‹Mr. Dabbeljuh›
… ok, ok … !!

2015-03-23 21:47:19 ‹Mia›
ich sitze und lächele den PC an

2015-03-23 21:47:28 ‹Mia›
… . lila halt

2015-03-23 21:47:50 ‹Mr. Dabbeljuh›
… genau so XD

2015-03-23 21:48:19 ‹Mr. Dabbeljuh›
… und ? Bob Marley gut?

2015-03-23 21:48:25 ‹Mia›
Hast dich von der Arbeit erholen können??

2015-03-23 21:48:41 ‹Mr. Dabbeljuh›
… .gibt aber noch bessere …

2015-03-23 21:49:10 ‹Mr. Dabbeljuh›
… ja, mittlerweile bin ich wieder auf dem Weg zu gut drauf …

2015-03-23 21:49:27 ‹Mia›
Ja Bob gefällt mir, aber Sting noch besser :-)

2015-03-23 21:49:56 ‹Mia›
Du bist zu gut drauf? Wie geht das denn?

2015-03-23 21:50:00 ‹Mr. Dabbeljuh›
… na, irgendwie anders … .aber auch lila

2015-03-23 21:50:10 ‹Mia›
Mann!!! Du kannst nie zu gut drauf sein, anders ist ok. Ich bin in der Stingphase, habe fast Angst die Lieder tot zu hören

2015-03-23 21:51:22 ‹Mr. Dabbeljuh›
… war anstrengend … stell dir vor du würdest jeden umziehen … mit allen Klamotten …

2015-03-23 21:51:46 ‹Mia›
Mr. Dabbeljuh das würde nicht gehen :-))))))))))))))))))

2015-03-23 21:51:48 ‹Mr. Dabbeljuh›
… nee, Sting tot hören geht nicht … .

2015-03-23 21:52:47 ‹Mia›
Aber wenn man manche Lieder bis zu Unendlichkeit hört, dann irgendwann schon :-)

2015-03-23 21:53:09 ‹Mr. Dabbeljuh›
… .habe Sting und Police vor laaaanger Zeit gehört – und jetzt wieder – ist einfach nicht totzukriegen?

2015-03-23 21:53:24 ‹Mia›
Dann bin ich beruhigt

2015-03-23 21:54:17 ‹Mr. Dabbeljuh›
… zwischendurch kommt dann halt was anderes was gut ist … jetzt höre ich alles kunterbunt durcheinander …

2015-03-23 21:54:51 ‹Mia›
Das ist auch gut, alles kunterbunt und lila dazu hören

2015-03-23 21:55:04 ‹Mr. Dabbeljuh›
… Klassik, Punk, Hip Hop :D

2015-03-23 21:55:27 ‹Mia›
Ich kann mich auch nicht festlegen

2015-03-23 21:55:34 ‹Mr. Dabbeljuh›
… ich bin eben ein alter Hippie …

2015-03-23 21:55:47 ‹Mia›
Wie alt??

2015-03-23 21:56:06 ‹Mr. Dabbeljuh›
… das sagt mein Perso …

2015-03-23 21:56:38 ‹Mia›
Ok, ich wusste noch nicht, dass der Perso sprechen kann! Ich bin auch uralt … ..

2015-03-23 21:57:00 ‹Mr. Dabbeljuh›
XDXDXDXD kommt noch

2015-03-23 21:57:06 ‹Mia›
… .gebrechlich … ..

2015-03-23 21:57:14 ‹Mr. Dabbeljuh›
DU?

2015-03-23 21:57:42 ‹Mia›
Ja ich, mit wem schreibst du denn jetzt?
Ich bin 42 … so schreit der Perso … .

2015-03-23 21:58:36 ‹Mr. Dabbeljuh›
… junger Hüpfer :D

2015-03-23 21:58:49 ‹Mia›
Hihi

2015-03-23 21:59:08 ‹Mr. Dabbeljuh›
… genau …

2015-03-23 21:59:23 ‹Mia›
Das kannst aber nur du so sagen, in deinem jugendlichen Leichtsinn

2015-03-23 21:59:34 ‹Mr. Dabbeljuh›
ich lach mich schlapp

2015-03-23 21:59:51 ‹Mia›
Über meine Fehler, die sich hier einschmuggeln

2015-03-23 22:00:09 ‹Mr. Dabbeljuh›
macht nix … lach

2015-03-23 22:00:28 ‹Mia›
Ich sollte echt anfangen zu lesen, bevor ich Enter drücke

2015-03-23 22:00:49 ‹Mr. Dabbeljuh›
… nee, lass mal lieber … ;)

2015-03-23 22:01:20 ‹Mia›
Warum?? sonst denkst du noch, ich könnte nicht richtig schreiben, ich schreibe zu schnell

2015-03-23 22:01:57 ‹Mia›
und dann zack sind sie da

2015-03-23 22:01:58 ‹Mr. Dabbeljuh›
… solange ich alles richtig lese ist doch egal … :)

2015-03-23 22:02:25 ‹Mia›
dann bin ja froh, dass du richtig lesen kannst :-)

2015-03-23 22:02:31 ‹Mr. Dabbeljuh›
… .live … wie im Theater

2015-03-23 22:03:13 ‹Mia›
Du bist es ja gewohnt, aber das Leben ist manchmal auch ein Theater

2015-03-23 22:03:42 ‹Mr. Dabbeljuh›
… wenn alles zurechtgeschnitten ist wie im TV, ist langweilig :-)

2015-03-23 22:04:00 ‹Mia›
Komödien, Dramen, Liebesabenteuer, alles dabei

2015-03-23 22:04:25 ‹Mr. Dabbeljuh›
Oh ja …

2015-03-23 22:04:28 ‹Mia›
Stimmt, langweilig mag ich auch überhaupt nicht

2015-03-23 22:05:23 ‹Mr. Dabbeljuh›
… ich habe übrigens seit paar Tagen ausgeprägte Lachmuskeln … ?

2015-03-23 22:05:33 ‹Mia›
Ich habe heute über deinen Song in g+ delacht, weil die Frau lila Haare hatte

2015-03-23 22:05:45 ‹Mia›
gelacht

2015-03-23 22:06:13 ‹Mr. Dabbeljuh›
szimmt, fiel mir auch auf …

2015-03-23 22:06:22 ‹Mr. Dabbeljuh›
Stimmt … .

2015-03-23 22:06:35 ‹Mia›
Nein echt, Sixpack im Gesicht??
… .stimmt :-)))))))) … ich lach mich tot

2015-03-23 22:07:09 ‹Mr. Dabbeljuh›
… .sowas in der Art … ..

2015-03-23 22:07:23 ‹Mia›
Mr. Dabbeljuh gut dass mich keiner sieht

2015-03-23 22:07:57 ‹Mr. Dabbeljuh›
… .habe Jalousie runter, vorsichtshalber …

2015-03-23 22:08:13 ‹Mia›
Ich versuche meine Lachanfälle gerade im Zaum zu halten

2015-03-23 22:08:41 ‹Mr. Dabbeljuh›
… geht nicht mehr bei mir … XD

2015-03-23 22:08:45 ‹Mia›
Bist du nicht angezogen??

2015-03-23 22:10:14 ‹Mia›
… musste die Smileys mit dem Handy dazu fügen

2015-03-23 22:10:28 ‹Mr. Dabbeljuh›
… what?

2015-03-23 22:10:46 ‹Mr. Dabbeljuh›
… bin noch angezogen … wieso?

2015-03-23 22:11:11 ‹Mia›
Wegen den Jalousien!

2015-03-23 22:11:49 ‹Mr. Dabbeljuh›
… bevor irgendwer Notruf wählt …

2015-03-23 22:12:00 ‹Mr. Dabbeljuh›
112

2015-03-23 22:12:10 ‹Mia›
Was machst du denn??

2015-03-23 22:12:54 ‹Mr. Dabbeljuh›
… ich schreibe mit Mia und falle fast vom Hocker … XD

2015-03-23 22:13:10 ‹Mia›
Mich muss gleich jemand beatmen :-)

2015-03-23 22:13:26 ‹Mia›
Ich mache doch nichts!!

2015-03-23 22:13:58 ‹Mr. Dabbeljuh›
… stopstopstop … so kann ich nicht schreiben

2015-03-23 22:14:15 ‹Mia›
Habe leichte Schmerzen im Gesicht

2015-03-23 22:14:47 ‹Mr. Dabbeljuh›
… auaaua …

2015-03-23 22:15:15 ‹Mia›
Und wenn ich Falten wegen dir im Gesicht bekomme, dann …

2015-03-23 22:15:42 ‹Mr. Dabbeljuh›
… nur Lachfalten … die sind schööön

2015-03-23 22:16:48 ‹Mr. Dabbeljuh›
Oh Mia, mach dir wegen sowas doch keine Sorgen

2015-03-23 22:17:27 ‹Mr. Dabbeljuh›
Sorgenfalten sind nämlich doof

2015-03-23 22:17:30 ‹Mia›
Falten sind Falten und Schmerzen im Gesicht, weil man

nicht mehr aufhören kann die Lippen in die Ausgangsstellung zu bringen

2015-03-23 22:17:50 ‹Mia›
Sorgen falten sind super doof

2015-03-23 22:18:46 ‹Mr. Dabbeljuh›
… die kann Mensch durch Lachfalten ausbügeln … die Sorgenfalten …

2015-03-23 22:19:50 ‹Mia›
… da hat eben eine Lieschen Müller geschrieben zu deinem Bild, die Farbe kommt ihr bekannt vor :-)

2015-03-23 22:20:09 ‹Mr. Dabbeljuh›
… what?

2015-03-23 22:20:49 ‹Mr. Dabbeljuh›
… .die hat dir geschreiben?

2015-03-23 22:21:03 ‹Mr. Dabbeljuh›
… geschrieben

2015-03-23 22:21:04 ‹Mia›
Ich habe ein Mail bekommen, weil ich dein Bild bei g+ auch kommentiert habe

2015-03-23 22:21:20 ‹Mr. Dabbeljuh›
geschrieben!! Wah!! … endlich, manchmal ist es schwierig ein Wort richtig zu schreiben

2015-03-23 22:21:43 ‹Mia›
Auch Schreibfehler können ansteckend sein :-)

2015-03-23 22:21:53 ‹Mia›
… also sei vorsichtig

2015-03-23 22:21:58 ‹Mr. Dabbeljuh›
… jo …

2015-03-23 22:22:44 ‹Mia›
Nicht nur die Farbe Lila

2015-03-23 22:22:51 ‹Mr. Dabbeljuh›
… dir geschrieben, mir geschrieben? ich guck mal …

2015-03-23 22:23:12 ‹Mia›
Klar hast du das auch bekommen

2015-03-23 22:23:31 ‹Mr. Dabbeljuh›
Oh shit … ich kann nicht richtig gucken vor Lachtränen …

2015-03-23 22:23:42 ‹Mia›
Sie hat ein süßes Profilfoto

2015-03-23 22:24:01 ‹Mr. Dabbeljuh›
… soso …

2015-03-23 22:24:02 ‹Mia›
Warum lachst du dich denn so kaputt?

2015-03-23 22:25:05 ‹Mia›
Ich werde zur meiner Schande noch ein goldenes Rocher genießen, jetzt um 22.30 h

2015-03-23 22:25:55 ‹Mr. Dabbeljuh›
… mach mich mal neidisch …

2015-03-23 22:26:47 ‹Mr. Dabbeljuh›
… süßes Bild … so welche habe ich auch von mir … vielleicht sollte ich die mal als Profilfoto einscannen

2015-03-23 22:27:01 ‹Mia›
… mach doch … warum lachst du denn so Tränen??

2015-03-23 22:28:17 ‹Mr. Dabbeljuh›
… na wegen unserem Geschreibe und weil ich mich sooo wohl fühle

2015-03-23 22:28:41 ‹Mia›
… so soll es sein und so soll es bleiben!

2015-03-23 22:29:41 ‹Mia›
Aber wir werden unser Geschreibe langsam beenden, denn der neue Tag wartet

2015-03-23 22:30:29 ‹Mr. Dabbeljuh›
… Jupp, ich bin auch richtig platt heute …

2015-03-23 22:31:00 ‹Mr. Dabbeljuh›
… bin vorhin schon weggenickert …

2015-03-23 22:31:39 ‹Mia›
Also dann sage ich gute Nacht und schlafe schön, und kicher nicht im Schlaf :-)

2015-03-23 22:31:52 ‹Mr. Dabbeljuh›
… also, dann … schlafe schön, träume lila

2015-03-23 22:32:05 ‹Mia›
Bye Bye

2015-03-23 22:32:29 ‹Mr. Dabbeljuh›
☺

2015-03-24 06:03:01 ‹Mia›
Guten Morgen Mr. Dabbeljuh, werde gleich meine Kollegen quälen :-)

2015-03-24 06:06:55 ‹Mr. Dabbeljuh›
Moinsen Mia:) … warum denn sowas???

2015-03-24 07:01:14 ‹Mr. Dabbeljuh sendet ein Foto einer Makroaufnahme von einer lila Hyazinthe

2015-03-24 07:01:42 ‹Mr. Dabbeljuh›
zur Beruhigung;)

2015-03-24 07:17:06 ‹Mia›
Ein wunderschönes Bild mal wieder!!!

2015-03-24 07:17:57 ‹Mr. Dabbeljuh›
… muss jetzt los … die lila »Sturmhöhe« wartet …

2015-03-24 07:20:33 ‹Mia›
Ich muss lachen wegen meines Augenkinos, dass du vorerst von lila Wänden umgeben bist.-)) Ich wünsche dir einen wundervollen Tag!!

2015-03-24 07:22:56 ‹Mr. Dabbeljuh›
Dir auch schönen Tag???

2015-03-24 09:09:37 ‹Mia›
Ich habe dir ein Video per Google geschickt zur Arbeitsmotivation in den lila Wänden, muss mich jetzt auch motivieren den Haushalt zu bewältigen :-) Also bis dann

2015-03-24 11:10:37 ‹Mr. Dabbeljuh›
… hihi, habe kurz geguckt … das motiviert aber eher nicht hier bleiben … ;)

2015-03-24 12:26:04 ‹Mia›
Aber eher nicht hier bleiben, den Zusammenhang verstehe ich nicht??

2015-03-24 12:40:32 ‹Mr. Dabbeljuh›
Oh, fehlte was … motiviert nicht hier zu bleiben, also im Theater, ohne Frischluft und Tageslicht … meinte ich

2015-03-24 12:41:06 ‹Mia›
Ahh, jetzt versehe ich

2015-03-24 12:41:13 ‹Mia›
Verstehe

2015-03-24 17:59:52 ‹Mr. Dabbeljuh›
… endlich Feierabend, bin irgendwie bisschen neben der Spur heute … jetzt erstmal kleine Shoppingtour und Essengehen mit einem Freund mal wieder bisschen quatschen

2015-03-24 18:44:43 ‹Mia›
Lasst es euch schmecken, du hast heute lange Dienst gehabt. Genieße deinen Feierabend. Ich habe irgendwie Kopfschmerzen bekommen, wahrscheinlich der Wetterumschwung, hier hat es sich gut zugezogen. Werde jetzt eine Tablette einnehmen. Schönen Abend!!

2015-03-24 20:25:41 ‹Mister Dabbeljuh›
Halli hallo Mia :) war lecker, mmmh Pizza, die haben's drauf??Das waren ein paar schöne Stunden. Hat uns viel Spaß gemacht … es ist toll wie leicht alles geht mit lila Laune!

2015-03-24 20:26:57 ‹Mia›
Das freut mich sehr.

2015-03-24 20:30:13 ‹Mia›
Ich warte noch auf einen Anruf, also sollte ich nicht bald antworten dann habe ich den Apparat am Ohr :-)))

2015-03-24 20:37:34 ‹Mister Dabbeljuh›
Ok … Was macht dein KopfAUA? Ich bekomme meine nicht weg … das meinte ich. mit neben der Spur … fing schlagartig an, Druck auf den Ohren, piepsen sowieso, und Schädel wie 3 Tage Party … ok, auch zu wenig

geschlafen die letzten Tage, aber dieses Wetter auf und ab erledigt dann den Rest

2015-03-24 20:40:20 ‹Mia›
Mister Dabbeljuh hör sofort auf damit genauso, fühle ich mich seit heute Nachmittag jetzt etwas besser, denn meine Oma hat immer gesagt, wenn man Kopfschmerzen hat, dann wächst der Hintern, und noch größer geht nicht :-))) also habe ich kurzer Hand beschlossen keine Kopfschmerzen mehr zu haben!!!!!!

2015-03-24 20:49:55 ‹Mister Dabbeljuh›
Oh, das wusste ich nicht ... dann hör ich besser auch auf damit ☺

2015-03-24 20:59:08 ‹Mister Dabbeljuh›
... die müssen auch weg ... habe gerade erfahren das ich Morgen für den Warnstreiktag in Hannover als Busverantwortlicher eingeteilt bin ... jaja, gibt man kleinen Finger ... und so ... ;) hab also wieder eine Kindergruppe, lach

2015-03-24 21:05:22 ‹Mia›
Der kleine Finger ist immer gefährlich :-)) naher ist die ganze Hand weg
... ich habe jetzt doch noch eine Tablette eingenommen

2015-03-24 21:07:55 ‹Mia›
Ich denke, dass ich heute auch früh mein Bettchen beglücken werde.

2015-03-24 21:10:22 ‹Mister Dabbeljuh›
Ja, manchmal auch der Arm gleich mit … lach …

2015-03-24 21:11:04 ‹Mia›
Pass auf, dass du nicht ganz verschlungen wirst, dann kann ich nicht mehr mit dir schreiben :-))

2015-03-24 21:11:06 ‹Mister Dabbeljuh›
Habe auch Tablette genommen … wirkt noch nicht wirklich …

2015-03-24 21:11:27 ‹Mia›
… bei mir auch nicht, lach mich tot Mister Dabbeljuh

2015-03-24 21:12:27 ‹Mister Dabbeljuh ›
… oh, stimmt … das geht ja gar nicht … Ich pass auf!!

2015-03-24 21:12:56 ‹Mia›
Bei mir auf dem Grab wird irgendwann mal stehen: Sie starb eines natürlichen Lachens

2015-03-24 21:13:12 ‹Mister Dabbeljuh›
Niiicht totlachen!!

2015-03-24 21:14:07 ‹Mia›
Ich werde mein Bestes geben, aber versprechen kann ich es nicht :-)
Wann musst du morgen früh raus??

2015-03-24 21:16:50 ‹Mister Dabbeljuh›
Bisschen später, wir fahren um 09h …

Naja, muss schon früher Dasein … Papiere und Instruktionen abholen …

2015-03-24 21:19:45 ‹Mister Dabbeljuh›
… ist aber in Nähe von Theater … ist ja klein, das Städtchen

2015-03-24 21:20:15 ‹Mia›
… haha klein

2015-03-24 21:20:34 ‹Mister Dabbeljuh›
Wieso haha

2015-03-24 21:20:51 ‹Mia›
Wegen klein …

2015-03-24 21:21:12 ‹Mister Dabbeljuh›
Stimmt doch aber

2015-03-24 21:21:26 ‹Mia›
… du weißt nicht was klein ist

2015-03-24 21:21:31 ‹Mister Dabbeljuh›
… so klein, wie ein Vorort von Berlin

2015-03-24 21:22:32 ‹Mister Dabbeljuh›
… doch weiß ich … Gegentum
von Groß

2015-03-24 21:22:40 ‹Mia›
Ich bin im Juli in Berlin :-)

2015-03-24 21:23:15 ‹Mia›
… hole den Teppichklopfer

2015-03-24 21:23:47 ‹Mister Dabbeljuh›
What???

2015-03-24 21:24:18 ‹Mia›
Ich habe vergessen mich diplomatisch auszudrücken, die Emotionen haben gesiegt

2015-03-24 21:24:29 ‹Mister Dabbeljuh›
Wieso denn schon wieder?

2015-03-24 21:24:54 ‹Mia›
Der Teppichklopfer für das Gegentum von Groß

2015-03-24 21:26:07 ‹Mia›
Ich glaube, man muss nur genug lachen, dann gehen die Kopfschmerzen weg

2015-03-24 21:26:47 ‹Mister Dabbeljuh›
… äh, ich denke ich krieg Haue wenn ich ;-* sende

2015-03-24 21:27:20 ‹Mia›
Ja das auch :-)))))))

2015-03-24 21:27:59 ‹Mister Dabbeljuh›
… oh oh, wofür denn noch alles?

2015-03-24 21:28:08 ‹Mia›
Deine Nase ist ganz schön vorwitzig … .das ergibt sich dann alles noch im Schreiben

2015-03-24 21:28:47 ‹Mister Dabbeljuh›
War früher mal Indianer …

2015-03-24 21:29:00 ‹Mia›
… der kennt keinen Schmerz
Ich haue sehr schmerzvoll, bin im dritten Beruf eine Domina :-)

2015-03-24 21:30:08 ‹Mister Dabbeljuh›
… toll, deshalb habe ich da auch immer Kloppe gekriegt …

2015-03-24 21:31:13 ‹Mister Dabbeljuh›
Ach … sowas … ich dachte immer das soll Spaß machen …

2015-03-24 21:31:34 ‹Mia›
… ..ist aber mit Schmerz verbunden

2015-03-24 21:32:27 ‹Mister Dabbeljuh›
… wat nicht …

2015-03-24 21:32:44 ‹Mia›
wat nicht?

2015-03-24 21:33:36 ‹Mia›
Warum schreibst du eigentlich die Punkte hinter deine Sätze?

2015-03-24 21:33:44 ‹Mister Dabbeljuh›
… was nicht … mit Schmerz verbunden

2015-03-24 21:34:17 ‹Mia›
… .überlasse ich deiner Fantasie

2015-03-24 21:34:55 ‹Mister Dabbeljuh›
… so als, da geht's noch weiter Punkte … XD

2015-03-24 21:35:28 ‹Mia›
Schreiben das die Männer immer so … ..
Habe es bei Frauen noch nie gesehen

2015-03-24 21:35:59 ‹Mister Dabbeljuh›
Wer denn noch?

2015-03-24 21:36:54 ‹Mia›
Ich kenne jemanden, der es genauso schreibt wie du

2015-03-24 21:37:50 ‹Mia›
… .sich auch so ähnlich äußert, deshalb habe ich damals zu dir geschrieben, zeig dein Gesicht

2015-03-24 21:38:11 ‹Mister Dabbeljuh›
… .mh, hab ich mir ehrlich noch nie Gedanken zu gemacht

2015-03-24 21:38:45 ‹Mister Dabbeljuh›
Stimmt, hattest du geschrieben

2015-03-24 21:38:46 ‹Mia›
Dann wird es so üblich sein, bei Männern mit den Punkten … …

2015-03-24 21:39:38 ‹Mister Dabbeljuh›
… ah, 2 = alle …

2015-03-24 21:40:14 ‹Mia›
Schreibe nicht mit so vielen Männern, also 2 = alle

2015-03-24 21:41:58 ‹Mister Dabbeljuh›
… so gesehen machen das Frauen tatsächlich auch nicht, das mit den … ;)

2015-03-24 21:42:24 ‹Mia›
Vielleicht sollte ich damit anfangen … :-)

2015-03-24 21:43:12 ‹Mister Dabbeljuh›
… passte schon mal gut … in Verbindung mit vielleicht

2015-03-24 21:44:14 ‹Mia›
Ich setzte die Punkte jetzt auch vorne und hinten:-)

2015-03-24 21:44:35 ‹Mister Dabbeljuh›
… es könnte ja noch ein oder kommen … ;) hat was …

2015-03-24 21:45:40 ‹Mia›
… nein, da kommt kein oder, stelle selten Fragen, was ich machen soll … .. :-)

2015-03-24 21:46:25 ‹Mister Dabbeljuh›
Dich selbst auch nicht?

2015-03-24 21:46:38 ‹Mia›
… nein

2015-03-24 21:47:06 ‹Mister Dabbeljuh›
Supi … ich schon …

2015-03-24 21:48:37 ‹Mia›
… das »Problem« ist meistens das Zeitmanagement, alles so hinzubekommen, wie man das haben möchte

2015-03-24 21:48:45 ‹Mia›
Warum fragst du dich?

2015-03-24 21:49:07 ‹Mister Dabbeljuh›
… na wen denn sonst?

2015-03-24 21:49:11 ‹Mia›
… oder fragst du andere?

2015-03-24 21:50:18 ‹Mister Dabbeljuh›
… auch, wenn ich mit Unentschlossenheit kämpfe …

2015-03-24 21:50:22 ‹Mia›
Hast du es nicht im Gefühl, was für dich richtig oder falsch ist?
Man hat doch ein Gefühl!

2015-03-24 21:52:17 ‹Mia›
Ich habe mal gesagt, eine Frau ab 40ig, weiß genau was sie will und was sie nicht will und danach richte ich mich.

2015-03-24 21:52:22 ‹Mister Dabbeljuh›
Mann auch … klaro. trotzdem gibt es auch Unsicherheiten

2015-03-24 21:52:49 ‹Mia›
Vertrau dich doch mal mehr

2015-03-24 21:53:00 ‹Mia›
dich= dir

2015-03-24 21:53:09 ‹Mister Dabbeljuh›
… ich übe …

2015-03-24 21:53:17 ‹Mia›
Sehr gut

2015-03-24 21:53:27 ‹Mister Dabbeljuh›
… wird immer besser

2015-03-24 21:53:57 ‹Mia›
Das hoffe ich doch sehr

2015-03-24 21:55:16 ‹Mister Dabbeljuh›
… neulich sagte jemand zu mir: eigentlich müsste ich traumatisiert sein nach den letzten Jahren

2015-03-24 21:56:31 ‹Mia›
Ich kenne deine Geschichte nicht, nur deine Anmerkungen

2015-03-24 21:57:37 ‹Mister Dabbeljuh›
Deshalb gebe ich mir redlich Mühe und einige haben schon gesagt: da bist du ja wieder, schön ist das

2015-03-24 21:58:09 ‹Mia›
… warst du dermaßen am Boden?

2015-03-24 21:58:46 ‹Mister Dabbeljuh›
… die Geschichte ist wahrscheinlich selbst für ein Buch zu lang
… naja, ich habe mich nicht genug wichtig genommen

2015-03-24 21:59:53 ‹Mia›
Mister Dabbeljuh, das tut mir unendlich leid für dich, deshalb ist es auch jetzt Zeit für die Farbe lila

2015-03-24 22:00:20 ‹Mister Dabbeljuh›
Jaaaaaaa :D:D:D:D

2015-03-24 22:00:25 ‹Mia›
Wie kann man jemanden lieben, wenn man sich selbst nicht liebt?

2015-03-24 22:00:46 ‹Mister Dabbeljuh›
Das tut unendlich gut

2015-03-24 22:00:56 ‹Mia›
… man selbst sollte immer die Nummer eins sein

2015-03-24 22:01:43 ‹Mister Dabbeljuh›
… haha, da kennst Du meine Ex aber schlecht …

2015-03-24 22:02:05 ‹Mia›
… klingt egoistisch, ist aber von großer Wichtigkeit!!

2015-03-24 22:02:20 ‹Mia›
… ich kenne sie gar nicht …
… Merke dir: der eine macht es und der andere lässt es zu

2015-03-24 22:03:31 ‹Mister Dabbeljuh›
Jupp

2015-03-24 22:03:51 ‹Mia›
… so lange für Jupp geschrieben, du hast gelöscht

2015-03-24 22:04:16 ‹Mister Dabbeljuh›
… .ich war schon mal ausgezogen, vor 5 Jahren

2015-03-24 22:05:15 ‹Mister Dabbeljuh›
… löschen zeigt nicht mal Whatsapp;)

2015-03-24 22:05:41 ‹Mia›
… ich merke es an der Zeit :-)))

2015-03-24 22:05:41 ‹Mister Dabbeljuh›
… stimmt aber

2015-03-24 22:06:54 ‹Mister Dabbeljuh›
… hatte noch was zu dem davor geschrieben, passte nicht mehr zur neuen Mail

2015-03-24 22:07:32 ‹Mia›
Ich werde demnächst langsamer schreiben :-) und abwarten, bin halt ungeduldig

2015-03-24 22:09:41 ‹Mister Dabbeljuh›
… macht nix, war dann jetzt nicht wichtig …
… muss mal zum Laptop wechseln, Handy alle

2015-03-24 22:10:31 ‹Mia›
… ich denke, wir sollten Bubu gehen, Es ist schön mit dir zu schreiben, ich denke, das werden wir auch beibehalten, manchmal viel, vielleicht auch mal weniger, je nach Zeit. Ich bin jedenfalls sehr froh dich kennengelernt zu haben. :-) Gute Nacht

2015-03-24 22:11:41 ‹Mia›
Warum macht du auch dein Handy dauernd alle … das arme Ding!

2015-03-24 22:18:42 ‹Mia›
… dir auch schöne Träume, bitte Lila

2015-03-24 22:18:45 ‹Mister Dabbeljuh›
XDXDXD

2015-03-24 22:19:18 ‹Mia›
B-)XDB-)XD

2015-03-24 22:19:44 ‹Mister Dabbeljuh›
mach ich ganz sicher ☺

2015-03-25 04:52:20 ‹Mia›
Guten Morgen Mister Dabbeljuh, mein Kaffee schmeckt schon mal mmmh, viel Spaß bei eurem Streik und einen wundervollen Tag wünsche ich dir. LG

2015-03-25 06:31:24 ‹Mister Dabbeljuh›
Guten Morgen Mia, ich gähne hier so vor mich hin, fülle mir jetzt erstmal Kaffee ein, du bist bestimmt schon hellwach!!

2015-03-25 06:32:20 ‹Mia›
… ..klar, zweiter Humpen gerade fertig gemacht, schlürf … .

2015-03-25 06:34:19 ‹Mister Dabbeljuh›
… ich mach mir besser gleich einen Doppelten -_-Zzz

2015-03-25 06:40:06 ‹Mia›
:-))), Stark oder groß

2015-03-25 06:42:06 ‹Mia›
Bei mir hat eine Tasse 400 ml:-0

2015-03-25 06:43:29 ‹Mia›
… so Mister Dabbeljuh der warme Regen wartet, ich denke du bist schon drunter, Bye, Bye bis bald

2015-03-25 06:44:07 ‹Mister Dabbeljuh›

nee, aber gleich :D

2015-03-25 06:45:57 ‹Mister Dabbeljuh›
muss erst noch zweiten kleinen Kaffee einfüllen ;) schwarz mit Löffelchen Kakao, mmmh?

2015-03-25 07:01:52 ‹Mister Dabbeljuh sendet ein Foto mit einem zarten lila Krokus im Sonnenaufgang, das Gras ist von der Kälte noch gefroren.

2015-03-25 07:03:21 ‹Mister Dabbeljuh›
... mal wieder ein geklautes Blümchen;) für einen schönen Tag!

2015-03-25 07:34:13 ‹Mia›
... ich sage vielen Dank, einfach nur wunderschön ... dieses Zusammenspiel mit der Sonne, ich bin sprachlos ... .

2015-03-25 07:39:19 ‹Mister Dabbeljuh›
... ja, bei solchen schönen Fotos fällt mir immer auf wieviel ich noch üben muss ...

2015-03-25 07:41:46 ‹Mister Dabbeljuh›
ich schicke Dir später Fotos, nachher☺, mal welche – die sind zwar nicht farblich lila – aber umwerfend. Es gibt hier ein paar Leute die haben bis letztes Jahr grandiose Kalender gemacht

2015-03-25 07:42:49 ‹Mister Dabbeljuh›
... so, ich muss gleich mal los ... meine Kindergruppe hüten, lach ...

… schönen Tag für Dich!! Bis zwischendurch auf diesem Kanal …

2015-03-25 12:41:07 ‹Mia›
Hallo hier auf diesem Kanal :-)) bin jetzt fertig mit der Arbeit, habe heute noch viele Autofahrten mit einigen Erledigungen und heute Abend gehe ich zu Zumba :-)). Werde aber noch ein klitzekleines Bubu machen, bin heute schon kurz nach 4 aufgewacht :-)))))))))) also bis bald auf diesem lila Kanal

2015-03-25 14:06:52 ‹Mister Dabbeljuh›
… so, alle Schäfchen zusammengetrieben, Bus voll, jetzt geht's Richtung Heimat und dann ist Wochenende, Yippie☺ 2 Tage frei + einen halben, weil ich danach Spätdienst habe, ist auch nötig nach der Woche. lila Nachmittag für dich!!

2015-03-25 15:04:58 ‹Mia›
Du musst jetzt singen: brumm, brumm, brumm die Bus Bahn fährt, wer will mit nach Hause fahren, alleine fahren, das mag ich nicht, deshalb nehme ich euch alle wieder mit, kennst du das Lied?? Ist mir so spontan eingefallen :-))))))))))))))

2015-03-25 16:05:32 ‹Mister Dabbeljuh›
:DXD:D guuuut! Den Text merk ich mir, lach, hat alles geklappt, jeder hatte seinen Sitznachbarn und vollzählig. Bin jetzt @home, fahre noch kurz meine Nachbarin zu ihrem Fahrrad und dann gehe ich gemütlich zu Schwesterlein, da gibt's heute Pilze zum Abendbrot

2015-03-25 18:22:56 ‹Mia›
Schön, dass ihr euch einen schönen Abend macht, lasst es euch schmecken. Es grüßt der lila Kanal. ich muss auch gleich los und ich habe überhaupt keine Lust, habe zwischen meinen Lilaphasen immer noch Erschöpfungsphasen :-)) es kann nur noch besser werden!!!

2015-03-25 21:36:18 ‹Mister Dabbeljuh›
Oh Post … mein Handy war irgendwie tot, oder offline, ja war super lecker :D Jetzt bin ich schon fast wieder fit wie Turnschuh ☺nee, war nur Spaß … ich latsche gleich mal nach Hause, muss langsam mal runterkühlen. Lila Grüße an dich …

2015-03-25 21:42:17 ‹Mia›
Mister Dabbeljuh, habe vor 30 Minuten ein Foto eingestellt, ist jetzt bei 25+, als hätten die Leute nichts anders zu tun, habe eben gedacht, machst mal gemütlich in Ruhe und jetzt kommen lauter Nachrichten , auch der lila Kanal hat sich geöffnet :-))

2015-03-25 21:44:42 ‹Mister Dabbeljuh›
Muss ich gleich mal gucken, ist bestimmt ein ganz Tolles!

2015-03-25 21:45:51 ‹Mia›
… Ohhhh Mister Dabbeljuh, über Geschmack sollten wir beide doch nicht streiten :-))))

2015-03-25 21:45:56 ‹Mister Dabbeljuh›
Mir ging das ja auch so, war völig überrascht …

2015-03-25 21:47:11 ‹Mia›
… ja ist irgendwie verrückt manchmal

2015-03-25 21:50:31 ‹Mia›
Du solltest nicht zu sehr runterkühlen :-)))))

2015-03-25 21:52:11 ‹Mister Dabbeljuh›
Nein, mach ich nicht :D :-* :D

2015-03-25 21:52:54 ‹Mia›
Teppichklopfer sage ich da, bei deinen Zeichen :-)

2015-03-25 21:53:16 ‹Mister Dabbeljuh›
Wusste ich :D

2015-03-25 21:54:26 ‹Mia›
Ahh, du provoziert … … oder du prüfst, ob die Grenze zu erweitern ist

2015-03-25 21:54:43 ‹Mia›
B-)

2015-03-25 21:55:34 ‹Mia›
Oder, ob ich meine Sinne zusammen habe … . :)

2015-03-25 21:56:00 ‹Mister Dabbeljuh›
… .nee, hast doch gesagt soll nicht zu sehr runterkühlen … das war Beweis, dass es nicht der Fall ist …

2015-03-25 21:56:49 ‹Mister Dabbeljuh›
… kann man Lila einfrieren?

2015-03-25 21:57:04 ‹Mia›
… man kann mit Lila alles machen

2015-03-25 21:57:57 ‹Mister Dabbeljuh›
Oh!

2015-03-25 21:58:48 ‹Mia›
Du solltest mein Buch doch nicht lesen, sonst wirst du verbrennen, wenn du dich nicht abkühlen kannst.-)))

2015-03-25 21:59:17 ‹Mia›
Verbrenne lieber das Buch

2015-03-25 22:00:14 ‹Mia›
Das ist nur eine kleine Vorwarnung

2015-03-25 22:00:22 ‹Mister Dabbeljuh›
Ich hab's ja noch gar nicht, glaube die drucken nicht sondern schreiben per Hand

2015-03-25 22:01:26 ‹Mister Dabbeljuh›
Ist das sooo gefährlich?

2015-03-25 22:01:37 ‹Mister Dabbeljuh›
… und wieso??

2015-03-25 22:01:40 ‹Mia›
… an manchen Stellen, schon

2015-03-25 22:02:16 ‹Mister Dabbeljuh›
… für was gefährlich?

2015-03-25 22:02:34 ‹Mia›
… kein Kommentar

2015-03-25 22:03:29 ‹Mia›
… ich sage nichts mehr ohne meinen Anwalt!

2015-03-25 22:03:34 ‹Mister Dabbeljuh›
… dann muss ich ja wohl doch selber lesen

2015-03-25 22:03:52 ‹Mia›
Ich rate ab

2015-03-25 22:03:58 ‹Mister Dabbeljuh›
XD

2015-03-25 22:04:42 ‹Mister Dabbeljuh›
So machst Du mich nur noch mehr neugierig;)

2015-03-25 22:05:37 ‹Mia›
setzt dich bei manchen Stellen in die Badewanne, aber mit kaltem Wasser

2015-03-25 22:09:26 ‹Mia›
So Mister Dabbeljuh du hast ja Morgen Wochenende, ich nicht. Ich muss morgen wieder früh raus also wünsche ich dir eine angenehme Nachtruhe und lila Träume. Bis Morgen!!!!!

2015-03-25 22:11:41 ‹Mister Dabbeljuh›
Ich bin gespannt wie Flitzebogen, Gute Nacht, schlaf schön, träum lila :)

2015-03-26 00:46:04 ‹Mister Dabbeljuh sendet ein Foto von einem Lila Sturmhimmel und die Sonne scheint im Auge des Orkans

2015-03-26 00:47:56 ‹Mister Dabbeljuh›
… ich wünsch dir einen traumhaft guten Morgen:)

2015-03-26 05:31:34 ‹Mia›
Guten Morgen Mister Dabbeljuh, vielen Dank, den wünsche ich dir auch.

2015-03-26 05:33:35 ‹Mia›
Vielen Dank für das Foto oder Bild, ich glaube so etwas kann man nicht fotografieren. Es ist einfach unbeschreiblich und lila dazu. :-)))

2015-03-26 05:34:25 ‹Mia›
Ich habe echt gut geschlafen der Tag kann kommen.

2015-03-26 08:34:08 ‹Mister Dabbeljuh›
Moinsen Mia:) das freut mich für dich, ich hab bis jetzt nur die Augen auf … werde gleich mal für den heutigen Tag eine to-do Liste basteln, als erstes brauche ich lila warmen Regen -_-

2015-03-26 11:47:19 ‹Mister Dabbeljuh›
Part one erledigt, Sonnenliege für Schwesterlein geholt und Einkauf. unangenehmes auch noch auf dem Weg abgehakt, versuche einem Kollegen den Arsch den retten(versuchter Betrug, so ein Idiot}:))Das zieht mir lila wie Fass ohne Boden, grrr Ok, never mind, zweites Früh-

stück mit Croissant gibt's jetzt erstmal, dann Wäsche, aufräumen und Autoputzen ... bevor ich mit Auto mal zu meinen Heilemachern fahre(diese modernen Autos schreien einen ja fast schon an, wenn sie frisches Öl wollen D:) und zwischendurch muss ich für bessere Laune frisches lila tanken:)

2015-03-26 12:36:40 ‹Mia›
Mister Dabbeljuh, wenn ich deinen Text lese, könnte ich mich lila kringeln.

2015-03-26 12:36:59 ‹Mia›
... melde mich gleich noch mal

2015-03-26 12:40:57 ‹Mister Dabbeljuh› l
... ach mich aber nicht aus ...

2015-03-26 12:41:28 ‹Mia›
... nein ich lache dich nicht aus, es ist einfach schön zu lesen

2015-03-26 12:41:43 ‹Mia›
Ahh ich habe dich ... ... . vergessen

2015-03-26 12:42:01 ‹Mister Dabbeljuh›
... ok :D

2015-03-26 12:42:23 ‹Mia›
Hast du das echt gedacht??

2015-03-26 12:43:11 ‹Mister Dabbeljuh›
… nein, nicht wirklich – bin nur eben grade nicht sooo gut oder lila drauf

2015-03-26 12:43:59 ‹Mia›
Das ist nur eine kleine Schwäche, die habe ich auch, aber keine Sorge geht vorbei

2015-03-26 12:44:21 ‹Mister Dabbeljuh›
Puuh, dann ist ja guuuut

2015-03-26 12:44:49 ‹Mister Dabbeljuh›
… ich bin manchmal einfach zu empfindlich …

2015-03-26 12:44:50 ‹Mia›
Ich muss gerade ein paar Mails checken, dann melde ich mich

2015-03-26 12:46:05 ‹Mister Dabbeljuh›
… mach mal, ich bin auch gerade dabei Mailchaos zu sortieren-_-

2015-03-26 13:01:42 ‹Mia›
Da hat sich einfach von gestern eingefügt .-)))))))))))))) was hast du gemacht

2015-03-26 13:02:04 ‹Mia›
Höre grade I'm living

2015-03-26 13:02:26 ‹Mister Dabbeljuh›
… höre ich auch!

2015-03-26 13:02:49 ‹Mister Dabbeljuh›
… was meinst Du mit einfach eingefügt

2015-03-26 13:03:47 ‹Mia›
Dann ist es nur bei mir :-))))))), Test von gestern

2015-03-26 13:03:55 ‹Mia›
Text

2015-03-26 13:04:36 ‹Mister Dabbeljuh›
… wie, wo denn? ich verstehe Bahnhof

2015-03-26 13:05:58 ‹Mia›
Im Schreibfenster, hat sich zwischen den Zeilen von heute, Teile von Text von gestern eingeschoben :-))

2015-03-26 13:07:07 ‹Mister Dabbeljuh›
… ah, nee ist bei mir nicht … denke ich

2015-03-26 13:07:42 ‹Mister Dabbeljuh›
… welchen Text denn? will auch lachen

2015-03-26 13:09:27 ‹Mia›
Der Badenwannentext,!!deshalb habe ich dich gefragt, was du eben angestellt hast, das sich gerade der Text eingefügt hat, ich lach mich wieder tot, das hast du davon, wenn du zu viel fragst ;-))

2015-03-26 13:11:44 ‹Mia›
… nach dem du geschrieben hast, du musst dein Mailchaos sortieren, ist der Text erschienen :-))

2015-03-26 13:12:44 ‹Mia›
Da steht aber auch die Uhrzeit von gestern Abend ;-)

2015-03-26 13:13:58 ‹Mia›
Der Text von 22:05 und von 22:09

2015-03-26 13:14:02 ‹Mia›
Uhr

2015-03-26 13:14:22 ‹Mister Dabbeljuh›
… irgendwo klemmt es gerade, ich kann dich lesen aber nix am Laptop schreiben … mh

2015-03-26 13:15:00 ‹Mia›
??? ich weiß auch nicht was du anstellst

2015-03-26 13:15:27 ‹Mia›
Der Lila Kanal wird angezapft

2015-03-26 13:15:48 ‹Mister Dabbeljuh›
Ich mach gar nix, heul

2015-03-26 13:16:26 ‹Mister Dabbeljuh›
… bei mir sind alle Mails richtig einsortiert … komisch

2015-03-26 13:17:14 ‹Mia›
Ich bin aber auch auf bei meiner Mailseite und du??

2015-03-26 13:17:47 ‹Mia›
… gmail Mailseite

2015-03-26 13:18:05 ‹Mister Dabbeljuh›
Handy und Laptop

2015-03-26 13:18:22 ‹Mister Dabbeljuh›
Also g+

2015-03-26 13:18:59 ‹Mia›
ich schaue mal g+ Moment

2015-03-26 13:20:11 ‹Mister Dabbeljuh›
… kalt baden mag ich übrigens gaaarnicht, außer bei 40 Grad im Schatten …

2015-03-26 13:21:11 ‹Mister Dabbeljuh›
… so, jetzt geht Läppi wieder …

2015-03-26 13:22:48 ‹Mia›
Bei g+ habe ich es auch nicht, habe eben gehört, dass voraussichtlich der Co Pilot der Germanwings extra die Maschine abstürzen lassen hat, ist das nicht schrecklich, wie verzweifelt dieser Mann wohl gewesen sein muss, um so viele Menschen mit in den Tod zu reißen

2015-03-26 13:23:45 ‹Mister Dabbeljuh›
… echt? ist ja unglaublich … ich habe heute noch nix gelesen

2015-03-26 13:24:27 ‹Mia›
Das haben sie eben im Fernsehen bei N24 erzählt

2015-03-26 13:25:26 ‹Mister Dabbeljuh›
… sowas kann ich nicht begreifen

2015-03-26 13:26:39 ‹Mister Dabbeljuh›
… in meinem Freundeskreis gab es auch schon welche, die es nicht ausgehalten haben, unverständlicherweise für uns alle, aber andere damit reinziehen geht über meinen Horizont

2015-03-26 13:28:06 ‹Mia›
Heute Morgen haben sie im Radio erzählt, das ein Pilot Cockpit verlassen hat, aus welchen Gründen auch immer und konnte nicht mehr zurück, wollte die Tür eintreten, sie haben gesagt, es seien vorerst Spekulationen, wohl jetzt doch nicht.

2015-03-26 13:29:19 ‹Mia›
Ja es gibt Menschen, die es nicht aushalten können, aus welchen Gründen auch immer, aber wenn ich gehen wollte, würde ich keinen mitreißen wollen, denn ich kann und will doch nicht über das Leben Anderer bestimmen

2015-03-26 13:30:04 ‹Mister Dabbeljuh›
… genau so ähnlich wollte ich auch gerade schreiben

2015-03-26 13:31:03 ‹Mister Dabbeljuh›
Aufmerksamkeit kann's nicht sein, denn wenn man weg ist, hat man ja eh nix davon …

2015-03-26 13:32:06 ‹Mister Dabbeljuh›
… mir tun einfach die Angehörigen leid, die haben sicher für immer ein Problem damit.

2015-03-26 13:32:55 ‹Mister Dabbeljuh›
… den Verunglückten kann ich nur wünschen, dass die letzten Minuten nicht sooo furchtbar gewesen sind

2015-03-26 13:33:08 ‹Mia›
Die Angehörigen werden das nie vergessen können

2015-03-26 13:34:41 ‹Mister Dabbeljuh›
… ich kenne das von meinem Bruder, dem ist mal ein betrunkener Jugendlicher vors Auto gelaufen und verstorben – noch dazu der Sohn von benachbarten Freunden … das ist ganz schlimm für ihn

2015-03-26 13:35:55 ‹Mister Dabbeljuh›
… sowas geht nicht mehr aus dem Kopf

2015-03-26 13:36:27 ‹Mia›
Das wäre für mich auch ganz schlimm, weil man eigentlich nicht Schuld ist, aber doch ein Menschenleben gestorben ist

2015-03-26 13:37:04 ‹Mister Dabbeljuh›
… genau so

2015-03-26 13:38:20 ‹Mister Dabbeljuh›
… er macht sich viel Gedanken, was wäre wenn … er 5 min früher oder später … warum geschieht sowas, ohne dass man was dafür kann

2015-03-26 13:38:52 ‹Mia›
Ich kann dir dazu keine Antwort geben

2015-03-26 13:39:03 ‹Mia›
Ich bin selber überfragt

2015-03-26 13:39:28 ‹Mister Dabbeljuh›
… .da gibt es auch, glaube ich, keine Antwort

2015-03-26 13:39:40 ‹Mia›
Nein gibt es nicht.

2015-03-26 13:40:16 ‹Mia›
Mister Dabbeljuh werde noch etwas die Sonne genießen gehen, wir sehen uns wieder in diesem lila Kanal

2015-03-26 13:40:34 ‹Mister Dabbeljuh›
du hast Sonne?

2015-03-26 13:40:42 ‹Mia›
Ja

2015-03-26 13:40:42 ‹Mister Dabbeljuh›
… ich will auch!

2015-03-26 13:40:55 ‹Mister Dabbeljuh›
… hier ist ganz doof heute

2015-03-26 13:41:05 ‹Mia›
Letztens hattest du Sonne und ich nicht

2015-03-26 13:41:24 ‹Mia›
Doof ist wirklich doof

2015-03-26 13:41:29 ‹Mister Dabbeljuh›
… gehe mal schnell und tanke dich auf

2015-03-26 13:41:50 ‹Mia›
Bis dann Bye, Bye

2015-03-26 13:42:06 ‹Mister Dabbeljuh›
… tschööö mit ö

2015-03-26 19:34:51 ‹Mia›
Hallo Mister Dabbeljuh und besser bei dir??

2015-03-26 19:36:11 ‹Mia›
Ich werde gleich unser Schreiben auf dem lila Kanal unterbrechen, denn meine Freundin wird gleich anrufen

2015-03-26 19:36:41 ‹Mister Dabbeljuh›
… moin Mia :) ja, besser, war gerade mit Schwester Liege umtauschen, gut geredet und allmählich ist meine Lila Laune wieder vollständig:)

2015-03-26 19:37:48 ‹Mister Dabbeljuh›
… ich bin gleich auch noch unterwegs, muss eine liebe Seele trösten … Liebeskummer wegen doofen Freund …

2015-03-26 19:40:47 ‹Mister Dabbeljuh›
… mal schauen ob ich helfen kann – mit Lila und bisschen positive Magie … bis vielleicht später oder sonst erst morgen früh

2015-03-26 19:42:24 ‹Mister Dabbeljuh›
… ich habe dir schon lange nicht mehr geschrieben: schön dass es Dich gibt Mia:)

2015-03-26 19:46:00 ‹Mia›
Danke Mister Dabbeljuh!!

2015-03-26 19:46:21 ‹Mia›
Das kann ich nur zurückgeben

2015-03-26 19:47:11 ‹Mia›
Verteile deine Lila Magie, den viele Menschen brauchen sie

2015-03-26 19:51:06 ‹Mister Dabbeljuh›
… ich habe vorhin mein Buch abholen dürfen, bin schon ganz neugierig … So, jetzt muss ich leider auflegen hier auf dem lila Kanal. c u later :)

2015-03-26 21:03:13 ‹Mia›
Lese nicht so viel und denke an deinen Schönheitsschlaf!! Gute Nacht !!

2015-03-27 04:35:00 ‹Mia›
Guten Morgen Mister Dabbeljuh, bin gestern kurz nach 21 h Uhr schon ins Bett gefallen, die Rache dafür, bin seit 3 h wach, werde versuchen jetzt noch eine Stunde Augenpflege zu machen, denn sonst wird der Tag zu lang, heute Abend sind wir bei Freunden eingeladen und Morgen habe ich eine große Aufgabe vor mir. Werde um 8.30 h mit der Bahn nach Stuttgart fahren. Ich

werde dort jemanden besuchen, der bald sterben wird. Ich möchte nicht mehr darüber schreiben, denn sonst verdunkelt sich die Farbe Lila bei mir. Ich wünsche dir einen wundervollen Tag.

2015-03-27 04:56:51 ‹Mia› sendet ein Foto mit einem lila Sonnenuntergang hinter den Bergen

2015-03-27 09:59:04 ‹Mister Dabbeljuh›
Guten Morgen Mia:) jetzt komme ich endlich zum Antworten, Handy war Akku leer …

2015-03-27 10:01:15 ‹Mister Dabbeljuh›
… .wunderschönes Bild, Danke, das nehme ich als Begleitung für den Tag – alle Wege die ich gehen muss sollen lila leuchten

2015-03-27 10:08:02 ‹Mister Dabbeljuh›
… ich wollte schon nachfragen, wegen deinem Freund/Freundin – ok, ich verstehe … ich werde an dich denken gebe dir viel Kraft mit auf den Weg

2015-03-27 10:47:31 ‹Mister Dabbeljuh›
… und, liebe Mia, mittlerweile habe ich dich so sehr als Freundin in mein Herz geschlossen das ich selbstverständlich auch jederzeit für dich da bin wenn es dir mal nicht gut geht. … always remenber!!

2015-03-27 10:52:51 ‹Mister Dabbeljuh›
… so, jetzt werde ich erstmal meine Nachbarn mit meinem kaputten, heulendem Staubsauger quälen^_^

2015-03-27 10:58:16 ‹Mister Dabbeljuh›
zusätzlich zum Musikmix aus Sting, Reggae, Hip Hop und Klassik – bin schon der Exot hier, lach

2015-03-27 10:59:59 ‹Mia›
Hallo Mister Dabbeljuh, danke für deine lieben Worte, mich kann keiner einschließen, ich bin wie der Wind :-))))

2015-03-27 11:01:02 ‹Mia›
Wenn die Zeit kommen wird, werde ich über den Tod schreiben, doch jetzt ist noch nicht die Zeit dazu, aber vielen, vielen Dank

2015-03-27 11:01:53 ‹Mia›
Exoten sind die besten Menschen, du willst doch nicht langweilig sein :-))))

2015-03-27 11:02:42 ‹Mia›
Ich stelle mir gerade dich mit dem heulenden Staubsauger vor :-)))))))

2015-03-27 11:03:28 ‹Mia›
Und den ganzen Musikmix im Hintergrund, das ist doch wunderbar Lila

2015-03-27 11:03:44 ‹Mister Dabbeljuh›
^_^

2015-03-27 11:05:23 ‹Mister Dabbeljuh›
… das ins Herz geschlossen war aber nicht als einschließen/einsperren gemeint, ne …

2015-03-27 11:05:44 ‹Mia›
Das weiß ich doch, musste dich etwas ärgern :-))))

2015-03-27 11:06:19 ‹Mister Dabbeljuh›
… ok, darfst du heute mal machen;)

2015-03-27 11:07:07 ‹Mia›
Ach nur heute?? werde mich anstrengen es immer zu tun :-))) hat noch keinem geschadet

2015-03-27 11:07:07 ‹Mister Dabbeljuh›
… mir geht es wieder besser – nee gut

2015-03-27 11:07:19 ‹Mia›
Ich freue mich!!!!

2015-03-27 11:07:58 ‹Mia›
Wie kannst du eigentlich staubsaugen und schreiben???? :-)))

2015-03-27 11:08:15 ‹Mister Dabbeljuh›
… Multitasking, grins

2015-03-27 11:08:36 ‹Mia›
Los, den Staubsauger wieder in die Hände!!!

2015-03-27 11:08:45 ‹Mia›
Grins

2015-03-27 11:09:08 ‹Mister Dabbeljuh›
… menno, der macht so'n Krach

2015-03-27 11:09:40 ‹Mia›
Ok, du hast wieder erreicht, dass ich vor Lachen nicht mehr kann

2015-03-27 11:10:00 ‹Mister Dabbeljuh›
... schön, ich auch?

2015-03-27 11:10:34 ‹Mia›
Sehr schön!!! Lasse uns beide noch etwas tun, bis bald

2015-03-27 11:10:52 ‹Mia› :-)))))))))))))))))))))))))))))))))))))))))))))))))))))))))))))))))))))))))))))))))

2015-03-27 11:10:53 ‹Mister Dabbeljuh›
Jupp

2015-03-27 11:11:31 ‹Mister Dabbeljuh›
... hast du Teppichklopfer zur Hand?

2015-03-27 12:42:59 ‹Mia›
Warum??

2015-03-27 12:50:50 ‹Mister Dabbeljuh sendet ein Bild, in dem ein Smiley einen andern Smiley knuddelt und viele rote Herzchen das Bild umranden

2015-03-27 12:51:29 ‹Mister Dabbeljuh›
... weil ich dich einfach mal drücken wollte

2015-03-27 12:51:44 ‹Mister Dabbeljuh›
... und bestimmt wieder Haue bekomme, lach

2015-03-27 12:51:51 ‹Mia›
Ich hole den ganz großen!!!!

2015-03-27 12:52:13 ‹Mister Dabbeljuh›
… siehste

2015-03-27 12:52:18 ‹Mia›
Da waren aber rote Herzchen dabei!!!!

2015-03-27 12:52:32 ‹Mia›
Warte ab!!!

2015-03-27 12:52:51 ‹Mister Dabbeljuh›
..was denn?

2015-03-27 12:53:11 ‹Mia›
Du bekommst Haue, ganz viel

2015-03-27 12:54:31 ‹Mia›
Herzchen sind Regelverstoß mit viel haue mit Teppichklopfer

2015-03-27 12:55:09 ‹Mia›
Siehste, das hast du dovon

2015-03-27 12:55:13 ‹Mia›
davon

2015-03-27 12:55:41 ‹Mister Dabbeljuh sendet einen Smiley mit Engelsflügeln und einen Heiligenschein

2015-03-27 12:59:45 ‹Mister Dabbeljuh›
... ich hab doch die Herzchen da gar nicht hingemalt.

2015-03-27 13:00:48 ‹Mia sendet ein Foto von einer Peitsche

2015-03-27 13:01:14 ‹Mister Dabbeljuh›
... ohoh

2015-03-27 13:01:51 ‹Mia›
Es war kein Teppichklopfer zur Hand, suche noch

2015-03-27 13:02:26 ‹Mister Dabbeljuh›
... hattest ne Stunde Zeit, Chance verpasst ...

2015-03-27 13:03:16 ‹Mia›
Ich war nicht online

2015-03-27 13:03:48 ‹Mister Dabbeljuh›
... das kommt davon ...

2015-03-27 13:05:47 ‹Mia sendet ein Foto von einem Teppichklopfer

2015-03-27 13:05:52 ‹Mia›
Ich habe ihn gefunden

2015-03-27 13:08:58 ‹Mia›
Und du hast Küsse geschickt

2015-03-27 13:10:04 ‹Mister Dabbeljuh sendet ein Bild mit einem Hasen, in der einen Hand hat er ein Blümchen und mit der anderen Hand macht er ein Peace-Zeichen

2015-03-27 13:11:11 ‹Mia›
Macht der Hase da ein Friedenszeichen???

2015-03-27 13:11:25 ‹Mister Dabbeljuh›
… ja :)

2015-03-27 13:13:39 ‹Mister Dabbeljuh›
… Love and Peace :)

2015-03-27 13:15:54 ‹Mia›
Ok, einverstanden! ☺

2015-03-27 13:16:28 ‹Mia›
Hast du noch frei heute?

2015-03-27 13:16:55 ‹Mister Dabbeljuh›
Jahaaaa :D

2015-03-27 13:17:09 ‹Mister Dabbeljuh›
… ich habe heute Sonntag

2015-03-27 13:17:11 ‹Mia›
Wann musst du Morgen los?

2015-03-27 13:17:51 ‹Mister Dabbeljuh›
… .spät, glaube ich

2015-03-27 13:18:25 ‹Mia›
Glauben ist nicht wissen :-))))))))))))))))

2015-03-27 13:18:45 ‹Mister Dabbeljuh›
… stimmt

2015-03-27 13:18:52 ‹Mister Dabbeljuh›
… muss mal gucken

2015-03-27 13:20:10 ‹Mia›
Mister Dabbeljuh, hast du das Buch wirklich schon?

2015-03-27 13:20:17 ‹Mister Dabbeljuh›
… spät, 14,30h

2015-03-27 13:20:42 ‹Mia›
Na dann noch schön ausschlafen morgen

2015-03-27 13:20:58 ‹Mister Dabbeljuh›
… ja, gestern sofort losgedüst als die Mail kam

2015-03-27 13:21:19 ‹Mia›
Ok

2015-03-27 13:22:09 ‹Mister Dabbeljuh›
… und wieso: »wirklich« schon?

2015-03-27 13:22:21 ‹Mia›
… so halt

2015-03-27 13:23:03 ‹Mia›
… weil du nichts fragst

2015-03-27 13:23:24 ‹Mister Dabbeljuh›
??? was soll ich denn fragen??

2015-03-27 13:24:05 ‹Mia›
… was weiß ich

2015-03-27 13:24:41 ‹Mister Dabbeljuh› …
… ich liege gleich wieder aufm Fußboden

2015-03-27 13:25:28 ‹Mia›
Warum? Ich habe nichts gemacht, zieh die Jalousien runter :-))

2015-03-27 13:25:46 ‹Mister Dabbeljuh›
… wieso dat denn?

2015-03-27 13:26:12 ‹Mia›
Wenn du auf dem Boden liegst und dich vor Lachen kringelst

2015-03-27 13:27:02 ‹Mister Dabbeljuh›
… solange keiner 112 ruft, alles im grünen Bereich

2015-03-27 13:27:35 ‹Mia›
Was war jetzt sooo lustig?

2015-03-27 13:29:09 ‹Mister Dabbeljuh›
… ich hab noch nix gelesen, du wartest auf Fragen? und weißt nicht welche, oder so …

2015-03-27 13:29:40 ‹Mister Dabbeljuh›
… ich kann doch nichts dafür das immer ich schmunzeln muss:)

2015-03-27 13:30:11 ‹Mia›
Dann bist du noch unbefangen

2015-03-27 13:30:24 ‹Mister Dabbeljuh›
… was 'n das?

2015-03-27 13:30:49 ‹Mia›
Du vergleichst noch nicht

2015-03-27 13:31:03 ‹Mister Dabbeljuh›
..what?

2015-03-27 13:31:14 ‹Mia›
Das Buch und mich

2015-03-27 13:32:49 ‹Mister Dabbeljuh›
… das Buch und dir vergleichen? Du bist Du! und Buch ist ein Buch:) oder was meinst Du?

2015-03-27 13:33:05 ‹Mia›
Ja das genau meine ich

2015-03-27 13:35:37 ‹Mister Dabbeljuh›
… und wieso soll ich befangen sein/werden wenn ich es lese?

2015-03-27 13:37:01 ‹Mia›
Keine Ahnung, du bist ein Mann. Hast du denn Erotikbücher schon vorher gelesen?

2015-03-27 13:37:55 ‹Mister Dabbeljuh›
… viele

2015-03-27 13:38:10 ‹Mister Dabbeljuh›
… hast du vergessen wie alt ich bin?;)

2015-03-27 13:39:29 ‹Mia›
Stimmt uralt, ich kenne keinen Mann außer meinem Freund, der Erotikbücher liest, ich rutsche gleich von der Couch

2015-03-27 13:40:28 ‹Mister Dabbeljuh›
… wieso das denn? Die lese ich total gerne … machen andere das nicht?

2015-03-27 13:40:42 ‹Mia›
Ich kenne nur Frauen

2015-03-27 13:41:27 ‹Mister Dabbeljuh›
Ok, vielleicht liegt's daran … ich habe überwiegend weibliche Freunde …

2015-03-27 13:42:16 ‹Mia›
Ich finde das cool von dir!!

2015-03-27 13:43:17 ‹Mister Dabbeljuh›
… ich denke, es gibt da schon Unterschiede – ich habe mal die Bücher über »sexuelle Phantasien« gelesen – das war schon sehr unterschiedlich was Männlein und Weiblein da so zum Besten geben …

2015-03-27 13:44:28 ‹Mister Dabbeljuh›
… wieso cool? mir wird meist warm;)

2015-03-27 13:45:41 ‹Mia›
:-)))))), hör auf jetzt mit solchen Sätzen, ich kann nicht :-)

2015-03-27 13:45:50 ‹Mia›
… mehr

2015-03-27 13:46:09 ‹Mister Dabbeljuh›
… was kannst du nicht mehr?

2015-03-27 13:46:43 ‹Mia›
Ich kann mein Gesicht nicht mehr in die Normalstellung ausrichten :-)

2015-03-27 13:47:50 ‹Mister Dabbeljuh›
… so schlimm?

2015-03-27 13:48:57 ‹Mister Dabbeljuh›
… habe doch nur geschrieben, dass ich gerne sowas lese, anschaue …

2015-03-27 13:49:03 ‹Mia›
Es ist nicht schlimm sondern witzig, wenn du so schreibst

2015-03-27 13:50:19 ‹Mister Dabbeljuh›
He??

2015-03-27 13:51:09 ‹Mia›
Wir werden jetzt hier nicht über besondere Filme schreiben!!

2015-03-27 13:51:45 ‹Mia›
He was??

2015-03-27 13:51:46 ‹Mister Dabbeljuh›
Was für Filme denn?

2015-03-27 13:52:18 ‹Mister Dabbeljuh›
… he – von wegen witzig …

2015-03-27 13:52:55 ‹Mia›
Du hast geschrieben, dass du gerne liest und so etwas anschaust

2015-03-27 13:53:29 ‹Mister Dabbeljuh›
Ach so, naja klar …

2015-03-27 13:57:08 ‹Mister Dabbeljuh›
… habe auch schon mal selber sehr schöne Fotos gemacht – ist aber nicht Gelegenheit für sowas …

2015-03-27 13:57:40 ‹Mister Dabbeljuh›
nicht immer … Hangouts lässt schon wieder Worte weg

2015-03-27 13:58:36 ‹Mia›
Davon musst du mir bei Gelegenheit mehr erzählen

2015-03-27 13:58:47 ‹Mia›
Mister Dabbeljuh werde wieder etwas tun, es ist mir ein großes Vergnügen mit dir zu kommunizieren, also bis dann!!

2015-03-27 13:58:54 ‹Mister Dabbeljuh›
… hattest du deswegen Sorge – wegen deinem Buch?

2015-03-27 13:59:11 ‹Mia›
Ja

2015-03-27 13:59:30 ‹Mister Dabbeljuh›
… völlig unnötig!!

2015-03-27 13:59:53 ‹Mister Dabbeljuh›
… bis später auf diesem lila Sender?

2015-03-27 17:43:11 ‹Mister Dabbeljuh›
So, vieles, aber nicht alles erledigt:) jetzt geht es gleich los – wieder ins lila Schwimmbad – same procedure as every Friday, mein Schwesterlein erscheint jeden Moment – sie musste, nachdem ich sie mit Essen nach der Arbeit verköstigt hatte noch kurz nach Hause, Bikinizone rasieren sagt sie … also, ich sag mal tschööö mit ö – schönen Abend Mia bis denne!!

2015-03-27 18:07:55 ‹Mia›
Viel Spaß beim Schwimmen und einen schönen Abend für euch, wir werden um 19.30 h zu Freunden gehen. Wahrscheinlich erst Morgen hier im lila Kanal

2015-03-27 23:07:06 ‹Mia›
Gute Nacht Mister Dabbeljuh!! :-))))))))))))

2015-03-27 23:07:18 ‹Mia›
Schlaf gut

2015-03-28 00:27:48 ‹Mister Dabbeljuh›
… oh, da ist ne späte Post, schlaf auch gut Mia :)

2015-03-28 05:42:28 ‹Mia›
Guten Morgen Mister Dabbeljuh!

2015-03-28 08:52:49 ‹Mister Dabbeljuh›
Guten Morgen Mia☺ Hängauf hat mir mal wieder nix verraten, manchmal geht der Ding Dong einfach nicht …

2015-03-28 09:45:38 ‹Mia›
Beim mir macht es nie Ding Dong??

2015-03-28 09:46:49 ‹Mia›
Heißt wahrscheinlich nicht umsonst Hängauf;)

2015-03-28 09:46:57 ‹Mister Dabbeljuh›
Hallo Mia

2015-03-28 09:47:21 ‹Mister Dabbeljuh›
den Namen musste ich einfach vergeben

2015-03-28 09:47:32 ‹Mister Dabbeljuh›
… Hängauf …

2015-03-28 09:47:43 ‹Mia›
☺

2015-03-28 09:48:38 ‹Mister Dabbeljuh›
… ich hatte eine lustige Post von einer Mia, grins

2015-03-28 09:48:50 ‹Mia›
Meine Weltreise beginnt wieder, der 2te Zug hat schon wieder Verspätung

2015-03-28 09:49:00 ‹Mia›
Echt??

2015-03-28 09:49:26 ‹Mister Dabbeljuh›
… ja, ich kenn die gar nicht;)

2015-03-28 09:49:49 ‹Mister Dabbeljuh›
Oh, Frau … doofe Bahn sag ich nur

2015-03-28 09:49:51 ‹Mia›
Vielleicht eine Verehrerin

2015-03-28 09:50:52 ‹Mister Dabbeljuh›
… ich habe gerade Telefon … bis später!

2015-03-28 11:39:49 ‹Mister Dabbeljuh›
… ohoh, das war langes Telefonat, ist immer schön, wenn ich Freunden eine Hilfe sein kann … es gibt so viele Probleme in der Welt – ich stelle dann immer fest, dass es mir doch eigentlich gut geht … das war gerade eine Freundin/Nachbarin von vor ganz vielen Jahren, mit Lebensbedrohlichem Krebsproblem, Du kennst das ja … ich freue mich gerade das ich wieder die Kraft habe anderen eine Unterstützung sein zu können, Zeit ist eines der kostbarsten Dinge die man füreinander übrig haben kann!

2015-03-28 11:41:29 ‹Mister Dabbeljuh›
… hat sich denn dein Zugproblem gelöst? nicht das du irgendwo im DB-Nirvana gestrandet bist;)

2015-03-28 11:51:06 ‹Mia›
Das hast du eben so schön geschrieben, dass Zeit das Kostbarste ist, was man verschenken kann

2015-03-28 11:52:27 ‹Mia›
Ja bin im Zug, er hat über 30 min. Verspätung, weiß nicht genau, wann es dann weiter geht, egal werde schon ankommen

2015-03-28 11:53:36 ‹Mister Dabbeljuh›
… genau, think positiv ☺lila

2015-03-28 11:55:42 ‹Mia›
Was ist denn eigentlich Nirvana, habe es gegoogelt, habe es nicht richtig herausfinden können??

2015-03-28 11:56:09 ‹Mister Dabbeljuh›
… upps

2015-03-28 11:56:30 ‹Mister Dabbeljuh›
… vielleicht die endlose Weite des Universums?

2015-03-28 11:56:48 ‹Mia›
Vielleicht??

2015-03-28 11:56:49 ‹Mister Dabbeljuh›
..nee, ich glaube kommt von den Indianern

2015-03-28 11:57:10 ‹Mister Dabbeljuh›
… sowas wie in den Himmel kommen

2015-03-28 11:58:25 ‹Mister Dabbeljuh›
… schon komisch, das man viele Worte benutzt und wenn man anfängt ihre Bedeutung zu erforschen ins Schleudern kommen kann

2015-03-28 11:58:39 ‹Mia›
Bist du schon für deine Arbeit vorbereitet??

2015-03-28 11:58:45 ‹Mister Dabbeljuh›
… nö

2015-03-28 11:58:50 ‹Mia›
Ja komisch

2015-03-28 11:58:58 ‹Mia›
Nö mit ö

2015-03-28 11:59:06 ‹Mister Dabbeljuh›
… jö …

2015-03-28 11:59:16 ‹Mia›
XDXDXDXDXDXD

2015-03-28 11:59:34 ‹Mister Dabbeljuh›
… genau XD

2015-03-28 11:59:54 ‹Mia›
Ich stelle fest du machst auch gerne Unsinn

2015-03-28 12:00:09 ‹Mister Dabbeljuh›
… Yes …

2015-03-28 12:01:48 ‹Mister Dabbeljuh›
… so langsam sollte ich mich vielleicht mal packen für @work – habe keine Lust

2015-03-28 12:01:53 ‹Mia›
Mr. Dabbeljuh, mache dich langsam fertig oder entspanne noch ein bisschen. Ich wünsche dir lila Arbeitsstunden

2015-03-28 12:02:17 ‹Mia›
Keine Lust gibt es nicht

2015-03-28 12:02:31 ‹Mia›
;P

2015-03-28 12:03:51 ‹Mister Dabbeljuh›
… habe schon schön entspannt – gelesen – Kaffee getrunken – geraucht – telefoniert – mit Mia geschrieben? – Mia gelesen – aus dem Fenster geguckt (mein Haustier Eichhörnchen bewundert)

2015-03-28 12:04:58 ‹Mister Dabbeljuh›
… etwas essen könnte ich auch mal … und dann lilagelaunt ins Theater

2015-03-28 12:19:02 ‹Mia›
Man(n) Mister Dabbeljuh so viel!!! Dann kannst du wieder Bubu gehen XDXDXDXD also bis bald auf oder im lila Kanal

2015-03-28 12:19:04 ‹Mia›
Kann zurzeit nicht senden

2015-03-28 12:19:04 ‹Mia›
Kein Empfang gehabt

2015-03-28 13:07:29 ‹Mister Dabbeljuh›
… lach, nee nix mit Bubu? Schauspiel wartet …

2015-03-28 13:08:55 ‹Mister Dabbeljuh›
… hattest wohl nicht nur keinen Empfang sondern auch nix senden können, deine Nachricht kam erst vor paar min.

2015-03-28 13:11:19 ‹Mister Dabbeljuh›
… höre gerade Enya,:) auch so Gänsehautmusik …

2015-03-28 13:15:05 ‹Mister Dabbeljuh sendet ein Bild mit lila Glitzer

2015-03-28 13:16:36 ‹Mister Dabbeljuh›
… ein bisschen lila Gedankenpower

2015-03-28 13:25:21 ‹Mia›
Ein faszinierendes Bild, nicht das ich hier gleich, wie eine Rakete abgehe? Also für dich schöne Arbeit Bye Bye

2015-03-28 13:29:03 ‹Mister Dabbeljuh›
… Chakra Meditation! positiv Vibration for U!!

2015-03-28 13:50:38 ‹Mia›
Danke dir!! Beim diesen Foto brauche ich keinen Teppichklopfer!

2015-03-28 18:48:07 ‹Mister Dabbeljuh›
..wieso denn nicht?;)

2015-03-28 21:04:33 ‹Mia›
Weil es kein Herzchen war!

2015-03-28 21:07:23 ‹Mister Dabbeljuh›
… ich hatte soeben persönliche Premiere, 100mb's nachgebucht … hatte ja auch nie zuvor 80000 Mails :) jetzt können wir unbesorgt weiterschreiben!!

2015-03-28 21:10:47 ‹Mister Dabbeljuh›
… naja, kein herziges … ;)

2015-03-28 21:11:06 ‹Mia›
Meinst du das reicht, habe letztens 500 MB nachgebucht XDXDXD

2015-03-28 21:12:27 ‹Mister Dabbeljuh›
… oh, sooo viel???

2015-03-28 21:14:47 ‹Mister Dabbeljuh›
… mal schauen, vorhin hat meins gepiept und gesagt: Ende im Gelände!

2015-03-28 21:32:48 ‹Mia›
Akku leer XDXDXDXD

2015-03-28 21:33:48 ‹Mia›
Schönen Abend und gute Nacht Mister Dabbeljuh!!

2015-03-28 21:43:03 ‹Mister Dabbeljuh›
Ja, woher weißt Du das mein Akku leer ist? Habe vor 10min eingestöpselt …

2015-03-28 21:51:12 ‹Mister Dabbeljuh›
… ah, dein Akku ist leer? Ich doofi, Ok, ja dir auch ne gute Nacht und angenehme Träume:)

2015-03-28 22:14:46 ‹Mia›
Nein, dachte dein Akku war leer

2015-03-28 22:48:06 ‹Mister Dabbeljuh›
Handy Akku ja, mein Akku ist lila

2015-03-28 22:49:34 ‹Mister Dabbeljuh›
… fertig, Freuabend!

2015-03-28 22:59:12 ‹Mia›
Gehe jetzt Bubu, bis dann Bye, Bye schönen Feierabend!

2015-03-28 23:04:33 ‹Mister Dabbeljuh›
Good Night!

2015-03-29 03:54:15 ‹Mister Dabbeljuh›
… die haben mir eine Stunde geklaut x_x

2015-03-29 03:54:52 ‹Mister Dabbeljuh sendet ein Foto, eine Makroaufnahme, auf dem zu sehen ist, wie eine Biene in eine lila Blume fliegt

2015-03-29 03:55:16 ‹Mister Dabbeljuh›
… guten Morgen Mia!

2015-03-29 08:41:30 ‹Mia›
Guten Morgen Mister Dabbeljuh!

2015-03-29 12:42:56 ‹Mister Dabbeljuh sendet einen Spruch: Wenn du heute Hoffnung in ein einsames Herz gepflanzt hast, wenn du durch Lachen Tränen vertrieben hast, wenn jemandes Last leichter wurde durch deine Freundlichkeit, dann war dein Tag gut genutzt.

2015-03-29 12:48:18 ‹Mia›
Ein wunderschöner Spruch, habe den kostbaren Menschen eben verlassen, er wird heute das irdische Leben verlassen.

2015-03-29 12:49:30 ‹Mister Dabbeljuh›
… wie geht es dir denn?

2015-03-29 12:49:56 ‹Mia›
Er hat gewartet und ich war da und wir konnten noch miteinander sprechen, somit bin ich ein glücklicher Mensch

2015-03-29 12:50:37 ‹Mister Dabbeljuh›
… ok, dann ist gut

2015-03-29 12:54:11 ‹Mister Dabbeljuh›
… sonst würde ich dir mehr Energie schicken

2015-03-29 12:57:52 ‹Mister Dabbeljuh›
… ich mache mich jetzt langsam startklar, zum Glück ist heute nicht viel – nur Ballett …

2015-03-29 13:03:02 ‹Mia›
Mr. Dabbeljuh, mach dir bitte nicht so viele Sorgen, es geht mir gut

2015-03-29 13:03:24 ‹Mia›
Einen wundervollen Tag wünsche ich dir

2015-03-29 13:06:54 ‹Mister Dabbeljuh›
… alles gut Mia:) sind keine Sorgen, nur Gedanken …

2015-03-29 13:40:30 ‹Mia sendet ein Bild mit in dem zwei Hände zu sehen sind, die eine brennende Kerze halten und der Wachs der Kerze die Hände herunter läuft

2015-03-29 13:40:34 ‹Mia›
Schau mal Mister Dabbeljuh ein wunderschönes Bild, welches vielleicht meinen Schmerz am besten ausdrückt

2015-03-29 13:43:36 ‹Mister Dabbeljuh›
Mia!

2015-03-29 13:55:03 ‹Mia›
Mister Dabbeljuh hab ich dir schon gesagt, dass es schön ist, dass es dich gibt? Wenn nicht, dann sage ich es jetzt!!

2015-03-29 14:05:24 ‹Mister Dabbeljuh›
Danke!

2015-03-29 15:45:07 ‹Mister Dabbeljuh›
Sorgen mache ich mir natürlich auch manchmal, über viele verschiedene Dinge, momentan besonders über den morgigen Tag … diese doofe Pegida konnte die letzten Wochen immer nur separiert am Hauptbahnhof ihre Show abziehen. Morgen dürfen sie genau da, wo ich jetzt wohne, eine Kundgebung machen, in der Nähe ist ein Auffanglager. und meine Lieblingswohngegend ist mit linkspolitisch menschlich gesinnten Leuten überdurchschnittlich bewohnt. Das Chaos ist vorprogrammiert. Ich hoffe meine Wohnung steht morgen Abend noch … ab Mittag wird alles abgeriegelt, kein Bus mehr, Straßen gesperrt … Diese intoleranten Braunen sollte man mal in einen großen Bottich mit lila drin tunken …

2015-03-29 15:46:09 ‹Mister Dabbeljuh›
konnte vorhin gar nix mehr schreiben, war spät dran;)

ich empfinde es, als wundervoll was hier, uns, mir gerade passiert:)

2015-03-29 15:47:20 ‹Mister Dabbeljuh›
... oh, Mails sind vertauscht, in falscher Reihenfolge ... na egal;)

2015-03-29 16:07:22 ‹Mia›
Mister Dabbeljuh vielleicht werden Menschen lila, wenn man ihnen lila begegnet??

2015-03-29 16:08:09 ‹Mia›
Es sind auch bestimmt Menschen in der Pegida lila

2015-03-29 16:09:20 ‹Mia›
Hass macht jedoch blind und es ist traurig, dass man Menschen nicht als Menschen sieht, sondern als Fremde

2015-03-29 16:14:23 ‹Mister Dabbeljuh›
Schlimm finde ich auch das selbst auf der bunten Gegenseite Leute so dermaßen Scheuklappen aufhaben, dass sie sich nur durch Gewalt äußern können , die sind kein Stück besser ... ich habe schon Fransen an den Lippen, weil ich versuche die von ihrem kämpferischen Denken wegzubekommen ... das ist so negativ, unlila quasi ...

2015-03-29 16:15:24 ‹Mia›
Unlila geht gar nicht!

2015-03-29 16:16:12 ‹Mister Dabbeljuh›
... lach, haste auch wieder wahr?

2015-03-29 16:16:30 ‹Mia›
Danke, dass ich dich in der Arbeit stören kann, das ist nicht so gut

2015-03-29 16:17:03 ‹Mia›
Ich möchte nicht dass du Ärger bekommst

2015-03-29 16:17:45 ‹Mister Dabbeljuh›
… ach quatsch, sitzen hier dumm rum alles fertig

2015-03-29 16:18:28 ‹Mister Dabbeljuh›
… die Beleuchtung ist dran, später dann Rest

2015-03-29 16:19:12 ‹Mia›
Du bist vom Fach, ich nicht

2015-03-29 16:21:51 ‹Mister Dabbeljuh›
Wir haben halt manchmal Zeiten in, denen nix zu tun ist, is so … Feuerwehrleute legen doch auch keine Brände damit sie arbeiten können, lach

2015-03-29 16:25:48 ‹Mia›
Ist es dir immer noch nicht zu viel mit dem Schreiben?

2015-03-29 16:29:03 ‹Mister Dabbeljuh›
Nee, war neulich schon ganz komisch als kaum Mails durch den Äther schwirrten … ;):)

2015-03-29 16:30:33 ‹Mister Dabbeljuh›
… manchmal geht ja einfach nicht, ist ja logo … aber irgendwie fehlt dann was!

2015-03-29 16:31:13 ‹Mister Dabbeljuh›
mir jedenfalls ...

2015-03-29 16:31:31 ‹Mia›
Ich kann halt in meiner Arbeit nicht schreiben??

2015-03-29 16:31:46 ‹Mister Dabbeljuh›
... nein, es ist einfach Wunderbar

2015-03-29 16:32:16 ‹Mister Dabbeljuh›
... musst Du doch auch nicht

2015-03-29 16:33:13 ‹Mister Dabbeljuh›
... sonst bekommst du noch Ärger

2015-03-29 16:34:08 ‹Mia›
Aber wir sind uns schon einig, dass das hier auf einer freundschaftlichen Basis ist, ich möchte dich nicht verletzten oder dir falsche Hoffnung machen

2015-03-29 16:35:00 ‹Mia›
Es hat nichts mit Ärger zu tun, mir fehlt einfach die Zeit!

2015-03-29 16:35:32 ‹Mister Dabbeljuh›
Mia, was hast du mir vorhin geschrieben? Mach dir nicht so viel Sorgen ... du auch nicht, ok

2015-03-29 16:35:55 ‹Mia›
Ok, ich bin lila

2015-03-29 16:36:37 ‹Mister Dabbeljuh›
Gut!

2015-03-29 16:37:35 ‹Mia›
Wenn wir wenig schreiben fehlt wirklich was, sind vielleicht schreibbesessen????

2015-03-29 16:38:27 ‹Mister Dabbeljuh›
… das wäre dann bei mir neu, hast du mich angesteckt?

2015-03-29 16:38:54 ‹Mia›
Ach ich bin schuld????

2015-03-29 16:39:20 ‹Mister Dabbeljuh›
… wer denn sonst?

2015-03-29 16:39:34 ‹Mister Dabbeljuh›
Na gut ich

2015-03-29 16:39:37 ‹Mia›
Es ist wirklich komisch, wie das Ganze entstanden ist, nicht wahr

2015-03-29 16:39:42 ‹Mister Dabbeljuh›
Und lila

2015-03-29 16:39:53 ‹Mia›
Was sonst??

2015-03-29 16:40:19 ‹Mia›
Meist du wie sind irgendwie doll??

2015-03-29 16:40:29 ‹Mia›
Wir sind

2015-03-29 16:40:43 ‹Mister Dabbeljuh›
Du hast paar Texte gepostet, die mich tief drin berührt haben

2015-03-29 16:41:14 ‹Mister Dabbeljuh›
… doll???

2015-03-29 16:41:34 ‹Mia›
Warum??

2015-03-29 16:43:06 ‹Mister Dabbeljuh›
Dieses eine Foto und der Spruch, wo ich zurückschrieb: ich taue gerade wieder auf

2015-03-29 16:43:42 ‹Mia›
Du hast mich verfolgt??????

2015-03-29 16:44:11 ‹Mia›
Egal was ich geschrien habe O:)

2015-03-29 16:44:13 ‹Mister Dabbeljuh›
Du hast gezaubert!

2015-03-29 16:44:41 ‹Mia›
Du Übertreiber!

2015-03-29 16:45:29 ‹Mister Dabbeljuh›
Ich kann es nicht erklären …

2015-03-29 16:45:44 ‹Mister Dabbeljuh›
Ist einfach so

2015-03-29 16:46:06 ‹Mia›
Dann nehmen wir es so hin??

2015-03-29 16:46:45 ‹Mister Dabbeljuh›
..gäbe es eine Alternative?

2015-03-29 16:47:06 ‹Mia›
Wofür??

2015-03-29 16:47:27 ‹Mia›
Ich weiß, ich hasse Gegenfragen :p

2015-03-29 16:48:00 ‹Mister Dabbeljuh›
Nee, ich hasse die, lach

2015-03-29 16:48:13 ‹Mia›
Teppichklopfer??

2015-03-29 16:49:06 ‹Mister Dabbeljuh›
Ich habe auch einen!!

2015-03-29 16:49:16 ‹Mia›
Schreib jetzt nicht, dass du auf Schmerzen stehst

2015-03-29 16:49:58 ‹Mia›
Du überlegst zu lange??

2015-03-29 16:50:45 ‹Mister Dabbeljuh›
Nee, ich überlege.

2015-03-29 16:51:31 ‹Mister Dabbeljuh›
Ich hatte schon zu viel Schmerzen im Leben

2015-03-29 16:52:08 ‹Mia›
Mister Dabbeljuh das war jetzt anders gedacht, wollte dir nicht zu nahe treten

2015-03-29 16:52:34 ‹Mister Dabbeljuh›
Teppichklopfer ist eigentlich auch ein Trauma für mich ... aber Vergangenheit

2015-03-29 16:53:06 ‹Mia›
Früher hat man Kinder oft geschlagen

2015-03-29 16:53:31 ‹Mia›
Soll ich was anderes nehmen??

2015-03-29 16:53:53 ‹Mister Dabbeljuh›
Ja, mittlerweile ist's alles wieder gut mit meiner Ma

2015-03-29 16:54:12 ‹Mia›
Wenn du die Herzchen Regel missachtest

2015-03-29 16:54:33 ‹Mister Dabbeljuh›
Nee, lass mal ... damit biste nicht so schnell

2015-03-29 16:55:01 ‹Mister Dabbeljuh›
Grins

2015-03-29 16:55:09 ‹Mia›
Ach …

2015-03-29 16:55:16 ‹Mia›
Denkst nur du

2015-03-29 16:56:13 ‹Mister Dabbeljuh›
Beim letzten Mal eine Stunde, lach

2015-03-29 16:56:38 ‹Mia›
Bei mir macht es halt nicht Ding Dong, wenn du schreibst

2015-03-29 16:57:27 ‹Mia›
Aber ist auch egal, ich schaue immer wieder hinein, ob eine lila Nachricht da ist!

2015-03-29 16:57:56 ‹Mister Dabbeljuh›
Nein, ich

2015-03-29 16:58:28 ‹Mia›
Hast du einen Advokaten??

2015-03-29 16:58:44 ‹Mister Dabbeljuh›
Logo

2015-03-29 16:59:18 ‹Mia›
Dann hast du Glück, wenn ich dich für Gedankenklau anzeige????

2015-03-29 16:59:20 ‹Mister Dabbeljuh›
Für's Auto

2015-03-29 16:59:38 ‹Mia›
Nee, echt??

2015-03-29 17:01:44 ‹Mia›
Mister Dabbeljuh wir haben heute schon wieder unendlich viel geschrieben!

2015-03-29 17:02:15 ‹Mister Dabbeljuh›
Wie war das: Du hörst vom Anwalt ist die Erwachsenenversion von: ich sag's meiner Mama, lach

2015-03-29 17:02:41 ‹Mia›
Ich sollte zu den anonymen Schreibern gehen

2015-03-29 17:03:06 ‹Mister Dabbeljuh›
Ja, das ist sooo schön!!

2015-03-29 17:03:09 ‹Mia›
Grins und lach, muss mich hier im Zug benehmen

2015-03-29 17:04:51 ‹Mister Dabbeljuh›
Wieso, kennt dich doch keiner ...

2015-03-29 17:05:21 ‹Mia›
Stimmt, dann lass ich jetzt die Sau raus

2015-03-29 17:06:24 ‹Mister Dabbeljuh›
... aber mit Kamera an XDXDXD

2015-03-29 17:06:35 ‹Mia›
XDXDXDXDXD

2015-03-29 17:07:29 ‹Mia›
Dass du mich immer so zum Lachen bringen kannst

2015-03-29 17:08:13 ‹Mister Dabbeljuh›
O:)

2015-03-29 17:08:26 ‹Mia› Gehe jetzt mal ins Bordrestaurant einen Kaffee trinken und mich da unmöglich benehmen

2015-03-29 17:08:38 ‹Mia›
Nix O:)

2015-03-29 17:09:16 ‹Mister Dabbeljuh›
… genau, bisschen Medienwirksame Promotion;)

2015-03-29 17:10:25 ‹Mia›
Sollte mir das Cover meines Buches auf die Stirn tätowieren, wäre schlecht für das zweite

2015-03-29 17:14:58 ‹Mister Dabbeljuh›
wieso denn schlecht?

2015-03-29 17:16:56 ‹Mister Dabbeljuh›
… ist der Ruf erst ruiniert, lebt es sich völlig ungeniert …

2015-03-29 17:19:25 ‹Mia sendet ein Foto mit einem Cappuccino und einen riesen Keks

2015-03-29 17:19:35 ‹Mia›
Ich bin ein Ferkel

2015-03-29 17:19:49 ‹Mia›
Kalorien, ich komme

2015-03-29 17:21:34 ‹Mister Dabbeljuh›
Das sieht vielverlockend aus, mmmh

2015-03-29 17:21:39 ‹Mia›
Man nennt den Keks hier Vogelnest

2015-03-29 17:22:02 ‹Mia›
Kenne ich gar nicht unter diesem Namen, schmeckt mmmh

2015-03-29 17:22:27 ‹Mia›
Lass dir was übrig und schicke für den lila Kanal

2015-03-29 17:23:08 ‹Mister Dabbeljuh›
… hieß bei meiner Oma: Bullenauge … warum auch immer …

2015-03-29 17:23:17 ‹Mia›
Ok

2015-03-29 17:23:27 ‹Mia›
Beiß jetzt an!

2015-03-29 17:23:32 ‹Mia›
Ab

2015-03-29 17:23:48 ‹Mia›
Und?

2015-03-29 17:24:26 ‹Mister Dabbeljuh›
und?

2015-03-29 17:25:04 ‹Mia›
Wie schmeckt es, nachdem du abgebissen hast??

2015-03-29 17:25:33 ‹Mister Dabbeljuh›
Lecker!!

2015-03-29 17:25:48 ‹Mia›
Prima

2015-03-29 17:27:25 ‹Mister Dabbeljuh›
..mitw pfollen mundw sprifft man nifft … du

2015-03-29 17:28:01 ‹Mia›
Ich schreibe!!und spreche nicht :):)

2015-03-29 17:30:00 ‹Mia›
Mister Dabbeljuh lass uns pausieren, damit ich nicht ein ganz schlechtes Gewissen bekomme, melde mich noch heute bei dir

2015-03-29 17:30:16 ‹Mister Dabbeljuh›
… so wie wir schreiben ist's aber sehr ähnlich!

2015-03-29 17:30:41 ‹Mia›
Was?

2015-03-29 17:30:50 ‹Mia›
Verstehe nur Bahnhof

2015-03-29 17:31:21 ‹Mister Dabbeljuh›
Mit vollem Mund schreiben … ;)

2015-03-29 17:32:00 ‹Mia›
Verstehe jetzt

2015-03-29 17:32:01 ‹Mia›
Nein, ich meine verstehe nicht was du meinst

2015-03-29 17:33:19 ‹Mister Dabbeljuh›
scroll mal Stück zurück!!

2015-03-29 17:34:01 ‹Mia›
Kinder sind hier keine, also darf ich alles machen, was verboten ist, ja habe ich eben gelesen

2015-03-29 17:34:35 ‹Mia›
Wie viele Seiten soll ich scrollen, nein Spaß

2015-03-29 17:34:36 ‹Mister Dabbeljuh›
Die dürfen sowas nicht!

2015-03-29 17:34:55 ‹Mia›
Beim Essen Handy benutzen??

2015-03-29 17:35:27 ‹Mister Dabbeljuh›
XDXDXD

2015-03-29 17:38:19 ‹Mia›
So ich verabschiede mich jetzt wirklich auch wenn schweren Herzens

2015-03-29 17:38:32 ‹Mia›
Bye Bye

2015-03-29 17:39:39 ‹Mr. Dabbeljuh›
Bye Bye

2015-03-29 18:38:30 ‹Mia›
Mister Dabbeljuh gerade ist mein Zug zum Weiterfahren mir vor der Nase weg gefahren und auf meinem Bahnsteig ist ein herrenloser Koffer und die Polizei sammelt sich hier zusammen, ist das hier nicht ein lila

2015-03-29 18:38:38 ‹Mia›
Leben

2015-03-29 18:39:29 ‹Mia›
Nehme mal Abstand, damit ich nicht noch in die Luft gesprengt werde

2015-03-29 18:40:31 ‹Mia›
Es wurde jetzt laut durchgesagt, dass die Person sich sofort melden soll, ist noch keiner zu sehen

2015-03-29 18:42:11 ‹Mr. Dabbeljuh›
Jetzt würde ich mich nicht mehr trauen zu melden … XD

2015-03-29 18:42:25 ‹Mia›
Hallo … .

2015-03-29 18:42:32 ‹Mia›
Teppichklopfer??

2015-03-29 18:43:01 ‹Mr. Dabbeljuh›
Wieso denn ?

2015-03-29 18:43:47 ‹Mia›
Weil du dich nicht melden würdest

2015-03-29 18:45:52 ‹Mr. Dabbeljuh›
… he, da war kein Herzchen … jetzt hab ich eins gut. :D

2015-03-29 18:46:33 ‹Mia›
Du willst verhandeln XDXD

2015-03-29 18:48:21 ‹Mr. Dabbeljuh›
Du wollen Teppich kaufen?
is gut für klopfen mit Klopfer

2015-03-29 18:49:19 ‹Mia›
Du meinst ich soll mich beim Teppich schon mal abreagieren, damit du Herzchen schicken kannst??

2015-03-29 18:50:07 ‹Mr. Dabbeljuh›
Du solltest Detektiv werden XD

2015-03-29 18:50:23 ‹Mia›
XDXDXDXDXD

2015-03-29 18:51:03 ‹Mia›
So bitte wieder weiter arbeiten O:)O:)

2015-03-29 18:51:10 ‹Mr. Dabbeljuh›
… musst du jetzt lange warten?

2015-03-29 18:52:16 ‹Mia›
Noch 20 Minuten, ist nicht so lange :D

2015-03-29 18:53:38 ‹Mr. Dabbeljuh›
… sag einfach die sollen die Finger von deinem Koffer nehmen … dann kriegst du Kaffee und Unterhaltung XD

2015-03-29 18:54:07 ‹Mia›
XDXDXDXD

2015-03-29 18:54:37 ‹Mia›
Mister Dabbeljuh du bist die beste Medizin!!

2015-03-29 18:56:10 ‹Mr. Dabbeljuh›
… aber nicht zu viel, macht Muskelkater

2015-03-29 18:56:30 ‹Mia›
Das stimmt B-)

2015-03-29 18:56:39 ‹Mr. Dabbeljuh›
Wofür denn Überhaupt?

2015-03-29 18:58:38 ‹Mia›
Meine Gedanken durcheinander zu bringen und nicht immer an den Ernst des Lebens zu denken besonders heute echt vielen Dank!

2015-03-29 19:01:30 ‹Mr. Dabbeljuh›
Das beruht aber auf Gegenseitigkeit, schön dass es dir gut tut

2015-03-29 19:01:34 ‹Mia›
So jetzt genug gequatscht, wir werden uns doch anmelden müssen zu den Anonymen

2015-03-29 19:02:39 ‹Mr. Dabbeljuh›
Ok, ich tue dann so, als ob ich dich nicht. kenne XD

2015-03-29 19:03:01 ‹Mia›
Einmal darfst du den Teppichklopfer holen‹3

2015-03-29 19:03:21 ‹Mia›
Bye Bye

2015-03-29 19:07:50 ‹Mr. Dabbeljuh›
☺

2015-03-29 19:36:28 ‹Mr. Dabbeljuh›
… hab's mir ausgeschnitten, es gibt hier keine Teppichklopfer, auch bei Requisite nix da:)

2015-03-29 19:37:52 ‹Mr. Dabbeljuh sendet ein Bild mit dem Wort WOW

2015-03-29 19:40:20 ‹Mr. Dabbeljuh›
Habe gerade einen Anruf bekommen: ganz viele Leute haben den Platz in unserer Siedlung für Morgen von oben bis unten bunt dekoriert, klasse

2015-03-29 19:42:22 ‹Mr. Dabbeljuh›
… mit Luftballons, Wäsche, Kugeln und bunt statt braun …

2015-03-29 20:55:34 ‹Mia sendet ein Bild mit ganz vielen bunten Luftballons, die lachende Gesichter haben, der vorderste Luftballon hat die Farbe Lila

2015-03-29 20:56:10 ‹Mia› Mister Dabbeljuh
Ich freue mich, dass andere Menschen auch lila denken können

2015-03-29 20:58:18 ‹Mia›
Mister Dabbeljuh … habe eben nachgeschaut, wann du angefangen hast aufzutauen und auch den Kommentar unter dem einen Bild und dem Spruch gelesen. Es tut mir wahnsinnig leid, dass deine Seele wegen Lieblosigkeit eingefroren war, lass das niemals mehr zu, denn das Leben ist zu kostbar.

2015-03-29 21:01:36 ‹Mia sendet ein Bild mit dem Spruch: »Wertschätzung! Ein Wort, das man heutzutage nicht mehr zu schätzen weiß.« Im Hintergrund ist eine Stadt abgebildet, die komplett lila eingefärbt ist.

2015-03-29 21:41:18 ‹Mia›
Gute Nacht Mister Dabbeljuh!!!!!

2015-03-30 01:12:18 ‹Mr. Dabbeljuh sendet ein Bild mit dem Text: Auf manche bittere Erfahrung hätte ich ruhig verzichten können, aber rückblickend würde ich nichts anders machen, ob und wie das Leben verlaufen wäre, hätten wir andere Entscheidungen getroffen werden wir nie erfahren. Das »Waswärewenn« ist nur ein Spiel mit der Phantasie. Meine schönsten und schlimmsten Erfahrungen, sie gehören alle zu mir. Sie haben mich geformt zu dem, wie ich jetzt bin. Ich habe vielleicht nicht viel, aber ich habe noch immer mein Herz, Gefühl und meinen Stolz!

2015-03-30 03:58:14 ‹Mr. Dabbeljuh›
Mia, danke für deine lieben Worte:) Du kannst sicher sein, dass ich mich nun nie wieder einfrieren lasse – ich habe eben auch mal geschaut was ich vor einiger Zeit zum Besten gegeben habe ... als ich schrieb, dass ich anfange wieder aufzutauen, es war mir nicht klar wie sehr ich wirklich eingefroren war – das merke ich erst jetzt. so klein, erniedrig und ungeliebt. Das mag ich mich nie, nie wieder fühlen ... ich weiß nicht warum ich das zugelassen habe – mittlerweile kommt mir das vor wie ein mieser Film – ich in der Hauptrolle, als schlechtes Beispiel, wie man es nicht machen sollte ... Ok, Vergangenheit – jetzt ist jetzt – alles Lila! Ich kann es kaum glauben, aber es scheint wahr zu sein – nein, es ist wahr – ich erlebe es ja. Klar, es könnte in einigen Punkten noch besser sein ... aber ich will nicht jammern, vor kurzem durfte ich nach langer Zeit mal wieder erleben wie schön Nähe, körperliche Wärme sein kann, Haut fühlen, begehrt werden und Lust einander zu spüren ist sooo toll, wie ein Lebenselixier :D Ich würde schon gerne mehr davon haben wollen, naja, wer möchte das nicht;) bestimmt kommt alles zu seiner Zeit – ich glaube einfach mal fest daran ... immer positiv

denken, ne … ;) ich hoffe ich nerve dich nicht wenn ich so von mir schreibe – mir tut das einfach gut – mich mitteilen zu können … ich empfinde das als sooo wundervolle Bereicherung mit dir schreiben zu dürfen … obwohl ich dich eigentlich nur ein bisschen kenne – es ist sooo schön mit niemandem sonst schreibe ich sooo viel – deshalb riskiere ich auch ab und zu mal den Teppichklopfer, ich kann mir einfach manchmal Herzchen oder nen Knutscher nicht verkneifen;):D ich mag Dich einfach :)
So, mein Drucker glüht, ich habe ganz viele bunte Poster zur Verschönerung unseres Platzes gedruckt und in Folie laminiert, es ist schon furchtbar früh mittlerweile, ich bin sooo wach und gleichzeitig müde – und glücklich ich sag jetzt mal gute Nacht(guten Morgen;)) Mia

2015-03-30 04:02:52 ‹Mia›
Guten Morgen Mister Dabbeljuh, du solltest jetzt erstmal schnell Bubu gehen, denn ich bin schon ausgeschlafen.

2015-03-30 04:03:27 ‹Mia›
Du nervst mich damit nicht!!!!!

2015-03-30 04:17:25 ‹Mr. Dabbeljuh›
… upps, bist Du schon wach? Oder noch,?

2015-03-30 04:17:44 ‹Mia›
… .los Bubu

2015-03-30 04:18:42 ‹Mr. Dabbeljuh›
… menno, ich bin so aufgedreht …

2015-03-30 04:19:17 ‹Mia›
Keine Widerrede, musst du heute nicht arbeiten gehen??

2015-03-30 04:19:37 ‹Mr. Dabbeljuh›
Doch, nachher

2015-03-30 04:20:44 ‹Mia›
Dann bitte das Köpfchen aufs Kissen legen und die Äugelein schließen

2015-03-30 04:23:54 ‹Mr. Dabbeljuh›
… ja, ich liege schon:) Gute Nacht!! Was machst Du eigentlich um Himmels Willen sooo früh am Morgen?

2015-03-30 04:25:00 ‹Mr. Dabbeljuh›
… .reicht doch wenn ich nicht schlafen kann … ;)

2015-03-30 04:27:45 ‹Mia›
Mich auf den heutigen Tag vorbereiten, der Unterschied zwischen uns beiden ist aber, ich bin schon ausgeschlafen und du hast noch gar nicht Bubu gemacht.

2015-03-30 04:42:56 ‹Mia sendet ein Bild von einem vertrocknenden Erdboden, mit vielen Rissen und aus diesen Rissen kommen kleine frische lila Blümchen gewachsen

2015-03-30 04:43:37 ‹Mia›
habe ich noch gerade gefunden, und geklaut, einen wundervollen Tag dir!!

2015-03-30 10:49:16 ‹Mia›
Mister Dabbeljuh, mein kostbarer Mensch hat heute um 10 h das irdische Leben verlassen, lass mich trauern, werde mich bei dir melden

2015-03-30 11:21:21 ‹Mr. Dabbeljuh›
… ok, Mia, tu das, fühl Dich einfach ganz lieb in den Arm genommen

2015-03-30 11:24:55 ‹Mr. Dabbeljuh sendet ein Bild in dem ein Ausschnitt von lila Tulpen zu sehen ist, darauf befinden sich klitzekleine Eiskristalle

2015-03-30 11:25:48 ‹Mia›
Danke Mister Dabbeljuh

2015-03-30 16:23:46 ‹Mia›
Wollte mich kurz melden, habe unheimliche Kopfschmerzen. Bist du denn überhaupt ausgeschlafen, du bist ja erst schlafen gegangen, als ich aufgestanden bin

2015-03-30 16:25:05 ‹Mia›
Ich dachte ich sehe nicht richtig!!

2015-03-30 16:58:34 ‹Mr. Dabbeljuh›
Mia, alles gut, bin nur bisschen müde um die Augen;) Passiert mir ab und zu mal, dass ich aufgekratzt, wie unter Strom stehe, und nicht merke wie die Zeit vergeht … ist nicht weiter schlimm, so konnten wir ja mal kurz schreiben, lach

2015-03-30 17:33:07 ‹Mia› :-))
Als deine Nachricht kam, hatte ich gedacht, du hättest die irgendwann vorher geschrieben und dann fragst du mich bist du noch wach oder schon? :-)) da hättest du mal mein Gesicht sehen sollen :-))) Übertreibe es heute nicht so, denn sonst leidet deine Schönheit, so ohne Schlaf :-))

2015-03-30 17:57:02 ‹Mr. Dabbeljuh›
Ok, ich bin vorsichtig!! Schönheit kommt aber auch von innen, wenn man gut drauf ist strahlt das durch:-)

2015-03-30 19:23:01 ‹Mia›
Du hast Recht, wahre Schönheit kommt von innen :-)))

2015-03-30 19:46:41 ‹Mr. Dabbeljuh›
Du hättest mal mein Gesicht sehen sollen heute früh … ich schreibe so vor mich hin und schick die los und Ding Dong kommt gleich eine Antwort … um Uhr … :D

2015-03-30 19:47:19 ‹Mia›
Dann haben wir wohl in einen Spiegel geschaut :-))

2015-03-30 19:50:09 ‹Mr. Dabbeljuh›
… lach, sowas in der Art:)

2015-03-30 19:50:58 ‹Mr. Dabbeljuh›
Stehst Du immer sooo früh auf?

2015-03-30 19:51:34 ‹Mia›
Ja

2015-03-30 19:51:49 ‹Mia›
Heute irgendwie besonders früh-sonst zwischen 4 und 5

2015-03-30 19:53:25 ‹Mia›
Würde manchmal gerne länger schlafen, geht irgendwie nicht. Aber ich genieße da die Ruhe

2015-03-30 19:53:41 ‹Mr. Dabbeljuh›
Das ist ganz schön doll früh ...

2015-03-30 19:54:03 ‹Mia›
Wenn jetzt etwas Ruhe in alles kommt, werde ich am 2. Buch schreiben

2015-03-30 19:54:30 ‹Mia›
... und du gehst ganz schön doll spät schlafen ... ..

2015-03-30 19:55:32 ‹Mr. Dabbeljuh›
ich bleibe wach bis die Wolken wieder lila sind!!

2015-03-30 19:55:50 ‹Mr. Dabbeljuh›
Umbau ... .

2015-03-30 19:57:06 ‹Mia›
Ich würde nur lange aufbleiben, wenn die Wolken diese Farbe und Form haben würden‹3

2015-03-30 19:57:23 ‹Mia›
XDXDXD

2015-03-30 19:58:28 ‹Mia›
Pass bloß auf was du schreibst, meine Kopfschmerzen sind weg und es geht mir schon besser

2015-03-30 20:01:39 ‹Mia›
Nein ist natürlich quatsch, gerne würde ich manchmal wach bleiben, bis die Wolken lila sind, doch ich habe vormittags meine Arbeit

2015-03-30 20:41:01 ‹Mr. Dabbeljuh›
… ich hab schon mal Foto gesehen mit solchen Wolken, meine Frau musste so früh raus-pendeln zur Arbeit … das war immer ein »Leidens« Thema … mein Haus, Kind, Pferd, Katze Management, trotz blöder Arbeitszeiten und es war sowieso nie genug … äh, blödes Thema … .ich mag den frühen Morgen, am besten draußen, wenn die Luft und der Tag noch unverbraucht frisch sind, der Geruch und die Farben, wunderschön, oft bin ich auch mit Kater durch den Garten geschlichen, gucken ob keiner guckt, lach

2015-03-30 20:42:53 ‹Mia›
Wenn ich frei habe und das Wetter besser ist, dann gehe ich gerne wandern, ganz früh, wenn alle schlafen und mache Fotos

2015-03-30 20:44:19 ‹Mia›
… die Luft ist so unverbraucht und wenn die Sonne den Tag begrüßt, dann können sich meine Augen nicht satt sehen

2015-03-30 20:56:34 ‹Mr. Dabbeljuh›
… jau, das kenne ich von einem See, wunderbar … konnte nie verstehen warum man bis mittags im verdunkelten Wohnwagen bleibt … aber auch Lichtsmog-freie Nächte am Lagerfeuer und Sternschnuppen gucken waren phantastisch!

2015-03-30 20:58:12 ‹Mr. Dabbeljuh›
Puuh, das lila Stück hat's in sich. Wieder so Wohnung umräumen in 2 min Umbauten

2015-03-30 21:20:23 ‹Mr. Dabbeljuh›
Demnächst habe ich vielleicht wieder Wohnwagen-Beteiligung an klitzekleinen See 3 min entfernt … wunderschön dort. Im Sommer bin ich nach Schweden eingeladen, meine Tante wohnt da- habe Fotos gesehen- umwerfend. Ich hab ja mindestens 5 Wochen Urlaub-Zeit genug für Reisen

2015-03-30 21:22:52 ‹Mia›
Sehr schön Mister Dabbeljuh

2015-03-30 21:25:25 ‹Mr. Dabbeljuh›
Ein Onkel lebt in Oregon, meine eine Ziehtochter studiert in Island, in Norwegen kenn ich auch jemand … Nachdem ich südeuropäische Länder durchhabe, Südostasien auch, wären das mal gute Alternativen!

2015-03-30 21:25:35 ‹Mia›
Wohnung in 2 Min umräumen, bist nicht zu bewundern dabei, ganz schöne körperliche Anstrengung

2015-03-30 21:26:17 ‹Mr. Dabbeljuh›
… es ist bezahltes Fitness Training, lach

2015-03-30 21:26:42 ‹Mia›
Also machst du demnächst den Norden unsicher :-))

2015-03-30 21:27:42 ‹Mr. Dabbeljuh›
Ich bin am überlegen, bisher war das nicht so mein Favorit-Ziel

2015-03-30 21:27:54 ‹Mia›
Mit dem bezahlten Fitness, ja eine sehr positive Einstellung

2015-03-30 21:28:17 ‹Mr. Dabbeljuh›
Mag warm lieber!!

2015-03-30 21:28:28 ‹Mia›
Der Norden ist wunderschön, war dort auch schon

2015-03-30 21:30:10 ‹Mr. Dabbeljuh›
Fahr mal nach Thailand … Ich habe Heimweh dorthin … .

2015-03-30 21:30:28 ‹Mia›
Die Fjorde und Seen und die Natur purer Genuss für die Augen und Seele

2015-03-30 21:30:52 ‹Mia›
… du meinst Fernweh :-)))))

2015-03-30 21:31:42 ‹Mr. Dabbeljuh›
Nö

2015-03-30 21:32:02 ‹Mia›
Wohl

2015-03-30 21:33:14 ‹Mr. Dabbeljuh›
Worte sind aneinandergereihte Buchstabenkombinationen

2015-03-30 21:33:53 ‹Mr. Dabbeljuh›
;) XD XD

2015-03-30 21:35:51 ‹Mr. Dabbeljuh›
… hab mich da wohl gefühlt, wie Zuhause sein, versteckte Erinnerungen …

2015-03-30 21:36:24 ‹Mr. Dabbeljuh›
… deshalb Heimweh, lach

2015-03-30 21:36:59 ‹Mia›
Ich verstehe dich doch :-)))

2015-03-30 21:37:19 ‹Mia›
Ich mag aber keine schwüle Luft

2015-03-30 21:41:51 ‹Mr. Dabbeljuh›
Gibt es auf Inseln und auf den Bergen wenig. Muss dir ausführlich über irres Erlebnis auf. Java schreiben … Berge, das »Diengplateau« Sitz der Götter, unglaublich …

2015-03-30 21:42:37 ‹Mr. Dabbeljuh›
Da war morgens das Trink-und Waschwasser gefroren!

2015-03-30 21:43:43 ‹Mr. Dabbeljuh›
… .das kann ich hier aber nicht tippen XD

2015-03-30 21:43:48 ‹Mia›
Aber das schreibst du biiiittteee jetzt nicht auf der Arbeit

2015-03-30 21:45:31 ‹Mia›
Ich bin sehr gespannt, aber wenn du zu Hause bist und dazu Zeit hast

2015-03-30 21:54:24 ‹Mia›
Lieber Mr. Dabbeljuh, meine Augen fallen zu, mache mich ins Bettchen. Schönen Abend noch und eine gute Nacht.

2015-03-30 22:35:17 ‹Mr. Dabbeljuh›
… .frisch geduscht, die Haare schön, Feierabend aus die Maus und ab nach Hause! Gute Nacht Mia:)

2015-03-31 01:56:26 ‹Mr. Dabbeljuh sendet einen Sonnenaufgang am Meer. Meer, Strand und Wolken sind alle in verschiedenen lila Farben eingefärbt

2015-03-31 01:57:39 ‹Mr. Dabbeljuh›
Guten Morgen Mia! Schicke einen lila Gruß für einen guten Start in den Tag:)

2015-03-31 04:53:54 ‹Mia›
Guten Morgen Mister Dabbeljuh, ich grüße auch dich

ganz lila. Wo findest du immer diese lila Fotos???? Einfach nur wunderschön. Vielen Dank. Ich starte schon mal etwas früher als du. Ruhe dich gut aus.

2015-03-31 05:29:31 ‹Mia›
Mr. Dabbeljuh, bin jetzt die Fotos bei den Hobbyfotografen durchgegangen, musste auf einmal sehr lächeln, da ich überall dein Bild gesehen habe, in allen Fotos, in denen die Farbe Lila drin vorkam. Ich glaube einfach, du bist echt lilalastig :-))))), gibt es da auch die Anonymen?? :-)))

2015-03-31 10:41:04 ‹Mia›
-_-Zzz-_-Zzz-_-Zzz-_-Zzz habe gerade meine Osterpost fertig gemacht, muss mich heute zu allem zwingen bei diesem Wetter. Hoffentlich bist du erholt nach den langen Nächten( bin wieder etwas frech) bis bald!

2015-03-31 11:40:46 ‹Mr. Dabbeljuh›
Guten lila Morgen Mia:)

2015-03-31 11:41:44 ‹Mr. Dabbeljuh›
… musste ja schon wieder lachen, ging mir neulich auch mal so – gucke Fotos und überall lächelt mir Mia entgegen

2015-03-31 11:42:31 ‹Mia›
Du hast alle mit lila angeklickt :-)))

2015-03-31 11:43:00 ‹Mia›
Bewusst oder unbewusst?

2015-03-31 11:43:08 ‹Mr. Dabbeljuh›
… lach, nee nur die, die ich schön oder interessant finde

2015-03-31 11:43:19 ‹Mr. Dabbeljuh›
… ehr unbewusst

2015-03-31 11:43:26 ‹Mia›
:-))))))))))))))

2015-03-31 11:43:48 ‹Mr. Dabbeljuh›
… ich sag doch: die Farbe verfolgt mich ☺
2015-03-31 11:44:11 ‹Mia›
Es sieht so aus, vielleicht verfolgst du die :-)))))))))))

2015-03-31 11:44:34 ‹Mr. Dabbeljuh›
… nee, nee, nee

2015-03-31 11:46:22 ‹Mr. Dabbeljuh›
… neulich beim Schwimmen, ne ich rede noch darüber – über lila … was passiert – Mitschwimmerin packt Handtuch aus – lila, Badetasche – lila, T-Thirt – lila … ich hätte mich fast auf den Boden geschmissen vor Lachen

2015-03-31 11:47:13 ‹Mr. Dabbeljuh›
… sie hat mich angeguckt, als ob sie gleich 112 ruft

2015-03-31 11:50:25 ‹Mr. Dabbeljuh›
… und unser neues Bühnenbild – das geht gar nicht, lach die lila Wand, ok – sieht hübsch aus – aber jetzt die fertigen Möbel – ich halt's nicht aus … Sofa=lila, Sessel=lila, Stühle=lila alles lila, außer das Holz

2015-03-31 11:52:22 ‹Mr. Dabbeljuh›
… und die Farbe wirkt irgendwie auf alle … naja, fast alle – ein paar Miesepeter gibt es immer;)

2015-03-31 12:13:42 ‹Mr. Dabbeljuh›
… so, ich mach mich jetzt laaangsam fertig für lila Sturmhöhe … bin überhaupt nicht wach heute – habe vielleicht zu viel geschlafen letzte Nacht, grins

2015-03-31 12:26:06 ‹Mia›
Ich melde mich zwischendurch immer mal, denn dauernd kommen irgendwelche Schreibstörungen rein :-))))

2015-03-31 12:27:47 ‹Mr. Dabbeljuh›
… bestimmt vom Sturme verweht;) ich muss da gleich raus??

2015-03-31 12:41:22 ‹Mr. Dabbeljuh›
… hab ich gerade gefunden, musste ja laut lachen …

2015-03-31 12:41:52 ‹Mr. Dabbeljuh sendet einen Spruch: Ich wäre nicht überrascht, wenn irgendwann ein Scheinwerfer vom Himmel fällt, das würde so vieles erklären.

2015-03-31 12:46:50 ‹Mia›
Aber nur wenn, er lila ist

2015-03-31 12:51:23 ‹Mr. Dabbeljuh›
… kein Thema:) passende Farbfilter gibt's im Theater

2015-03-31 12:52:09 ‹Mr. Dabbeljuh›
… die Frage wäre noch: versteckte Kamera oder andere Rubrik … ;)

2015-03-31 12:52:54 ‹Mia›
Jetzt pass bloß auf, dass dir nicht wirklich einer auf den Kopf fällt

2015-03-31 12:53:23 ‹Mr. Dabbeljuh›
… na, das fehlte auch noch …

2015-03-31 12:53:41 ‹Mr. Dabbeljuh›
… lieber nicht, die sind ganz schön schwer

2015-03-31 12:54:25 ‹Mia›
Gut, dass du es endlich merkst, dass hinter der Farbe immer die versteckte Kamera dabei ist :-))))

2015-03-31 12:55:55 ‹Mia›
Ich habe mich köstlich amüsiert, wie du das ganzen lila Begegnungen beschrieben hast

2015-03-31 12:56:05 ‹Mr. Dabbeljuh›
XDXDXDXD

2015-03-31 12:56:25 ‹Mia›
Es heißt: die Ganzen :-)))

2015-03-31 12:57:00 ‹Mr. Dabbeljuh›
… .halbe geht ja auch nicht XD

2015-03-31 12:57:16 ‹Mia›
Mister Dabbeljuh!!

2015-03-31 12:57:23 ‹Mr. Dabbeljuh›
Mia?

2015-03-31 12:57:38 ‹Mia›
Du lachst dich über mich kaputt

2015-03-31 12:57:46 ‹Mr. Dabbeljuh›
??

2015-03-31 12:58:10 ‹Mia›
Ich wollte nur ordentlich schreiben

2015-03-31 12:58:14 ‹Mr. Dabbeljuh›
… nee, ich lach dich nicht aus! nur an!

2015-03-31 12:58:18 ‹Mia›
siehst du, über zusätzliche Buchstaben

2015-03-31 12:58:46 ‹Mr. Dabbeljuh›
… ja, ich lese XD

2015-03-31 12:59:27 ‹Mia›
Schick mir bitte jetzt ein Herz, damit ich einen Grund hab den Teppichklopfer zu holen

2015-03-31 13:00:46 ‹Mr. Dabbeljuh›
☺

2015-03-31 13:01:03 ‹Mia›
So mache dich in Ruhe fertig, keine Störung mehr von mir

2015-03-31 13:01:52 ‹Mr. Dabbeljuh›
… Jaha x_x

2015-03-31 16:44:05 ‹Mia›
Ein Gruß zwischendurch ☺

2015-03-31 17:19:25 ‹Mia›
Und immer noch ausgeschlafen??

2015-03-31 17:20:17 ‹Mr. Dabbeljuh›
Bin grad in Tischlerei

2015-03-31 17:20:48 ‹Mia›
Ok, pass auf die Finger auf!! O:)O:)

2015-03-31 18:06:30 ‹Mr. Dabbeljuh sendet ein Foto von der Werkstatt›

2015-03-31 18:08:56 ‹Mr. Dabbeljuh›
… alles gut ☺ alle Finger noch dran, Prototyp Schublade fertig, demnächst dann 20 für unser Werkzeug

2015-03-31 18:53:29 ‹Mia›
Übung macht den Meister ☺

2015-03-31 18:53:48 ‹Mia›
Danke für das Foto!

2015-03-31 18:55:47 ‹Mr. Dabbeljuh›
… lach, ich bin hier nur Geselle ;)

2015-03-31 19:00:59 ‹Mr. Dabbeljuh›
Foto war nur Teil von Maschinenraum, nur so zur Ansicht^_^macht immer Spaß mal wieder wirklich Tischlerarbeiten zu machen, die Maschinen sind mir aber mangels Übung anfangs immer etwas unheimlich

2015-03-31 19:03:57 ‹Mia›
Für mich ist es schön zu sehen, wenn du mich etwas an deiner Arbeit teilhaben lässt. :)

2015-03-31 19:04:47 ‹Mia›
Bei einer Schublade bist du wirklich ein Geselle :-)

2015-03-31 19:05:28 ‹Mia›
… o weh, ich bin wieder frech ☺

2015-03-31 19:07:07 ‹Mia›
… ich bin gerne frech, entschuldige :-)

2015-03-31 19:10:00 ‹Mr. Dabbeljuh›
Duhu, gleich kriegt wieder 'n Herzchen XD

2015-03-31 19:11:35 ‹Mia›
Duhu sollst arbeiten und nicht schreiben, wie soll es dann mit dem Meister werden??

2015-03-31 19:13:19 ‹Mr. Dabbeljuh›
… wir sitzen im Aufenthaltsraum mit Headset auf, warten auf Kommandos für Umbau

2015-03-31 19:14:52 ‹Mia sendet einen großen Smiley mit einen Headset

2015-03-31 19:17:05 ‹Mr. Dabbeljuh›
… genau so

2015-03-31 19:17:45 ‹Mia›
Achtung hoffentlich nicht so:

2015-03-31 19:18:18 ‹Mia sendet einen großen lächelnden Smiley

2015-03-31 19:18:51 ‹Mia›
wollte einen lila Smiley suchen, nicht gefunden

2015-03-31 19:21:41 ‹Mr. Dabbeljuh›
… gibt es auch noch nicht, Marktlücke ☺

2015-03-31 19:23:09 ‹Mia›
… ach meinst du???

2015-03-31 19:23:56 ‹Mia sendet einen großen lila lächelnden Smiley

2015-03-31 19:24:16 ‹Mia›
… wer will der kann :-))

2015-03-31 19:24:39 ‹Mr. Dabbeljuh›
Liiilaaa :DXD:DXD

2015-03-31 19:26:24 ‹Mia›
Mister Dabbeljuh wann hast du eigentlich Geburtstag??

2015-03-31 19:30:09 ‹Mr. Dabbeljuh›
… das ist ja jetzt abgefahrener Gedankensprung, lach, steht das nicht mehr bei g+? Januar 17. Wieso denn?

2015-03-31 19:31:10 ‹Mia›
Da habe ich nicht nachgeschaut, wusste gar nicht, dass man das dort sehen kann.

2015-03-31 19:32:15 ‹Mia›
Wusstest du es noch nicht?? Ich bin eine voll abgefahrene Typin :-))

2015-03-31 19:32:23 ‹Mia›
… nur so :-))

2015-03-31 19:38:33 ‹Mr. Dabbeljuh›
… dachte ich mir's doch XD abgefahren, unsinnig und noch bisschen peinlich vielleicht? Dann mag ich dich ☺

2015-03-31 19:39:01 ‹Mr. Dabbeljuh›
… wieso nur so ?

2015-03-31 19:39:52 ‹Mia›
O weh, erwähnte das Wort »Peinlich« nicht, ja peinlich gehört dazu

2015-03-31 19:41:09 ‹Mr. Dabbeljuh›
… das beruhigt mich!

2015-03-31 19:41:41 ‹Mia›
Schreib jetzt nicht, dass du auch peinlich bist :-)))))))))))))))))))))))))))))))))))))))))))))))))))))))

2015-03-31 19:43:11 ‹Mr. Dabbeljuh›
Umbau

2015-03-31 20:16:47 ‹Mr. Dabbeljuh›
Ok, dann lass ich die Zeile jetzt aus … XD

2015-03-31 20:17:55 ‹Mia›
Ich habe gerade nachdenken müssen, es kam aber jetzt, dass du auch peinlich bist :-)))))))))))

2015-03-31 20:19:22 ‹Mr. Dabbeljuh›
Du hast geschrieben ich soll's nicht schreiben XDXDXD

2015-03-31 20:19:44 ‹Mr. Dabbeljuh›
:-)))))))))))))))))))))))))

2015-03-31 20:21:21 ‹Mia›
Ich habe in Facebook einen Beitrag gepostet, den ich auch bei g+ gepostet habe, jetzt hat mir doch ein Künstler aus München, der mich immer etwas provozieren will geschrieben, ich soll ihn doch verzaubern :-)))))))))), du musst vorher den Beitrag bei g+ lesen, dann wirst du verstehen

2015-03-31 20:28:12 ‹Mr. Dabbeljuh›
… wo hat er denn geschrieben? g+ aber welches Posting?

2015-03-31 20:28:57 ‹Mia›
Das habe ich bei einer geklaut, sie hat mich zu ihren Kreisen hinzugefügt

2015-03-31 20:29:34 ‹Mia›
er schrieb es bei Facebook, aber ich habe es auch bei g+ eingestellt

2015-03-31 20:29:55 ‹Mia›
… und gerade du hast es noch nicht gelesen, heul

2015-03-31 20:35:53 ‹Mia›
Du hast es gefunden, Mensch Mister Dabbeljuh so spät!!

2015-03-31 20:36:59 ‹Mr. Dabbeljuh›
… habe eben zum zweiten Mal deine Seite aufgerufen, jetzt war der Post da!!

2015-03-31 20:37:27 ‹Mia›
Welche Post?

2015-03-31 20:37:42 ‹Mr. Dabbeljuh›
Posting

2015-03-31 20:38:48 ‹Mr. Dabbeljuh›
… war nicht da!!! vor 5min nicht, eben nochmal aufgerufen, da war's da … merkwürdig

2015-03-31 20:39:17 ‹Mia›
Ich habe es um 5.23 h eingesetzt

2015-03-31 20:40:40 ‹Mia›
Mister Dabbeljuh, wenn du arbeiten musst, schreibe bitte nicht, lass mich schreiben und du liest

2015-03-31 20:42:57 ‹Mr. Dabbeljuh›
… wenn du es öffentlich ist, gibt's keine Benachrichtigung … muss mal gucken, ob man das für Freunde einstellen kann

2015-03-31 20:43:53 ‹Mia›
Das war öffentlich

2015-03-31 20:44:58 ‹Mia›
Ich lese öfter bei den Leuten, die ich im Kreis habe

2015-03-31 20:47:28 ‹Mr. Dabbeljuh›
… mach ich auch, und es war nicht da:'(

2015-03-31 20:48:03 ‹Mia›
och Mister Dabbeljuh, nicht so gucken:'(

2015-03-31 20:48:40 ‹Mia›
Bitte schaue bitte so ☺ oder so :D

2015-03-31 20:49:41 ‹Mr. Dabbeljuh›
Ich konnte es ja jetzt sehen☺

2015-03-31 20:50:06 ‹Mia›
… wenn du arbeitslos wirst, weil du mit mir schreibst, bekomme ich die Krise

2015-03-31 20:50:25 ‹Mia›
… also lass uns jetzt aufhören

2015-03-31 20:53:07 ‹Mr. Dabbeljuh›
… .vorher war da wirklich nur der Musikbeitrag, ich mochte da nichts schreiben☺, wollte schreiben das Du natürlich trauern darfst, auch musst, und wenn Du das öffentlich tust, dich das noch liebenswerter macht … .

2015-03-31 20:54:50 ‹Mr. Dabbeljuh›
… lach, alles gut gegen diese Magie ist mein Arbeitgeber machtlos ☺

2015-03-31 20:55:58 ‹Mia›
Du musst doch nicht alles kommentieren, Mensch Mr. Dabbeljuh. Ich habe nur den heutigen Spruch sehr für dich gepostet, obwohl ich ihn ja öffentlich gemacht habe

2015-03-31 20:58:37 ‹Mia›
Ich habe mich entschieden öffentlich zu trauern, da es leichter ist, ich werde sowieso nicht darüber reden oder schreiben, wenn ich nicht will.

2015-03-31 21:04:48 ‹Mr. Dabbeljuh›
Ich hab ihn ja jetzt doch noch lesen können, ich hab das auch sofort geschnallt!! Es ist eine magische Wunder Mia! Ich kommentiere doch gar nicht alles;)

2015-03-31 21:07:09 ‹Mia›
… ok fast alles, bei mir jedenfalls, es ist kein Vorwurf!!!!

2015-03-31 21:12:03 ‹Mia›
Ich gehe mal ein Zigarettchen rauchen, solltest du keine Zeit dafür haben, werde ich ein paar Züge für dich nehmen

2015-03-31 21:14:31 ‹Mr. Dabbeljuh›
… ich muss wohl mal wieder den Deckel der Herzchenkiste lüften ☺

2015-03-31 21:20:57 ‹Mia›
Dann lüfte ich den Deckel der Kiste mit den Teppichklopfern

2015-03-31 21:24:30 ‹Mr. Dabbeljuh›
… aber nur lüften, nicht aufklappen … Wie viele hast Du denn da drin?

2015-03-31 21:24:50 ‹Mr. Dabbeljuh›
Umbau …

2015-03-31 21:25:04 ‹Mia›
… ganz viele …

2015-03-31 21:34:29 ‹Mr. Dabbeljuh›
… mach mal Foto, das glaub ich nicht ☺

2015-03-31 21:36:12 ‹Mia›
Du darfst alles essen, aber nicht alles sehen :-))

2015-03-31 21:37:28 ‹Mia›
Ich habe heute meine Frisur geändert

2015-03-31 21:39:02 ‹Mr. Dabbeljuh›
… .ich mag fast alles, außer fettiges Fleisch … und gucken tu ich meist mit die Fingern

2015-03-31 21:39:39 ‹Mia›
Mit Fingern???

2015-03-31 21:40:13 ‹Mia›
Hör auf Mr. Dabbeljuh, ich habe Augenkino B-)B-)B-)

2015-03-31 21:46:15 ‹Mr. Dabbeljuh sendet einen beweglichen grinsenden Smiley mit einem lila Hintergrund

2015-03-31 21:46:38 ‹Mia›
Woher hast du den wieder her???

2015-03-31 21:50:43 ‹Mr. Dabbeljuh›
Handy – Hangouts – unten rechts Kamerasymbol – Sticker hinzufügen ☺

2015-03-31 21:51:58 ‹Mr. Dabbeljuh›
Korrektur: nicht Kamerasymbol, sondern Büroklammer

2015-03-31 21:54:10 ‹Mia schickt einen YouTube Link von Andreas Bourani mit dem Lied: Auf uns

2015-03-31 21:57:46 ‹Mr. Dabbeljuh›
… muss ich zuhause gucken, geht hier nicht …

2015-03-31 21:59:41 ‹Mia›
Ich gehe Bubu Mister Dabbeljuh, denn der Morgen wartet auf mich und musst noch etwas tun

2015-03-31 22:00:15 ‹Mr. Dabbeljuh›
falls ich gleich nicht mehr Antwort geben kann ist wieder Umbau, hoffentlich der letzte für heute …

2015-03-31 22:00:31 ‹Mia›
… also bis Morgen

2015-03-31 22:01:23 ‹Mr. Dabbeljuh›
Ha Zeitgleich geschrieben, Gute Nacht Mia. Schlaf gut???

2015-03-31 22:01:37 ‹Mia›
Bye Bye

2015-04-01 02:07:18 ‹Mr. Dabbeljuh sendet ein Bild mit einer Lila Blumenlandschaft, im Hintergrund ein See, in dem sich der lila Himmel spiegelt

2015-04-01 02:08:47 ‹Mr. Dabbeljuh›
Ich wünsche dir einen wunderschönen guten Morgen liebe Mia!!

2015-04-01 05:28:18 ‹Mia›
Guten Morgen Mister Dabbeljuh, ich danke wieder für

das wunderschöne Bild. Ich wusste nicht, ob ich gleich losrennen sollte oder ganz langsam ins Bild eintreten soll und die Blumen mit meiner Hand streicheln. Würde mich am Liebsten dort auf diese Wiese hinlegen und das lila Farbenspiel genießen und ab und zu meine Hand in den See tauchen und das kalte Wasser genießen.

2015-04-01 05:28:38 ‹Mia›
Ich wünsche dir einen wundervollen Tag.

2015-04-01 09:57:29 ‹Mr. Dabbeljuh›
Moinsen Mia:) schön wenn es dir gefällt, noch schöner was es gleich bei dir auslöst!

2015-04-01 10:00:06 ‹Mr. Dabbeljuh›
Ich bin gleich bald zum Frühstück verabredet, muss schnell Wäsche noch aufhängen und unter den warmen Regen gehen

2015-04-01 12:43:14 ‹Mia›
Hallo Mr. Dabbeljuh, bei mir ist der Vormittag wie im Flug vergangen, hatte sehr viel zu tun. Ich hoffe ihr konntet euer Frühstück genießen, weiterhin einen lila Tag. :)

2015-04-01 12:44:04 ‹Mia›
Mister Dabbeljuh das stimmt, ich kann mit und in meiner Fantasie reisen, jederzeit. :-))))

2015-04-01 14:59:21 ‹Mr. Dabbeljuh›
☺

2015-04-01 15:01:15 ‹Mr. Dabbeljuh›
… bin jetzt @work. Heute ist mein Dienst verschoben

2015-04-01 15:01:45 ‹Mr. Dabbeljuh›
Gleich wieder Tischlerei

2015-04-01 16:24:44 ‹Mia›
Bin Shoppen, mein Freund kriegt die Krise wenn ich nach Hause komme XDXD es haben mich zu viele Dinge angelacht und gepasst! Viel Spaß @work!

2015-04-01 17:07:42 ‹Mr. Dabbeljuh›
Hat dir der Osterhase mitgebracht ;) XD

2015-04-01 17:34:04 ‹Mr. Dabbeljuh›
Lila :D

2015-04-01 18:34:52 ‹Mr. Dabbeljuh sendet einen Spruch: Ich will nicht sagen dass es stark regnet, aber gerade kam Noah und meinte in 30 Minuten ist Abfahrt.

2015-04-01 19:59:57 ‹Mia›
Lieber Mister Dabbeljuh, befinde mich schon auf der Arche :-)

2015-04-01 20:02:25 ‹Mia›
Alles lila !! Habe die Einkäufe noch nicht gezeigt :-))))))), ich finde alles wunderschön, du weißt Frauen brauchen immer viel :-))

2015-04-01 20:05:51 ‹Mr. Dabbeljuh›
:D

2015-04-01 20:06:28 ‹Mr. Dabbeljuh›
Ich weiß das;)

2015-04-01 20:06:40 ‹Mia›
Wie viele Schubladen sind fertig??

2015-04-01 20:08:30 ‹Mr. Dabbeljuh›
Komplett 3, Material für 22 insgesamt fertig – alles vorbereitet für Montage, machen gute Fortschritte

2015-04-01 20:10:06 ‹Mia›
… ich applaudiere :-)

2015-04-01 20:10:13 ‹Mr. Dabbeljuh sendet ein Foto von der Werkstatt, mit Schubladen und einem Mann mit Vollbart

2015-04-01 20:10:56 ‹Mia›
oh schicker Kerl, sogar mit Bart :-)

2015-04-01 20:11:26 ‹Mia›
… waren da auch Schubladen?? :-))

2015-04-01 20:13:02 ‹Mia›
habe gerade gemerkt, dass wir uns gegenseitig schon, unendlich viele Fotos oder Bilder zugeschickt haben :-)

2015-04-01 20:13:21 ‹Mr. Dabbeljuh›
XDXDXD

2015-04-01 20:14:15 ‹Mr. Dabbeljuh›
und danke für das Kompliment, sagt Nico

2015-04-01 20:14:49 ‹Mia›
… sehr gerne, ich muss gestehen ich stehe auf Männer mit Bart :-))))

2015-04-01 20:15:39 ‹Mia›
sag das bloß nicht weiter!!!!!!

2015-04-01 20:16:07 ‹Mia sendet einen großen Smiley, der sich den Mund zuhält

2015-04-01 20:39:47 ‹Mr. Dabbeljuh›
:D

2015-04-01 21:01:01 ‹Mia›
Habe gerade Modenschau gemacht, 2 Paar Schuhe, 2 Blusen, 2 Pullover, 3 Paar Hosen und ein Poncho (Ok schäme mich ein klitzeklein bisschen, für meinen Kaufrausch) :-))))

2015-04-01 21:02:29 ‹Mia›
Alles gefällt meinem Freund, ich selber bin sogar sehr zufrieden. Schuhe mit 8 cm Absatz, ein Traum jeder Frau und dazu noch bequem :-))

2015-04-01 21:03:13 ‹Mia›
Wie lange musst du heute arbeiten?

2015-04-01 21:05:15 ‹Mr. Dabbeljuh›
… 23h etwa … Schön, wenn alles schön ist und du dich wohl drin fühlst!!

2015-04-01 21:06:01 ‹Mr. Dabbeljuh sendet ein Foto von ganz vielen selbstgemachten Schubladen

2015-04-01 21:06:51 ‹Mia›
Muss ich dich bald siezen?

2015-04-01 21:07:17 ‹Mia›
… vielleicht doch ein Meister?

2015-04-01 21:14:28 ‹Mr. Dabbeljuh›
Nee, Nico, mein neuer Kollege ist Meister:) totale Bereicherung für unser Team und wir beide sind zusammen guuuut

2015-04-01 21:20:40 ‹Mia›
Das liest sich so, als würdet ihr euch gut verstehen :-)))

2015-04-01 21:22:31 ‹Mia›
Damit das so bleibt, Handy weg!!!! Ich wünsche dir einen schönen lila Schubladenabend und bis morgen!!

2015-04-01 21:25:13 ‹Mr. Dabbeljuh sendet ein Foto von noch mehr fertigen Schubladen

2015-04-01 21:25:39 ‹Mr. Dabbeljuh›
Feierabend :D

2015-04-01 21:33:51 ‹Mr. Dabbeljuh›
Wir sind zu schnell, Order per Funk, abbrechen, einpacken und chillen^_^

2015-04-01 21:34:30 ‹Mia›
Redet ihr immer per Funk??

2015-04-01 21:35:36 ‹Mr. Dabbeljuh›
Nee, nur weil die Werkstatt 500m entfernt ist;)

2015-04-01 21:36:03 ‹Mia›
Habt ihr keine Rollschuhe? :-)

2015-04-01 21:36:39 ‹Mr. Dabbeljuh›
XDXDXDXDXDXDXDXD

2015-04-01 21:39:16 ‹Mia›
Bei Frauen heißt es: jeder Gang macht schlank, aber bei dir ist nicht viel dran, dann doch lieber Funk :-))) (Mia, pfui, wieder frech)

2015-04-01 21:46:32 ‹Mr. Dabbeljuh›
Pass auf!! Sonst gibt's ‚n ‹3

2015-04-01 21:49:57 ‹Mia›
Du kannst doch nicht dauernd gegen die Regeln verstoßen!! :)

2015-04-01 21:50:51 ‹Mr. Dabbeljuh›
Hatte ich heute schon? Upps

2015-04-01 21:52:41 ‹Mia›
Upps!! also du sagt dann immer Upps :)

2015-04-01 21:52:50 ‹Mr. Dabbeljuh›
… bin von oben bis unten voller Späne … muss mich abklopfen, hast du was dafür da?

2015-04-01 21:53:01 ‹Mia›
JAAAAAAAAAAAAAAAAAAAAAA :-))))))))))))))))))))))))))))))))

2015-04-01 21:56:03 ‹Mr. Dabbeljuh sendet eine kleine lila Blume ohne Stiel

2015-04-01 21:56:45 ‹Mia›
Die Blume sieht aus wie ein Teppichklopfer ohne Stiel :-))

2015-04-01 21:58:28 ‹Mr. Dabbeljuh›
nee, das sind ganz viele Herzchen, die verbunden sind XD

2015-04-01 21:59:05 ‹Mia›
XDXDXD

2015-04-01 22:00:15 ‹Mia›
Du hast auch viel Fantasie und das ist ein Teppichklopfer‹3

2015-04-01 22:01:31 ‹Mr. Dabbeljuh›
… .bin gleich offline, im Keller kein Empfang, umziehen und ab den Fisch zu @Home …

2015-04-01 22:02:27 ‹Mia›
Bye Bye Mister Dabbeljuh, ruhe dich gut aus!!!!!

2015-04-01 22:03:19 ‹Mr. Dabbeljuh›
Hätte ich mal vorher gewusst wie dein Teppichklopfer aussieht ☺

2015-04-01 22:04:37 ‹Mia›
Hey, nein der sieht aus wie ein Teppichklopfer!!!

2015-04-01 22:06:29 ‹Mr. Dabbeljuh›
Hab gerade gelesen, 8cm hohe Schuhe ... wow ... wie groß bist du dann?

2015-04-01 22:07:40 ‹Mia›
Ich bin ohne Schuhe 166 cm, ach so liest du meine Nachrichten

2015-04-01 22:08:47 ‹Mr. Dabbeljuh›
Schubladenfieber ...

2015-04-01 22:09:24 ‹Mia›
So ab nach Hause mit dir, schön, dass es dich gibt!

2015-04-01 22:10:53 ‹Mr. Dabbeljuh›
Jut, und dich auch!

2015-04-01 22:11:29 ‹Mia›
Gute Nachtiii!!!

2015-04-01 22:12:08 ‹Mr. Dabbeljuh›
… wünsche ich Dir auch

2015-04-02 05:29:48 ‹Mia›
Guten Morgen Mister Dabbeljuh, einen wundervollen lila Tag.

2015-04-02 06:12:18 ‹Mia sendet ein Foto mit einer lila Hyazinthe

2015-04-02 06:12:48 ‹Mia›
Sind aus meinem Garten :-)) Langsam aber sicher fängt alles zu blühen an

2015-04-02 09:41:22 ‹Mr. Dabbeljuh›
Gut's Morgenli Mia

2015-04-02 09:51:05 ‹Mr. Dabbeljuh›
… .die sieht sehr kräftig aus, und duftet bestimmt ganz doll wenn sie aufblüht, ich hatte schon welche im Topf. Garten hab ich leider nicht mehr, dafür morgens Sonne auf dem Balkon:) Erde und Töpfe stehen schon parat:)

2015-04-02 10:15:34 ‹Mr. Dabbeljuh sendet ein Foto vom Universum mit Millionen von Sternen mit lila Farbe durchzogen und ein Pfeil zeigt auf einen Punkt

2015-04-02 10:16:13 ‹Mr. Dabbeljuh›
… where we live ☺

2015-04-02 10:17:35 ‹Mr. Dabbeljuh›
verdächtig farbig ringsherum im Universum;)

2015-04-02 10:22:06 ‹Mia›
=D=D=D

2015-04-02 10:24:05 ‹Mia sendet ein Foto von ihrem Arbeitsplatz

2015-04-02 10:24:57 ‹Mia›
Mein Arbeitsplatz

2015-04-02 10:25:29 ‹Mia›
Bis bald!!

2015-04-02 10:26:09 ‹Mr. Dabbeljuh›
… .cool … .

2015-04-02 12:28:44 ‹Mia›
und bereit zum Arbeiten??

2015-04-02 12:29:57 ‹Mr. Dabbeljuh›
NÖÖÖ :D

2015-04-02 12:30:15 ‹Mr. Dabbeljuh›
… muss heute erst um 16.30h

2015-04-02 12:30:39 ‹Mia›
und dann bis wie viel Uhr?

2015-04-02 12:31:04 ‹Mr. Dabbeljuh›
dafür aber bis 23.30h – weil ich Ostern frei habe und vorbereiten die Kollegen machen, die Dienst haben:)

2015-04-02 12:31:49 ‹Mr. Dabbeljuh›
… ich habe mal komplett 4 Tage frei, Yippie!

2015-04-02 12:32:11 ‹Mia›
Das hört sich gut an

2015-04-02 12:32:57 ‹Mr. Dabbeljuh›
Du musst draußen aber noch bisschen mehr warm machen, bitte

2015-04-02 12:33:17 ‹Mia›
Nööö :)

2015-04-02 12:33:41 ‹Mr. Dabbeljuh›
… oh, menno …

2015-04-02 12:33:58 ‹Mr. Dabbeljuh›
Ich will nicht die ganze Zeit in der Bude hocken …

2015-04-02 12:34:04 ‹Mia›
… du bist hier nicht im Wunschkonzert :-))

2015-04-02 12:34:16 ‹Mia›
… anziehen und raus

2015-04-02 12:34:51 ‹Mr. Dabbeljuh›
... ich muss gleich raus – einkaufen – es schneit wie bekloppt hier, brrrrrrr

2015-04-02 12:35:24 ‹Mia›
Sei ein Mann und raus in die Kälte mit dir, härtet ab :-)))

2015-04-02 12:36:47 ‹Mr. Dabbeljuh sendet ein Foto von der Gartenanlage, die er vom Balkon sieht, es schneit kräftig und der Rasen ist komplett vom Schnee bedeckt

2015-04-02 12:37:35 ‹Mia›
Das sieht doch schön aus, als wäre alles sauber geputzt :-)))

2015-04-02 12:37:57 ‹Mia›
Raus mit dir und rege mal deine Fantasie an

2015-04-02 12:39:39 ‹Mr. Dabbeljuh›
Ok, lila Schnee, 28Grad, warmer Wind auf der Haut!!

2015-04-02 12:40:54 ‹Mia›
... .ein leichter Schweißfilm bildet sich auf deiner Haut und die ersten Tropfen sind auf der Stirn zu sehen

2015-04-02 12:44:00 ‹Mr. Dabbeljuh›
... ja, genau so ... .

2015-04-02 12:45:49 ‹Mia›
warst du schon im warmen Regen?

2015-04-02 12:46:14 ‹Mr. Dabbeljuh sendet ein Bild welches komplett lila ist, eine Frau ist darauf zu sehen und sie befüllt ein Gefäß mit einen einem Glitzerstaub, unten am Bild steht ein Spruch: THE REAL SEKRET OF MAGIC IS THAT THE WORD IS MADE OF WORDS, AND THAT YOU NOW THE WORDS THAT THE WORLD IS MADE OF; YOU CAN MAKE OF IT WHATEVER YOU WISH

2015-04-02 12:46:40 ‹Mr. Dabbeljuh›
… nee, wollte gerade drunter hüpfen☺

2015-04-02 12:47:09 ‹Mia›
Ein wunderschönes lila Bild mit wahren Worten

2015-04-02 12:47:27 ‹Mr. Dabbeljuh›
… Yes … .

2015-04-02 12:47:47 ‹Mia›
Hast du die lila Bilder Vorrätig gelagert??

2015-04-02 12:48:49 ‹Mr. Dabbeljuh›
… alles voll …

2015-04-02 12:49:18 ‹Mia›
Mister Dabbeljuh!!

2015-04-02 12:49:32 ‹Mr. Dabbeljuh sendet ein Bild von einer Weltkugel, mit verschiedenen lila Tönen

2015-04-02 12:50:04 ‹Mia›
Gleich falle ich vom Glauben ab!!

2015-04-02 12:50:04 ‹Mr. Dabbeljuh›
… guckst DU – alles lila ☺

2015-04-02 12:50:38 ‹Mia›
… .deshalb schläfst du nachts nicht :-))))

2015-04-02 12:51:10 ‹Mr. Dabbeljuh›
… magic lila around the world …

2015-04-02 12:54:16 ‹Mr. Dabbeljuh›
… mit schönen Träumen ist schlafen ok, ansonsten bin ich lieber wach?

2015-04-02 12:54:59 ‹Mr. Dabbeljuh›
… bin jetzt hübsch machen, sonst kann ich nix mehr zu essen kaufen …

2015-04-02 13:13:23 ‹Mia›
Wenn du hübsch genug bist, dann raus mit dir :-)))

2015-04-02 13:14:55 ‹Mia›
Ich werde jetzt mich jetzt noch etwas ausruhen, dann muss ich noch kurz in die Arbeit, auf ein Lila Wiederschreiben :-)))

2015-04-02 13:18:32 ‹Mr. Dabbeljuh›
… Jupp, bin jetzt erstmal wech … c u later on lila Chanel:)

2015-04-02 13:19:14 ‹Mia›
Bye Bye

2015-04-02 15:56:43 ‹Mr. Dabbeljuh›
… so, alles erledigt, frische Blumen, Essen, Trinken gekauft, mit der Verkäuferin geflirtet, einen Osterstrauß geklaut, Sushi gegessen, Unfug bei g+, Sachen gepackt, noch schnell Mia geschrieben?? nun geht das los zum Theater winke, winke

2015-04-02 16:00:22 ‹Mia›
Hallo Mister Dabbeljuh, hört sich super an … Viel Spaß @ work!!

2015-04-02 16:01:09 ‹Mr. Dabbeljuh sendet ein Bild mit einem Ausschnitt von einem Sandstrand und Meer und sehr ausdrucksstarken dunklen Wolken, das Bild hat nicht die Farbe Lila, sondern enthält blaue und gelbe Töne

2015-04-02 16:01:58 ‹Mia›
… außerdem habe ich festgestellt, dass wir schon mehr als 10000 Nachrichten geschrieben haben

2015-04-02 16:10:06 ‹Mia› Das Bild erinnert mit an das Gedicht »Spuren im Sand«, kennst du es?

2015-04-02 16:10:19 ‹Mia›
wenn nicht dann

2015-04-02 16:11:12 ‹Mia›
Eines Nachts hatte ich einen Traum:

Ich ging am Meer entlang mit meinem Herrn.
Vor dem dunklen Nachthimmel erstrahlten,
Streiflichtern gleich, Bilder aus meinem Leben.
Und jedes Mal sah ich zwei Fußspuren im Sand,
meine eigene und die meines Herrn.
Als das letzte Bild an meinen Augen vorübergezogen
war, blickte ich zurück. Ich erschrak, als ich entdeckte,
dass an vielen Stellen meines Lebensweges nur eine Spur
zu sehen war. Und das waren gerade die schwersten
Zeiten meines Lebens.
Besorgt fragte ich den Herrn:
„Herr, als ich anfing, dir nachzufolgen, da hast du
mir versprochen, auf allen Wegen bei mir zu sein.
Aber jetzt entdecke ich, dass in den schwersten Zeiten
meines Lebens nur eine Spur im Sand zu sehen ist.
Warum hast du mich allein gelassen, als ich dich am
meisten brauchte?«
Da antwortete er:
„Mein liebes Kind, ich liebe dich und werde dich nie
allein lassen, erst recht nicht in Nöten und Schwierigkeiten.
Dort wo du nur eine Spur gesehen hast,
da habe ich dich getragen.« (von Margaret Fishback)

2015-04-02 17:59:49 ‹Mr. Dabbeljuh›
schönes Gedicht … kenne es irgendwie schon, aber war
verbuddelt im Gehirn …

2015-04-02 20:38:16 ‹Mia›
Habe gerade Besuch, schreibe später

2015-04-02 21.02.17‹Mr. Dabbeljuh›
(y)

2015-04-02 21:50:20 ‹Mia›
Weißt du was lustig ist, ich habe vor 15 min. nachgeschaut was (y) bedeutet und jetzt schreibst du es Manchmal verstehe ich einfach die Welt nicht.

2015-04-02 21:51:11 ‹Mia›
Ich bin glaube manchmal echt altmodisch, aber das eine gute ist: ich schreibe und sage, das was ich denke.

2015-04-02 22:26:30 ‹Mia›
Gute Nachtiii Mister Dabbeljuh ;)

2015-04-02 23:30:17 ‹Mr. Dabbeljuh›
Gute Nacht Mia:)

2015-04-02 23:42:52 ‹Mr. Dabbeljuh›
Was ist denn (y)? … kratz am Kopf …

2015-04-03 01:49:01 ‹Mr. Dabbeljuh›
… wieso denn »altmodisch« ? ich verstehe gerade nur Bahnhof, sozusagen … :) ich konnte leider vorhin nix antworten, ausnahmsweise hatten wir mal richtig viel zu tun, lach. Heute war erstmal letzte Probe, Orchester-Bühnen-Probe, heißt so viel wie: Dirigent springt im Stück vor und zurück – und wir müssen immer den passenden Akt hinstellen – hinterher dann Abbau, wir haben ja das große Glück über Ostern mal frei zu haben – gute Gelegenheit für einige Kollegen zu jam-

mern – darum haben wir frei. Dienst verlängert, um so viel wie möglich abzubauen – in Vorbereitung für Samstag ... Theater, in der Form täglich wechselnder Vorstellungen ist manchmal eine logistische Herausforderung – geplant von der »Kunst« – auszubaden von der Technik ... naja, never mind, macht ja auch Spaß;)

2015-04-03 01:55:20 ‹Mr. Dabbeljuh›
... jedenfalls war das heute – naja -ok – gestern ein richtig lila Tag ^_^ ich hatte sooo viele schöne Erlebnisse, allein schon das Einkaufen war ein Highlight☺ immer öfter habe ich so richtig schöne Begegnungen mit anderen Menschen – bin völlig fasziniert was ein Lächeln zum richtigen Zeitpunkt bewirkt:)

2015-04-03 02:04:07 ‹Mr. Dabbeljuh›
... so, nun ist's schon wieder spät/früh ... was auch immer ... lila auf jeden Fall☺ bin bisschen albern und glücklich☺ warum auch immer, einfach so☺. Ich geh jetzt bald mal Bubu machen, vielleicht klappt es Morgen mit dem Besuch bei dem Wohnwagen, ob es Teilhabe wird steht noch in den Sternen – wenn nicht, dann ist Wohnmobil mein Ziel – schon lange mein Traum:) Ok, Gut's Nächtle und Guten, wunderschönen Morgen Mia☺

2015-04-03 02:05:09 ‹Mr. Dabbeljuh sendet ein Bild mir einer lila Blumenplantage, die terrassenförmig angelegt ist

2015-04-03 02:08:51 ‹Mr. Dabbeljuh›
... on Planet Lila

2015-04-03 02:10:00 ‹Mr. Dabbeljuh sendet ein Bild mit zwei blonden Mädchen in lila Kleidchen, welche lachend in einem lila Blumenfeld stehen und vom Regen überrascht werden

2015-04-03 02:10:35 ‹Mr. Dabbeljuh›
Life is sooo beautiful!

2015-04-03 06:32:06 ‹Mia›
Guten Morgen Mister Dabbeljuh, du hast gestern das Zeichen geschickt, ja kratz am Kopf, ich fühle mich altmodisch, weil ich oft diese ganzen neuen Zeichen und ihre Bedeutung gar nicht kenne. Gott sei Dank gibt es Google! :-))

2015-04-03 06:34:35 ‹Mia›
Mister Dabbeljuh ich erwarte nicht, dass du direkt antwortest, halte davon Abstand, jeder soll so schreiben, wie er Zeit und auch Lust hat. Auf dieser freien Basis ist es doch viel schöner:-))))

2015-04-03 06:35:54 ‹Mia›
Also du hattest gestern eine schöne Begegnung :-))) ich erinnere dich jetzt mal, wer das Haus gestern nicht verlassen wollte :-)))

2015-04-03 06:36:25 ‹Mia›
Die Bilder sind wieder wunderschön, vielen Dank!!!!!

2015-04-03 06:37:34 ‹Mia›
Ich wünsche dir frohe Ostern und lila, ja lila sollen deine Gedanken sein.

2015-04-03 06:39:44 ‹Mia›
Wir gehen heute Essen und dann wartet die Buchhaltung März auf mich :-)) Also bis dann!!!!

2015-04-03 06:44:34 ‹Mia› Wenn es dir wieder mal kalt werden sollte, dann sollte dir die Sonne im Herzen scheinen.

2015-04-03 10:19:30 ‹Mr. Dabbeljuh›
Guten Morgen Mia:) ich habe doch aber gar keine Zeichen geschickt ... nur einen Daumen hoch XD

2015-04-03 10:21:49 ‹Mia›
Das bedeutet es ja, bei mir kam kein Daumen hoch an, sondern das Zeichen (y), aus welchen Gründen auch immer, weil ich es kurz vorher gegoogelt habe. :-)))) Google überprüft wohl, das was man neu erlernt hat. :-))

2015-04-03 10:22:30 ‹Mr. Dabbeljuh›
XDXDXD

2015-04-03 10:23:01 ‹Mr. Dabbeljuh›
... ich habe Hangouts benutzt;)

2015-04-03 10:23:13 ‹Mia›
Der warme Regen wartet auf mich

2015-04-03 10:23:31 ‹Mia›
Ich lege dich irgendwann übers Knie

2015-04-03 10:24:21 ‹Mr. Dabbeljuh›
... uih ...

2015-04-03 10:24:43 ‹Mia›
da hilft kein uih

2015-04-03 10:25:01 ‹Mia›
XDO:)

2015-04-03 10:25:49 ‹Mr. Dabbeljuh›
☺

2015-04-03 10:26:29 ‹Mia›
Außerdem sind mir ein paar Fotos von dir durch die Lappen gegangen

2015-04-03 10:27:01 ‹Mr. Dabbeljuh›
… wie meinen?

2015-04-03 10:30:03 ‹Mr. Dabbeljuh›
… ah, verstehe … habe die Benachrichtigung bekommen Mia schmeißt mit +++sen um sich

2015-04-03 10:30:27 ‹Mia›
Mister Dabbeljuh!!

2015-04-03 10:37:35 ‹Mia›
Ich hatte einige zu viel in meiner Tasche!! :-)))

2015-04-03 10:37:57 ‹Mia›
So, jetzt gehe ich aber wirklich.

2015-04-03 10:38:48 ‹Mr. Dabbeljuh›
… warst noch nicht? dann hopp:)

2015-04-03 12:48:21 ‹Mr. Dabbeljuh›
Du hast gestern auch den Herbert gepostet! ... hab das eben entdeckt ...

2015-04-03 15:39:22 ‹Mr. Dabbeljuh›
... ich mache jetzt Spaziergang mit Schwesterlein, damit ich nachher die heiße Badewanne richtig zu schätzen weiß

2015-04-03 15:40:00 ‹Mia›
Ja vor dir :-))))

2015-04-03 15:40:50 ‹Mia›
Bei uns ist es sehr schön, habe eben ohne Jacke draußen gesessen

2015-04-03 15:41:16 ‹Mia›
... ich habe halt die

2015-04-03 15:42:50 ‹Mia sendet ein Bild von einer lachenden Sonne mit riesigen Strahlen

2015-04-03 15:42:58 ‹Mia›
... im Herzen :-))))

2015-04-03 15:43:40 ‹Mia›
Ich wünsche dir viel Spaß beim Sparziergang!!

2015-04-03 15:44:12 ‹Mr. Dabbeljuh›
Danke!

2015-04-03 15:44:13 ‹Mia›
Mister Dabbeljuh ich muss dir noch etwas sagen

2015-04-03 15:45:00 ‹Mia›
… hier bei uns ist da Wetter so …

2015-04-03 15:46:23 ‹Mr. Dabbeljuh›
… ich höre nix, little bit louder please;)

2015-04-03 15:47:12 ‹Mia›
… sooo heiß ;-)))))

2015-04-03 15:47:45 ‹Mia›
… laut genug??

2015-04-03 15:49:53 ‹Mr. Dabbeljuh›
WHAT? das glaub ich nichthier ist Eises-Kälte x_x

2015-04-03 15:50:39 ‹Mia›
Ich saß eben in der Sonne und es ist echt warm

2015-04-03 15:50:58 ‹Mia›
… ganz anders wie gemeldet

2015-04-03 15:51:47 ‹Mia›
Los jetzt raus mit dir!!!!

2015-04-03 15:53:13 ‹Mia›
… .ich sitze vor dem Laptop und grinse vor mich hin

2015-04-03 15:53:18 ‹Mr. Dabbeljuh›
… geh ja schon!!
2015-04-03 15:53:56 ‹Mia›
Du hast sogar das gleiche Lied gepostet Lied von Herbert

2015-04-03 15:54:13 ‹Mr. Dabbeljuh›
… so, so von wegen warm und draußen..

2015-04-03 15:54:37 ‹Mia›
… ich war ehrlich bis jetzt draußen

2015-04-03 15:54:38 ‹Mr. Dabbeljuh›
Ja, sag ich doch!!!

2015-04-03 15:55:06 ‹Mia›
… ich sitze erst jetzt vorm Laptop

2015-04-03 15:55:32 ‹Mr. Dabbeljuh›
Ich meinte Herbert;)

2015-04-03 15:56:07 ‹Mia›
… menno raus jetzt, bei dem hin und her und keiner weiß was gemeint ist

2015-04-03 15:57:27 ‹Mr. Dabbeljuh›
… doch, ich☺

2015-04-03 15:57:37 ‹Mia›
:-))))))))))))))))))))))))))))))

2015-04-03 15:57:57 ‹Mr. Dabbeljuh›
XDXDXD
2015-04-03 15:58:06 ‹Mia›
… nennt man das was du jetzt machst Spaziergang :)

2015-04-03 16:01:15 ‹Mr. Dabbeljuh›
… ich pass auch auf die Laternenpfosten auf ;)

2015-04-03 16:02:07 ‹Mia›
… ich schreibe erst wieder wenn du aus dem Bad raus kommst!!! Adios

2015-04-03 22:04:34 ‹Mia›
Hallo Mister Dabbeljuh und die Badewanne schon besucht?

2015-04-03 22:05:42 ‹Mia›
Ich habe leichte Kopfschmerzen, das heißt nur, dass mein Hintern wächst

2015-04-03 22:06:04 ‹Mr. Dabbeljuh›
… Nööö, bin gerade dabei neue Fotos zu sichten – habe ein paar Schöne machen können:)

2015-04-03 22:06:28 ‹Mia›
Ich bin gespannt

2015-04-03 22:07:06 ‹Mr. Dabbeljuh›
… es ist auch noch richtig schön geworden – Spaziergang war super – Mr. Dabbeljuh mit 3Frauen ☺

2015-04-03 22:07:22 ‹Mia›
3 ??

2015-04-03 22:07:38 ‹Mia›
kannst wohl nicht genug bekommen

2015-04-03 22:07:55 ‹Mr. Dabbeljuh›
XD

2015-04-03 22:08:31 ‹Mr. Dabbeljuh›
… meine Schwester, eine Freundin von uns, und deren Freundin …

2015-04-03 22:09:03 ‹Mia›
Ja, ja, das sagt man dann so :)

2015-04-03 22:09:05 ‹Mr. Dabbeljuh›
… mit einkehren und Kaffee und Kuchen^_^

2015-04-03 22:09:47 ‹Mr. Dabbeljuh›
… was sagt man so?

2015-04-03 22:10:22 ‹Mia›
Die Freundin von der Freundin

2015-04-03 22:11:13 ‹Mr. Dabbeljuh›
… naja, konnte mir so schnell nix gelogenes ausdenken …

2015-04-03 22:11:28 ‹Mia›
… das habe ich mir schon gedacht

2015-04-03 22:12:01 ‹Mia›
vielleicht hast du noch Besuch??

2015-04-03 22:12:20 ‹Mr. Dabbeljuh›
… unser Flüsschen hier hat ganz doll Hochwasser

2015-04-03 22:12:36 ‹Mr. Dabbeljuh›
Besuch? nee – wieso?

2015-04-03 22:13:08 ‹Mia›
Besuch: die Freundin von der Freundin :-)))

2015-04-03 22:13:36 ‹Mia›
Hast du vom Fluss ein paar Fotos machen können??

2015-04-03 22:13:46 ‹Mr. Dabbeljuh›
… laaach …

2015-04-03 22:13:48 ‹Mr. Dabbeljuh›
… ja …

2015-04-03 22:13:58 ‹Mr. Dabbeljuh›
… warte mal …

2015-04-03 22:14:27 ‹Mia›
… laufe nicht weg

2015-04-03 22:16:09 ‹Mia›
Ich habe auch ein Foto machen können was ich morgen einstelle

2015-04-03 22:16:49 ‹Mr. Dabbeljuh sendet ein Foto, von dem Hochwasser am Fluss

2015-04-03 22:18:03 ‹Mia›
Es hat so viel bei euch geregnet?

2015-04-03 22:18:40 ‹Mr. Dabbeljuh›
Regen, Schnee, Hagel – alles in Massen – und dann ist der Harz nicht weit weg

2015-04-03 22:22:35 ‹Mia›
das Foto ist super

2015-04-03 22:23:03 ‹Mr. Dabbeljuh›
… hab noch ein Besseres

2015-04-03 22:23:29 ‹Mr. Dabbeljuh›
… mir fällt nur noch kein passender Text dazu ein

2015-04-03 22:23:31 ‹Mia›
… ..na dann, bitte zeige es, muss dich doch nicht bitten oder?

2015-04-03 22:24:10 ‹Mia›
bis heute 3.00 h hast du den passenden Text dazu gefunden :)

2015-04-03 22:25:06 ‹Mr. Dabbeljuh sendet ein Foto, auf dem zu sehen ist, wie eine komplette Baumwurzel von Hochwasser unterspült ist

2015-04-03 22:25:23 ‹Mia›
Meine Fotos, die mit der Natur zusammen hängen, sind von meinen Spaziergängen oder Wanderungen

2015-04-03 22:26:25 ‹Mia›
Das Bild ist auch super, wo seid ihr denn herumgelaufen??

2015-04-03 22:27:00 ‹Mr. Dabbeljuh›
… hier am Fluss – und im Wald in der Nähe

2015-04-03 22:27:55 ‹Mia›
… .also so richtig durch die Natur … .

2015-04-03 22:28:04 ‹Mr. Dabbeljuh›
… war bisschen windig die letzten Tage;)

2015-04-03 22:28:18 ‹Mr. Dabbeljuh›
… naja, klaro

2015-04-03 22:28:39 ‹Mr. Dabbeljuh›
3 Stunden

2015-04-03 22:28:58 ‹Mia›
Also bei uns war heute echt super, die letzten 2 Tage hat es natürlich hier auch gestürmt

2015-04-03 22:29:32 ‹Mia›
man muss die also zu deinem Glück zwingen

2015-04-03 22:29:56 ‹Mr. Dabbeljuh›
… die= mich?

2015-04-03 22:29:56 ‹Mia›
sollte dich heißen

2015-04-03 22:30:10 ‹Mr. Dabbeljuh›
Ok

2015-04-03 22:30:34 ‹Mr. Dabbeljuh›
… ich kann deine Texte lesen ☺

2015-04-03 22:31:20 ‹Mia›
Das ist gut!!!! Mich muss man eher bremsen im Leben :-))))

2015-04-03 22:32:02 ‹Mr. Dabbeljuh›
… das kann ich lesen-aber der Gedankensprung fehlt mir …

2015-04-03 22:32:29 ‹Mia›
Dich muss man zum Glück zwingen, mich bremsen

2015-04-03 22:32:52 ‹Mr. Dabbeljuh›
Ah … kapito

2015-04-03 22:33:00 ‹Mia›
Endlich :)

2015-04-03 22:33:32 ‹Mr. Dabbeljuh›
XD

2015-04-03 22:33:44 ‹Mia›
:-)))))))))))))))))))))))))

2015-04-03 22:34:47 ‹Mia›
Was wirst du Morgen machen?

2015-04-03 22:36:31 ‹Mr. Dabbeljuh›
… vielleicht mit Schwesterlein in die City …

2015-04-03 22:37:57 ‹Mister Dabbeljuh›
gute Frage … lach

2015-04-03 22:38:01 ‹Mister Dabbeljuh›
… muss rechnen …

2015-04-03 22:38:11 ‹Mister Dabbeljuh›
… 56 minus 9,5 …

2015-04-03 22:38:56 ‹Mia›
Ich habe einen Bruder, der 9 Jahre jünger ist :-)))))))))))))))

2015-04-03 22:39:20 ‹Mister Dabbeljuh›
… meiner ist 6 Jahre jünger …

2015-04-03 22:39:40 ‹Mia›
… also seid ihr zu dritt?

2015-04-03 22:40:11 ‹Mister Dabbeljuh›
… jo, obwohl Brüderchen ist ein bisschen anders drauf …

2015-04-03 22:40:27 ‹Mister Dabbeljuh›
… nicht so viel Kontakt.

2015-04-03 22:40:33 ‹Mia›
Mister Dabbeljuh jeder will er will und kann

2015-04-03 22:40:44 ‹Mia›
… wie er will

2015-04-03 22:40:56 ‹Mister Dabbeljuh›
… naja logo …

2015-04-03 22:41:59 ‹Mia›
… und dann heute wohl etwas müder wie sonst, nach dem Marsch?

2015-04-03 22:42:20 ‹Mister Dabbeljuh›
… ich? wieso dat denn??

2015-04-03 22:42:42 ‹Mia›
… ich frage einfach nur?

2015-04-03 22:43:09 ‹Mister Dabbeljuh›
… gegenüber Arbeit war das Erholung pur :D

2015-04-03 22:43:29 ‹Mia›
… .hast ja heute keinen umgezogen

2015-04-03 22:43:59 ‹Mister Dabbeljuh›
… ich hasse Umzüge ;)

2015-04-03 22:44:40 ‹Mister Dabbeljuh›
… .waren genug in den letzten Jahren – und täglich im Theater reicht dann.

2015-04-03 22:44:48 ‹Mia›
… ich meine jetzt die Arbeit damit.

2015-04-03 22:45:03 ‹Mister Dabbeljuh›
… weiß ich doch :DXD

2015-04-03 22:46:00 ‹Mister Dabbeljuh›
… bin glaube ich, sehr albern heute …

2015-04-03 22:46:04 ‹Mia›
… du versucht mich doch immer wieder auf den Arm zu nehmen, verlasse dich für 7 Min , gehe eine Zigarette rauchen.

2015-04-03 22:46:23 ‹Mia›
… albern ist super!!

2015-04-03 22:48:17 ‹Mister Dabbeljuh›
… hab mir aber vorhin schon Rüffel eingefangen, unsere Freundin ist zurzeit nicht so spaßig drauf … deshalb auch keine Wohnwagenaktion – zu kalt, sagt sie …

2015-04-03 22:49:09 ‹Mister Dabbeljuh›
… ich war am Plauer See bei minus 17 – das war kalt!!

2015-04-03 22:54:44 ‹Mister Dabbeljuh›
… am Sonntag kommt, wenn alles klappt meine Ma – mit Kuchen …

2015-04-03 22:56:14 ‹Mister Dabbeljuh›
… übrigens, vorhin musste ich ja grinsen – habe Oster-

eier an meinen Strauß gehängt – die hat meine Ma mal vor Jahren gemalt ... rate welche Farbe ...

2015-04-03 22:56:35 ‹Mia›
Wohnwagen bei Kälte ist grausam!!

2015-04-03 22:56:43 ‹Mia›
... Lila!!

2015-04-03 22:57:00 ‹Mia›
... das ist verrückt, gell

2015-04-03 22:57:22 ‹Mister Dabbeljuh›
nee, unheimlich – niemand außer mir auf der Insel – nur Uhu

2015-04-03 22:57:36 ‹Mister Dabbeljuh›
... oh .ich war zu langsam

2015-04-03 22:58:01 ‹Mia›
... nein, bist nicht zu langsam :-)) ich zu schnell!!

2015-04-03 22:58:19 ‹Mister Dabbeljuh›
XD

2015-04-03 22:59:17 ‹Mister Dabbeljuh›
Mister Dabbeljuh ganz allein auf der Insel – gruselig, sag ich dir ... aber musste sein bevor Zelt zusammenbricht wegen Schnee.

2015-04-03 22:59:37 ‹Mister Dabbeljuh›
Habt ihr auch viel Schnee bei euch?

2015-04-03 22:59:49 ‹Mia›
… was, du warst im Zelt zuerst??

2015-04-03 23:00:04 ‹Mister Dabbeljuh›
… Vorzelt

2015-04-03 23:00:21 ‹Mia›
… dieses Jahr überhaupt nicht, vor 2 Jahren war es sehr viel.

2015-04-03 23:00:36 ‹Mister Dabbeljuh›
… dito …

2015-04-03 23:01:19 ‹Mister Dabbeljuh›
… ich schreibe jetzt nur noch Worte, das geht schneller XD

2015-04-03 23:01:49 ‹Mia schickt ein Foto von ihrem Bruder

2015-04-03 23:02:08 ‹Mia›
… hier ein Foto vom meinem Bruderherz

2015-04-03 23:02:29 ‹Mister Dabbeljuh›
☺

2015-04-03 23:03:04 ‹Mia›
… schreib langsam, so wie du willst, ich nehme mein Schreibtempo zurück ☺

2015-04-03 23:04:40 ‹Mister Dabbeljuh›
… meine Schwesterlein – mag nie nicht fotografiert werden, lach

2015-04-03 23:04:54 ‹Mia›
:-))
2015-04-03 23:05:45 ‹Mister Dabbeljuh›
… mh, eigentlich hatte ich gerade eins losgeschickt …

2015-04-03 23:06:02 ‹Mia›
… was??

2015-04-03 23:06:13 ‹Mister Dabbeljuh›
… Foto

2015-04-03 23:06:30 ‹Mia›
… wo??? ist nicht angekommen

2015-04-03 23:06:57 ‹Mister Dabbeljuh›
… ja, ich wunder mich auch …

2015-04-03 23:07:05 ‹Mister Dabbeljuh›
… ok nochmal
2015-04-03 23:08:45 ‹Mister Dabbeljuh schickt ein Foto von seiner Schwester

2015-04-03 23:09:37 ‹Mia›
… deine Schwester??

2015-04-03 23:09:53 ‹Mister Dabbeljuh›
… ja

2015-04-03 23:10:08 ‹Mister Dabbeljuh›
… Ex Hippie und Punk ☺

2015-04-03 23:10:14 ‹Mia›
… sieht sehr sympathisch aus!!!!!!

2015-04-03 23:10:47 ‹Mister Dabbeljuh›
… ist ja auch meine kleine Schwester

2015-04-03 23:10:57 ‹Mia›
:-))

2015-04-03 23:11:51 ‹Mister Dabbeljuh›
… ich kann sie immer heimlich fotofieren, lach

2015-04-03 23:12:08 ‹Mister Dabbeljuh›
… nur – fehlt

2015-04-03 23:12:23 ‹Mia›
… ich verstehe dich doch :-)))

2015-04-03 23:12:54 ‹Mia›
Ich weiß gar nicht was sie will, sie sieht doch gut aus.

2015-04-03 23:13:45 ‹Mister Dabbeljuh›
… ja, sag ich ja auch immer … .

2015-04-03 23:15:14 ‹Mister Dabbeljuh›
… sag mal, wieso bist du noch wach eigentlich, sonst bist du doch schon längst im Traumreich … ist ja schon richtig spät sehe ich gerade …

2015-04-03 23:15:38 ‹Mia›
… ich möchte gerne morgen länger bubu machen.

2015-04-03 23:16:07 ‹Mister Dabbeljuh›
… das ist auch mal ne gute Idee?

2015-04-03 23:16:49 ‹Mia›
… gell, habe ich mir auch so gedacht, ich muss Morgen nicht in die Arbeit

2015-04-03 23:18:17 ‹Mister Dabbeljuh›
… ja, muss auch mal sein – immer sooo früh raus – mitten in der Nacht

2015-04-03 23:19:03 ‹Mister Dabbeljuh›
… ich hatte mal so einen Job – Arzeimittelschnelldienst – da musste ich um 5 h los – grausam

2015-04-03 23:19:21 ‹Mia›
… quatsch, ich stehe sonst gerne so früh auf, die erste Tasse Kaffee ein Genuss mmmh

2015-04-03 23:19:59 ‹Mister Dabbeljuh›
… meine Tasse auch …

2015-04-03 23:20:31 ‹Mia›
Bei dir ist es ja fast schon Mittagskaffee :-))))

2015-04-03 23:20:38 ‹Mister Dabbeljuh›
… ich weiß, aber was du meinst …

2015-04-03 23:21:22 ‹Mister Dabbeljuh›
… .habe ich doch schon mal geschrieben – wenn ich kann und nicht muss ist's gut.

2015-04-03 23:22:12 ‹Mia›
Mister Dabbeljuh, alles hat seine Zeit.

2015-04-03 23:22:31 ‹Mia›
… man gewöhnt sich an viele Sachen

2015-04-03 23:22:52 ‹Mister Dabbeljuh›
… naja …

2015-04-03 23:23:02 ‹Mister Dabbeljuh›
nicht an alles …

2015-04-03 23:23:11 ‹Mia›
… was nicht?

2015-04-03 23:23:53 ‹Mister Dabbeljuh›
… die Zeit, vor dem 16. Januar

2015-04-03 23:24:30 ‹Mia›
Nein, daran sollte man sich nicht gewöhnen.

2015-04-03 23:25:28 ‹Mister Dabbeljuh›
… fiel mir nur so ein, beim dem Satz: man gewöhnt sich an ALLES

2015-04-03 23:26:02 ‹Mister Dabbeljuh›
… manches sollte man sich besser abgewöhnen …

2015-04-03 23:26:12 ‹Mister Dabbeljuh›
… ok, doofes Thema

2015-04-03 23:26:34 ‹Mia›
… da geht es ja um Verletzungen

2015-04-03 23:26:47 ‹Mister Dabbeljuh›
… genau

2015-04-03 23:26:55 ‹Mia›
Es ist kein doofes Thema, nur schmerzhaft!!

2015-04-03 23:27:15 ‹Mister Dabbeljuh›
… jetzt ist lila – nix mehr doof

2015-04-03 23:27:28 ‹Mia›
:-))

2015-04-03 23:27:44 ‹Mia›
… ich habe dir bei g+ was geschickt

2015-04-03 23:27:46 ‹Mister Dabbeljuh›
:D

2015-04-03 23:28:18 ‹Mia›
… warst vorher nicht ein bisschen lila?

2015-04-03 23:28:32 ‹Mister Dabbeljuh›
… ich habe eben schon nebenan die Meldung gesehen – konnte aber jetzt nicht gucken

2015-04-03 23:28:46 ‹Mister Dabbeljuh›
… doch, viel vorher …

2015-04-03 23:29:19 ‹Mister Dabbeljuh›
… ähnlich wie jetzt

2015-04-03 23:29:24 ‹Mia›
… wenn du doch weißt, wie lila ist …

2015-04-03 23:29:44 ‹Mia›
… lass lila nicht mehr aus deinem Leben.

2015-04-03 23:30:50 ‹Mia›
Mr. Dabbeljuh, man muss immer das Beste aus seinem Leben machen

2015-04-03 23:31:41 ‹Mister Dabbeljuh›
… das sowieso

2015-04-03 23:31:52 ‹Mia›
Du bist in deinem Leben doch der Hauptdarsteller und kannst entscheiden, welche Rollen du annehmen willst!

2015-04-03 23:32:27 ‹Mister Dabbeljuh›
… ich bin ein Star!

2015-04-03 23:32:39 ‹Mia›
… ich applaudiere!!

2015-04-03 23:32:51 ‹Mister Dabbeljuh›
XD

2015-04-03 23:32:52 ‹Mia›
… lasse die Fragezeichen dahinter weg …

2015-04-03 23:33:30 ‹Mister Dabbeljuh›
… ich bin wieder da – das haben mir schon ein paar Freunde gesagt

2015-04-03 23:33:39 ‹Mia›
… .solange du nicht schreist: Holt mich hier raus, aus lila

2015-04-03 23:33:40 ‹Mister Dabbeljuh›
… .frag mich nicht wo ich war … .

2015-04-03 23:33:52 ‹Mister Dabbeljuh›
… nee

2015-04-03 23:34:09 ‹Mia›
Mister Dabbeljuh ganz unten, das ist mir schon klar!!

2015-04-03 23:34:15 ‹Mister Dabbeljuh›
… jetzt nicht mehr – ich passe auf, versprochen!!

2015-04-03 23:34:57 ‹Mia›
… du weißt versprochen ist versprochen und darf nicht gebrochen

2015-04-03 23:35:24 ‹Mister Dabbeljuh›
… Jupp

2015-04-03 23:35:34 ‹Mister Dabbeljuh›
Indianerehrenwort

2015-04-03 23:35:58 ‹Mia schickt ein Foto mit Daumen hoch

2015-04-03 23:36:23 ‹Mister Dabbeljuh›
… lach

2015-04-03 23:37:50 ‹Mia›
… in 5 Minuten gehe ich bubu

2015-04-03 23:39:05 ‹Mister Dabbeljuh›
Countdown läuft ^_^

2015-04-03 23:39:43 ‹Mia›
Morgen ist wieder ein Tag :)

2015-04-03 23:39:58 ‹Mister Dabbeljuh schickt ein Bild, es sieht aus, als wäre es von Kinderhand gemalt, eine Wiese mit Sonne und Wolken und auf der Wiese sind fünf Blümchen in der Farbe rot, blau, gelb, lila und orange gemalt und zwischen Himmel und Wiese steht ein Text in lila : Darf ich dir ein Lächeln in dein Herz zaubern?

2015-04-03 23:40:21 ‹Mister Dabbeljuh›
… .nur noch schnell zum besseren schlafen.

2015-04-03 23:40:50 ‹Mia›
… das hast doch schon längst :)

2015-04-03 23:41:15 ‹Mister Dabbeljuh›
… naja, dann eins zum verstärken

2015-04-03 23:41:53 ‹Mister Dabbeljuh›
Mist, ich habe mich verzählt beim Countdown ...

2015-04-03 23:42:09 ‹Mia›
... dann kann ich nicht mehr normal schauen und bekomme ganz viele Falten, auch wenn es Lachfalten sind.

2015-04-03 23:42:34 ‹Mister Dabbeljuh›
☺

2015-04-03 23:42:42 ‹Mia›
... menno zählen kannst du auch nicht mehr

2015-04-03 23:43:07 ‹Mister Dabbeljuh›
... no Multitasking nach 23h

2015-04-03 23:43:27 ‹Mister Dabbeljuh›
... jetzt muss ich nochmal von voene

2015-04-03 23:43:35 ‹Mister Dabbeljuh›
... vorne

2015-04-03 23:43:46 ‹Mia›
So ‹Mr. Dabbeljuh, ich wünsche dir eine gute Nacht und schöne Träume

2015-04-03 23:43:55 ‹Mia›
... ich verstehe dich doch

2015-04-03 23:45:05 ‹Mister Dabbeljuh›
… ok, ich wünsch Dir eine schöne Nacht – gute Träume und morgen dann wieder fröhlich aufgeschaut ☺

2015-04-03 23:45:27 ‹Mia›
… Bye, Bye Mister Dabbeljuh

2015-04-03 23:45:30 ‹Mister Dabbeljuh›
… ich spreche anders? wie denn?

2015-04-03 23:45:56 ‹Mia›
… mit verdrehten Buchstaben halt, so wie ich :)

2015-04-03 23:46:27 ‹Mia›
… außerdem bist sehr neugierig!! :)

2015-04-03 23:46:41 ‹Mia›
… du fehlt

2015-04-03 23:47:00 ‹Mister Dabbeljuh›
… .Puuh, geht ja noch, dachte schon es wäre aufgefallen das ich auf dem falschen Planeten bin;)

2015-04-03 23:47:25 ‹Mia›
… ja das auch

2015-04-03 23:47:39 ‹Mister Dabbeljuh›
… ich? neugierig?

2015-04-03 23:47:42 ‹Mia›
:-)))))

2015-04-03 23:47:51 ‹Mister Dabbeljuh›
... ok, jetzt aber

2015-04-03 23:47:52 ‹Mia›
Gute Nachtiiiiiiiiiiiiiiiiiiiiiiiiiiiiiiiiiiii

2015-04-03 23:48:00 ‹Mister Dabbeljuh›
... Yes

2015-04-04 00:46:14 ‹Mister Dabbeljuh schickt ein Foto mit dem Osterstrauß mit den lila Ostereiern

2015-04-04 02:48:38 ‹Mister Dabbeljuh›
Guten Morgen liebe Mia:)

2015-04-04 02:49:17 ‹Mister Dabbeljuh schickt ein Bild von einer aufsteigenden Straße und am Ende erstrahlt eine helle Sonne, die das komplette Bild in einem lila Schein aufleuchten lässt.

2015-04-04 07:02:56 ‹Mia›
Guten Morgen Mr. Dabbeljuh erstes Bild die Ostereier deiner Mutter! Eindeutig lila :-)))

2015-04-04 07:06:04 ‹Mia›
... 2tes Bild wunderschön und heute arbeite ich am PC an der Buchhaltung März, irgendwo dort hinten ist Licht :-))). Die erste Tasse ist fast schon getrunken :-))
Dir einen wundervollen Tag.

2015-04-04 10:25:19 ‹Mister Dabbeljuh›
… die Sonne lacht mich an, sitze auf meinem Morgensonne Balkon mit Müsli und Kaffee, wunderbar!!

2015-04-04 10:50:35 ‹Mia›
Hey wie kann dich bei euch die Sonne anlachen, wenn es hier in Strömen regnet????

2015-04-04 10:51:11 ‹Mia›
Sitze im Schlafanzug bei Malen nach Zahlen XDXDXD

2015-04-04 10:52:27 ‹Mia›
Ist wohl der Ausgleich für gestern!!

2015-04-04 10:52:47 ‹Mister Dabbeljuh›
… Kuckuck , echt? keine Sonne? Das ist schade, hier ist's fast Sommer, ganz schön krass nach den letzten Tagen

2015-04-04 10:53:28 ‹Mister Dabbeljuh›
… im Schafanzug arbeiten ist ja auch gut

2015-04-04 10:53:35 ‹Mia›
So war es gestern bei uns

2015-04-04 10:53:38 ‹Mister Dabbeljuh›
… oh, Schlafanzug

2015-04-04 10:54:13 ‹Mia›
Also du weißt schon, natürlich Schlafkleid XDXD

2015-04-04 10:54:39 ‹Mia›
Wollte es für dich vereinfachen??

2015-04-04 10:54:43 ‹Mister Dabbeljuh›
… ja, aber ich hatte Schaf … geschrieben

2015-04-04 10:56:42 ‹Mia›
Versuche mich abzulenken, oh verdammt weiter bei den Zahlen also bis bald, genieß die Sonne

2015-04-04 10:59:14 ‹Mister Dabbeljuh›
… mach ich!! Du hast dann ja sozusagen Glück das nicht so schönes Wetter ist, wenn Du schon arbeiten musst, wäre es draußen schön würde Malen nach Zahlen null Spaß bringen

2015-04-04 10:59:30 ‹Mia›
Das stimmt!!

2015-04-04 11:02:21 ‹Mia›
Noch eine kleine Info: hier ist sauuuuuu kaaaallllllt geworden!!!

2015-04-04 11:03:03 ‹Mister Dabbeljuh›
… sorry XD

2015-04-04 11:03:40 ‹Mister Dabbeljuh›
… ich musste gestern alles an Sonne und Wärme hierher konzentrieren XD

2015-04-04 11:04:07 ‹Mister Dabbeljuh›
… ich schicke wieder was zurück!

2015-04-04 11:25:31 ‹Mia›
Ich wollte einfach mal jammern XDXDXDXD Konzentration lässt nach 3 Stunden nach und der Unsinn breitet sich aus!! ;P gehe jetzt unter warmen Regen, ohne Schirm natürlich O:)

2015-04-04 11:39:53 ‹Mister Dabbeljuh›
… hatte gerade meine Ma am Phone, lach … sie ist irgendwie auch lila XDXDXD

2015-04-04 11:42:53 ‹Mia›
Was hast du angestellt, dass sie lila ist??

2015-04-04 11:43:11 ‹Mister Dabbeljuh›
… ich? O:)

2015-04-04 11:43:22 ‹Mia›
Wer sonst??

2015-04-04 11:43:52 ‹Mister Dabbeljuh›
… ich denke, sie war das vorher schon … ist nur nicht so aufgefallen

2015-04-04 11:44:26 ‹Mia›
Hast du endlich die Augen offen?? Das ist so wunderbar!

2015-04-04 11:44:47 ‹Mister Dabbeljuh›
☺

2015-04-04 11:47:00 ‹Mister Dabbeljuh›
... ist einfach schön:)

2015-04-04 11:47:24 ‹Mister Dabbeljuh›
... und auf Dauer ansteckend für andere :D

2015-04-04 11:49:07 ‹Mia›
... das stimmt allerdings, mir traut man alles schon zu. Aber Gott sei Dank ist mir keiner richtig böse :-))))

2015-04-04 11:50:01 ‹Mia›
Ich nehme mir sehr viel heraus, bin frech, direkt und oft unmöglich

2015-04-04 11:50:26 ‹Mia›
... vielleicht bekomme ich irgendwann eine gehauen :-))

2015-04-04 11:50:27 ‹Mister Dabbeljuh›
... deshalb mag ich dich ja :D

2015-04-04 11:50:38 ‹Mia›
Ach :-)))

2015-04-04 11:50:46 ‹Mister Dabbeljuh›
... wehe, das wagt keiner!

2015-04-04 11:50:59 ‹Mia›
... ich haue zurück :-)))

2015-04-04 11:51:29 ‹Mister Dabbeljuh›
gut, und lächeln dabei :D

2015-04-04 11:51:53 ‹Mia›
… nicken, lächeln und zuhauen

2015-04-04 11:52:31 ‹Mister Dabbeljuh›
… und dann fragen: alles ok?

2015-04-04 11:52:51 ‹Mia›
Mr. Dabbeljuh, die wenigsten Menschen trauen sich etwas und sind auch nicht ehrlich

2015-04-04 11:53:07 ‹Mister Dabbeljuh›
hä?

2015-04-04 11:53:50 ‹Mia›
Man Mister Dabbeljuh, ist der Gedankensprung zu weit?

2015-04-04 11:54:37 ‹Mister Dabbeljuh›
Klitzekleinesbisschen :)

2015-04-04 11:54:44 ‹Mia›
Ich bin eine Frau, mein Kopf arbeitet immer

2015-04-04 11:55:33 ‹Mia›
… also ich denke gerne über Menschen nach

2015-04-04 11:55:48 ‹Mia›
… kommst du noch mit??

2015-04-04 11:55:55 ‹Mister Dabbeljuh›
… ah, ok ja

2015-04-04 11:56:37 ‹Mia›
Mister Dabbeljuh schreibt in Stichwörtern ich könnte mich gerade wieder …

2015-04-04 11:57:31 ‹Mister Dabbeljuh›
… hab ich doch gestern geschrieben – geht schneller :DXD

2015-04-04 11:57:52 ‹Mia›
Du sollst du bleiben!!!

2015-04-04 11:58:04 ‹Mister Dabbeljuh›
… what?

2015-04-04 11:58:41 ‹Mia›
… ich komme gleich mit dem Teppichklopfer zur dir …

2015-04-04 11:59:46 ‹Mister Dabbeljuh›
Echt? … warte, ich schick noch 'n Herzchen, dann fährt der Zug schneller :DXD

2015-04-04 12:00:06 ‹Mia›
:-)))))))))))))))))))))))))))))

2015-04-04 12:01:20 ‹Mister Dabbeljuh›
… oder fliegst Du mit Teppichklopfer statt Besen XD

2015-04-04 12:01:39 ‹Mia›
Hexen flieg lieber :-)))

2015-04-04 12:01:46 ‹Mia›
en fehlt

2015-04-04 12:02:08 ‹Mister Dabbeljuh›
… dachte ich mir doch?

2015-04-04 12:02:31 ‹Mister Dabbeljuh›
XDXDXDXDXDXD

2015-04-04 12:02:55 ‹Mia›
… ich habe noch ein Bild, überlege ob ich es als Profil nehmen soll??

2015-04-04 12:03:22 ‹Mister Dabbeljuh›
… zeig

2015-04-04 12:03:23 ‹Mia›
… schicke es dir zu, sage deine Meinung dazu

2015-04-04 12:03:32 ‹Mia schickt ein frischgemachtes Foto in schwarz/weiß von sich

2015-04-04 12:04:41 ‹Mister Dabbeljuh sendet ein Smiley mit Herzchenaugen

2015-04-04 12:05:21 ‹Mia›
Was sagst du Profilwechsel, oder belassen??

2015-04-04 12:05:35 ‹Mia›
… und keine Herzchen !!!!!!!!!!

2015-04-04 12:06:10 ‹Mister Dabbeljuh›
… war doch nur weil es mir gefällt!

2015-04-04 12:06:27 ‹Mia›
… ich warte auf deine Meinung …

2015-04-04 12:06:30 ‹Mister Dabbeljuh›
… ist schön das Foto

2015-04-04 12:07:01 ‹Mia›
… man Mister Dabbeljuh, du liest nicht richtig die Nachrichten!

2015-04-04 12:07:28 ‹Mister Dabbeljuh›
… wieso? Was habe ich mistverstanden?

2015-04-04 12:08:04 ‹Mia›
5 Nachrichten zurückgehen

2015-04-04 12:08:24 ‹Mister Dabbeljuh›
… eins, zwei, viele … .

2015-04-04 12:09:09 ‹Mister Dabbeljuh›
… wechsele einfach mal

2015-04-04 12:09:12 ‹Mia›
Also bin am Überlegen, ob ich mein Profil ändere was sagst du dazu??

2015-04-04 12:09:41 ‹Mister Dabbeljuh›
… dein Profil, ne?

2015-04-04 12:09:48 ‹Mia›
… Yes

2015-04-04 12:10:15 ‹Mister Dabbeljuh›
… ja, mach doch – wenn es dir nicht mehr gefällt irgendwann kannst du doch wieder wechseln

2015-04-04 12:10:31 ‹Mister Dabbeljuh›
… ich finde das Bild schön

2015-04-04 12:10:52 ‹Mia›
Mister Dabbeljuh und schwarz weiß ich merke schon :-))))))))))))))))))))

2015-04-04 12:11:23 ‹Mister Dabbeljuh›
☺

2015-04-04 12:11:41 ‹Mister Dabbeljuh›
Das andere ist auch schön, bist ja auch Du drauf!

2015-04-04 12:11:52 ‹Mia›
… also mache ich mal und wenn es mir nicht gefällt, wechsele ich wieder, also bis dann mal im Lila Kanal

2015-04-04 12:13:28 ‹Mister Dabbeljuh›
… ok, ich muss auch noch was tun – will Bambusmatte als Sichtschutz für Balkon kaufen und Blümchen, Wäsche machen und, und, und …

2015-04-04 18:35:06 ‹Mia›
Hallo Mr. Dabbeljuh, ich bin heute Abend außer Haus. Also bis bald im lila Kanal!!

2015-04-04 20:31:55 ‹Mister Dabbeljuh›
Huhu Mia:) bin eben erst zurück von der City-Tour – ganz schön was los … der Sohn von meiner Schwester hat Job bei neueröffnetem »Primark« – Hiiilfeeee, das Teeny-Shopping Center- dann noch Baumarkt(ich liebe die^_^) – lila Blümchen gab es da nur XDXD. Gleich bald treffen wir uns zum Osterfeuer. Ist schon alles ganz verräuchert, wie Nebel in den Straßen … , ich hoffe, du hast dich nicht abgestreßt mit Malen nach Zahlen und viel geschafft … , auf das du erst mal wieder davon befreit bist und anderes schreiben kannst, neue Bücher zum Bleistift … Hälfte habe ich schon durch, gefällt mir gut. So, jetzt weiter hier im Programm – lilalü so long!!!

2015-04-04 23:52:14 ‹Mia›
Gute Nacht im lila Kanal!

2015-04-04 13:55:47 ‹Mia sendet ein Foto mit einem Käfer auf einer Wolke, der Ausschau hält und neben dem Käfer steht der Text: Tschuldigung, wo bleibt denn die Sonne? … .mir ist a … .kalt.

2015-04-05 00:05:50 ‹Mia› :-))

2015-04-05 00:26:07 ‹Mister Dabbeljuh sendet ein Bild von einem kuscheligen Lagerfeuer

2015-04-05 00:27:23 ‹Mister Dabbeljuh›

… hier ist kuschelig warm :D müssen uns nur drehen wie Grillhähnchen XDXDXD

2015-04-05 00:29:04 ‹Mister Dabbeljuh›

Gute Nacht! Träum was Schönes!! C u Morgen auf Channel lila!

2015-04-05 07:48:42 ‹Mia›

Guten Morgen Mister Dabbeljuh, du warst also gestern so lange shoppen (Hut ab) und du magst Baumärkte :) (bist ja auch ein Mann) Ich mag Baumärkte nur, wenn ich etwas renovieren möchte, ja und wenn es um Blumen für die Terrasse geht. Malen nach Zahlen, was soll ich dazu sagen: es geht immer besser und auch schneller, muss noch die Banken( 2) kontieren und alle Positionen einbuchen. Hatte gestern Nachmittag einfach keine Lust mehr :-). Gestern Abend waren wir mit Freunden essen. Der Freund war in Wien auf einem Sting Konzert, Er hat mit die Nase ganz lang gemacht mit einem selbst aufgenommenen Video gemacht, heul …

2015-04-05 07:49:05 ‹Mia›

Ich wünsche dir einen wundervollen Tag

2015-04-05 07:52:36 ‹Mia›

Ahh, hoffentlich bist du kein Grillhähnchen geworden, denn so verspeist dich vielleicht noch jemand und der lila Kanal bleibt leer ☺ bis bald Mister Dabbeljuh!!!!!!!!!!!!!!!!!!

2015-04-05 08:36:58 ‹Mister Dabbeljuh sendet ein Bild von einem Wald, der durch die Sonne durchflutet wird. Der ganze Waldboden ist mit blau-lila Blumen überdeckt.

2015-04-05 08:38:01 ‹Mister Dabbeljuh›
Guten Morgen Mia:) und einen schönen Ostertag wünsch ich ☺

2015-04-05 08:40:39 ‹Mister Dabbeljuh›
… ich hoffe, Du hast wegen dem Sting-Video ein akzeptables Friedensangebot bekommen, geht ja gar nicht sowas;) Man könnte auch sagen: ich glaube der brennt … lach

2015-04-05 08:44:36 ‹Mister Dabbeljuh›
… das war wirklich spaßig gestern dort am Feuerchen, wir kannten eigentlich niemanden dort, unterhielten uns darüber warum sooo viele junge Leute dort sind.

2015-04-05 08:56:32 ‹Mia›
Ich freue mich sehr, dass es dir gut geht und wünsche natürlich frohe Ostern!!!

2015-04-05 08:57:12 ‹Mia›
Wegen Sting, ja er hat gesagt, er wird sich etwas für mich überlegen :-))))

2015-04-05 09:00:26 ‹Mister Dabbeljuh›
… lach, jetzt geht's mir wieder gut, der Rückweg war sooo kalt und irgendwie länger, durch den welligen Bürgersteig … ;)

2015-04-05 09:08:58 ‹Mia›
… welliger Bürgersteig :o ??

2015-04-05 09:09:18 ‹Mia›
… du hast doch nicht … ?

2015-04-05 09:09:30 ‹Mister Dabbeljuh›
??

2015-04-05 09:09:38 ‹Mia›
… also doch …

2015-04-05 09:09:52 ‹Mister Dabbeljuh›
O:)

2015-04-05 09:10:01 ‹Mia›
… ich gönne es dir ☺

2015-04-05 09:15:11 ‹Mister Dabbeljuh›
Es war's schon wert zu versuchen mit den Youngsters mitzuhalten, hicks^_^XD

2015-04-05 09:16:00 ‹Mia›
… du hicks immer noch?? :-))))))))))

2015-04-05 09:17:25 ‹Mister Dabbeljuh›
… also, nee, dann würde ich bestimmt noch im Bettchen liegen;)

2015-04-05 09:17:42 ‹Mia›
Verstehe, das sind die Nachwehen :)

2015-04-05 09:18:56 ‹Mister Dabbeljuh›
… habe nicht gepustet, ob da noch Blut im RestAllohol XD ist

2015-04-05 09:19:41 ‹Mia›
Machst du das sonst? :-))))) Ok, ich bin sehr albern :-)))

2015-04-05 09:20:08 ‹Mister Dabbeljuh›
… pusten?

2015-04-05 09:20:20 ‹Mia›
Ja

2015-04-05 09:20:33 ‹Mister Dabbeljuh›
… nee, nur Kerzen aus XD

2015-04-05 09:20:41 ‹Mia›
ich pruste öfters :-))

2015-04-05 09:21:25 ‹Mister Dabbeljuh›
Da kannst mal sehen was ein klitzekleiner Buchstabe ausmacht XD

2015-04-05 09:21:42 ‹Mia›
:-))))))

2015-04-05 09:22:06 ‹Mia›
… es kommt doch immer auf die Kleinigkeiten an …

2015-04-05 09:22:32 ‹Mister Dabbeljuh›
:-)))))))))))))))))))))))

2015-04-05 09:23:18 ‹Mia›
… das ist aber ein großes und Lachen von dir ------- schön----------

2015-04-05 09:23:43 ‹Mia›
… da fehlt wieder ein Wort – langes-

2015-04-05 09:24:18 ‹Mister Dabbeljuh›
… ich werde gleich meinen Balkon versuchen zu verschönern, mit Bambus und lila Blümeleins :D

2015-04-05 09:24:52 ‹Mia›
… dann los Mister Dabbeljuh, ich verschwinde jetzt in the hkitchen

2015-04-05 09:25:08 ‹Mia›
… man ein h zu viel

2015-04-05 09:25:23 ‹Mister Dabbeljuh›
… man hat gar kein h

2015-04-05 09:26:13 ‹Mia›
:-)))))))))))))))))))))))))))))))))))))))))))))))))))))))))))))))))))))))))))))))))))))))))))))))))

2015-04-05 09:26:24 ‹Mister Dabbeljuh›
XD

2015-04-05 09:28:31 ‹Mister Dabbeljuh›
… ok, let's fetz.!! Muss noch einiges schaffen bis Ma und die Familie eintrudelt:)

2015-04-05 17:00:01 ‹Mia›
Hilfeeeeeeeeeeeeee,ich bin super gemütlich. Das Sofa will nicht von mir lassen :-) Essen war super lecker, habe Kartoffelgratin, Lamm und Entrecote gemacht. Der Bauch ist immer noch gefüllt :) Was hast du gekocht? Bis später im lila Kanal :)

2015-04-05 21:21:39 ‹Mister Dabbeljuh› ...
... lach, Du kannst es guthaben:) mein Sofa starrt mich schon die ganze Zeit empört an, weil es sich ignoriert fühlt ... Mach mich ruhig neidisch mit sooo leckerem Essen;) mir läuft das Wasser im Mund zusammen☺, ich habe nichts gekocht, meine Schwester hat BausatzBackfischBrötchen mitgebracht – für nach dem ganzen süßen Kuchen. War sehr nett der Nachmittag, aber jetzt ist bei mir bisschen die Luft raus – habe ja heute früh schon meinen Balkon verschönert ☺, meine Ma hat mir auch noch Pflanze mitgebracht – im LILA Übertopf XDXDXD mittlerweile weiß meine Schwester wenigstens warum ich fast auf dem Boden gelegen habe^_^

2015-04-05 21:25:09 ‹Mia›
Ich finde das Wort »Nett« doof, denn dann habe ich immer die kleine Schwester von Schei ... .. vor dem Gesicht, Entschuldigung

2015-04-05 21:25:49 ‹Mia›
... weiß denn deine Schwester warum du lila bist??

2015-04-05 21:26:18 ‹Mister Dabbeljuh›
... die kleine Schwester von wem?

2015-04-05 21:26:25 ‹Mia›
da fehlt wieder immer ein n bei den

2015-04-05 21:26:40 ‹Mister Dabbeljuh›
… lach

2015-04-05 21:26:57 ‹Mister Dabbeljuh›
habe ich gar nicht bemerkt

2015-04-05 21:27:12 ‹Mia›
Mister Dabbeljuh, ich kann nicht mehr richtig schreiben, heul

2015-04-05 21:27:56 ‹Mia›
Die Übersetzung von dem Wort »nett« ist die kleine Schwester von Scheiße

2015-04-05 21:29:04 ‹Mister Dabbeljuh›
… äh, ja okay … du hattest schon mal geschrieben, dass du das Wort nicht magst – jetzt kapier ich warum …

2015-04-05 21:30:24 ‹Mister Dabbeljuh›
… für mich ist nett nett, also schön … aber um Mistverständnisse zu vermeiden kann ich mir das verkneifen – gibt ja genug andere Wörter

2015-04-05 21:31:24 ‹Mia›
… wenn du nett, nett findest ist es ok, dann schreibe bitte weiter so. Du sollst dich bitte nicht verändern :)

2015-04-05 21:32:31 ‹Mister Dabbeljuh›
... nee, ich habe mir nur gerade vorgestellt was passiert wäre wenn ich irgendwann mal geschrieben ich find dich!!

2015-04-05 21:32:49 ‹Mia›
... oh weh, heul

2015-04-05 21:32:58 ‹Mister Dabbeljuh›
... siehste

2015-04-05 21:33:26 ‹Mister Dabbeljuh›
... Fettnapf hoch 3

2015-04-05 21:33:44 ‹Mia›
... aber sonst kannst du es ruhig schreiben, nur nicht mit mir verbinden :)

2015-04-05 21:34:37 ‹Mister Dabbeljuh›
... ich krame mal in meinem Wortschatz für Ersatz :D

2015-04-05 21:34:51 ‹Mia›
Hast du deiner Schwester von Lila erzählt??

2015-04-05 21:34:57 ‹Mia›
Schön

2015-04-05 21:35:35 ‹Mister Dabbeljuh›
... das geht: Du bist schön

2015-04-05 21:35:42 ‹Mister Dabbeljuh›
:D

2015-04-05 21:35:49 ‹Mia›
Mister Dabbeljuh!!!!

2015-04-05 21:35:59 ‹Mister Dabbeljuh›
… sorry …

2015-04-05 21:36:08 ‹Mia›
Wir reden doch nicht über mich

2015-04-05 21:36:36 ‹Mia›
… ok freundlich

2015-04-05 21:36:39 ‹Mister Dabbeljuh›
… ich dachte das wäre als Ersatz … O:)

2015-04-05 21:38:11 ‹Mister Dabbeljuh›
… ich hab meiner Schwester ganze Menge erzählt, wir reden viel, manchmal stundenlang im kalten Auto – oder im Treppenhaus … und überhaupt

2015-04-05 21:38:45 ‹Mister Dabbeljuh›
… sie wohnt etwa 500m entfernt

2015-04-05 21:38:59 ‹Mia›
… und was meint sie??

2015-04-05 21:39:16 ‹Mister Dabbeljuh›
alles lila :DXDXD

2015-04-05 21:40:44 ‹Mia›
… das ist doch keine richtige Antwort, sie kennt dich doch am Besten

2015-04-05 21:40:45 ‹Mister Dabbeljuh›
… sie ist sehr zufrieden, dass es mir gutgeht?

2015-04-05 21:41:06 ‹Mia›
Das bin ich auch :)

2015-04-05 21:41:45 ‹Mister Dabbeljuh›
… besser als die abkürzte Antwort?

2015-04-05 21:42:11 ‹Mister Dabbeljuh›
… ich kann nicht so schnell schreiben wie ich denke …

2015-04-05 21:43:03 ‹Mia›
… dann mach doch langsam

2015-04-05 21:43:26 ‹Mister Dabbeljuh›
… ich übe;)

2015-04-05 21:43:54 ‹Mia›
… das höre ich so oft zurzeit

2015-04-05 21:44:39 ‹Mia›
… ich meine jetzt nicht dich

2015-04-05 21:44:56 ‹Mister Dabbeljuh›
… verstehe schon … :)

2015-04-05 21:46:19 ‹Mister Dabbeljuh›
… ich könnte soooviel schreiben – aber mit 2Fingersuchsystem – suchen und tippen …

2015-04-05 21:47:25 ‹Mister Dabbeljuh›
… nee, geht schon recht fix, denke ich

2015-04-05 21:48:34 ‹Mia›
… nimm dir die Zeit, ich bin zwar ungeduldig:-) und temporeich, doch nicht bei dir.

2015-04-05 21:48:44 ‹Mister Dabbeljuh›
… aber manchmal sind die getippten auch schon überholt wenn inzwischen neue Fragen kommen … dann löschen – um Verwirrung zu verhindern und schnell neu tippen

2015-04-05 21:50:08 ‹Mister Dabbeljuh›
… du kannst bestimmt ganz schnell tippen:)

2015-04-05 21:50:34 ‹Mia›
Das ist nicht von mir beabsichtigt, also nehme ich das Tempo komplett zurück

2015-04-05 21:51:10 ‹Mister Dabbeljuh›
… ich kann ja einfach mal deine Nachtruhezeiten nutzen um längere Sätze zu tippen XD

2015-04-05 21:51:42 ‹Mister Dabbeljuh›
… nein mach nicht – ist schon okay so – du musst dich doch nicht verbiegen, ne

2015-04-05 21:53:07 ‹Mia›
Ich verbiege mich nicht, nehme nur das Tempo heraus, ich möchte nicht, dass du dich verbiegst

2015-04-05 21:53:40 ‹Mister Dabbeljuh›
:)

2015-04-05 21:54:04 ‹Mister Dabbeljuh›
… mach ich nicht bin ja gerade wieder aufrecht

2015-04-05 21:57:09 ‹Mister Dabbeljuh›
… kurzer break – musste Multitasking machen –Whatsappanfrage, ob heute noch Tanzparty …

2015-04-05 21:57:46 ‹Mia›
… kein Problem, Tempo ist rausgeholt :)

2015-04-05 21:58:06 ‹Mister Dabbeljuh›
Slowmotion?

2015-04-05 21:58:14 ‹Mister Dabbeljuh›
XD

2015-04-05 22:00:02 ‹Mister Dabbeljuh›
Hallo?

2015-04-05 22:00:06 ‹Mia›
Mister Dabbeljuh, wenn ich mit dir schreibe, möchte ich, dass es echt ist und nicht verstellt

2015-04-05 22:00:27 ‹Mia›
… hatte eben eine Whatsapp XDXD

2015-04-05 22:01:10 ‹Mister Dabbeljuh›
… ist doch echt!

2015-04-05 22:01:34 ‹Mister Dabbeljuh›
… ich verstell mich nicht, keine Sorge

2015-04-05 22:01:46 ‹Mia›
Gut, bitte keine Veränderungen, was die Person angeht

2015-04-05 22:02:27 ‹Mister Dabbeljuh›
… upps, ich habe mir neulich die Haare geschnitten … .

2015-04-05 22:02:41 ‹Mister Dabbeljuh›
XDXDXD

2015-04-05 22:03:08 ‹Mia›
… du weißt genau was ich meine :)

2015-04-05 22:03:40 ‹Mister Dabbeljuh›
… Jahaaa, war doch nur kleiner Spaß!!

2015-04-05 22:03:52 ‹Mia›
… das weiß ich doch

2015-04-05 22:05:14 ‹Mister Dabbeljuh›
… ich habe nochmal MB's nachgebucht – du hattest Recht – hundert reichen nicht …

2015-04-05 22:05:54 ‹Mia›
Was bezahlst du dafür?

2015-04-05 22:06:21 ‹Mister Dabbeljuh›
… für nachbuchen? 2,95 Geld

2015-04-05 22:06:45 ‹Mister Dabbeljuh›
… .sonst für 300 incl. 9,95

2015-04-05 22:07:19 ‹Mia›
ja habe es auch so :-)) bin bei 1&1

2015-04-05 22:08:08 ‹Mister Dabbeljuh›
… mich hat's beim Kaffeetrinken erwischt – Tschibos

2015-04-05 22:08:54 ‹Mister Dabbeljuh›
g+ frisst enorm die MB 's auf – sagt mein Handy

2015-04-05 22:09:24 ‹Mister Dabbeljuh›
Tchibo ohne s

2015-04-05 22:09:42 ‹Mia›
… ja wenn man nicht mit WLAN verbunden ist

2015-04-05 22:10:27 ‹Mister Dabbeljuh›
… da hab ich noch Glück – in der City geht über Kabel-Deutschland per WLAN

2015-04-05 22:10:36 ‹Mia›
… ich erinnere mich nur an Leipzig :-))

2015-04-05 22:11:34 ‹Mister Dabbeljuh›
oh ja, da hast du bestimmt Gigamäßig verbraten!

2015-04-05 22:12:03 ‹Mia›
WLAN war ja miserabel :-))

2015-04-05 22:12:40 ‹Mister Dabbeljuh›
… im Theater ist gar nix mit WLAN, lach

2015-04-05 22:13:29 ‹Mister Dabbeljuh›
… und dann kommt der Pieps – Ihr Kontingent ist aufgebraucht!! ( Böser Smiley)

2015-04-05 22:13:38 ‹Mia›
Ich schreibe nur mit dir über Hangouts, aber ich finde es sehr praktisch so wie jetzt abends, da kann man am Laptop schreiben :)

2015-04-05 22:14:01 ‹Mia›
… ok, wir müssen einfach weniger schreiben

2015-04-05 22:14:36 ‹Mister Dabbeljuh›
Neeeeiiiiiiinnnn

2015-04-05 22:14:52 ‹Mia›
… dein letzter Smiley …

2015-04-05 22:15:08 ‹Mia›
☺

2015-04-05 22:15:23 ‹Mia›
… musste ihn gerade suchen

2015-04-05 22:16:27 ‹Mister Dabbeljuh›
… jetzt musste ich etwas rätseln – was du meinst – aber hab's geschnallt …

2015-04-05 22:16:44 ‹Mia›
… beim Piepston

2015-04-05 22:16:50 ‹Mister Dabbeljuh›
… das war mein Gesicht neulich

2015-04-05 22:17:10 ‹Mia›
… habe ich mir gerade vorgestellt

2015-04-05 22:17:30 ‹Mister Dabbeljuh›
… ich hatte das vorher noch nie …

2015-04-05 22:17:46 ‹Mister Dabbeljuh›
… musste erstmal rausfinden wie nachbuchen geht

2015-04-05 22:17:58 ‹Mister Dabbeljuh›
XD

2015-04-05 22:18:56 ‹Mia›
… ich hatte das schon mal auf Mallorca, da hatte ich 3 YouTube Video angehört:-))) dann war aus die Maus

2015-04-05 22:19:30 ‹Mister Dabbeljuh›
… auweh, ja die hauen auch gut rein

2015-04-05 22:20:01 ‹Mia›
… und ich höre so gerne Musik über YouTube

2015-04-05 22:20:21 ‹Mia›
Wie groß bist du eigentlich??

2015-04-05 22:20:33 ‹Mister Dabbeljuh›
… lach

2015-04-05 22:20:49 ‹Mia›
… ich springe wieder:-))

2015-04-05 22:21:12 ‹Mister Dabbeljuh›
:-))))))))))

2015-04-05 22:22:13 ‹Mister Dabbeljuh›
196 war ich mal – bin aber schon kleiner geworden – lange nicht gemessen

2015-04-05 22:22:28 ‹Mister Dabbeljuh›
XD

2015-04-05 22:22:32 ‹Mia›
… so groß

2015-04-05 22:22:41 ‹Mister Dabbeljuh›
… lang

2015-04-05 22:22:48 ‹Mister Dabbeljuh›
… hoch

2015-04-05 22:23:04 ‹Mia›
… 30 cm größer als ich

2015-04-05 22:23:05 ‹Mister Dabbeljuh›
… ist blöd wenn man hinfällt …

2015-04-05 22:23:19 ‹Mia›
:-))))))

2015-04-05 22:24:00 ‹Mister Dabbeljuh›
… man hat dann sooo lange Sekunden vor Augen was gleich weh tut, lach

2015-04-05 22:25:04 ‹Mister Dabbeljuh›
… sind bestimmt nur 26 cm – man schrumpft doch irgendwann

2015-04-05 22:25:27 ‹Mia›
… ich bestimmt auch :)

2015-04-05 22:25:52 ‹Mia› sendet ein Lila Sonnenuntergangsfoto

2015-04-05 22:25:52 ‹Mister Dabbeljuh›
… aber du hast ja jetzt hohe Schuhe^_^

2015-04-05 22:26:34 ‹Mister Dabbeljuh›
… oh, ich sehe lila=D

2015-04-05 22:26:41 ‹Mia›
… habe ich gerade im Internet geklaut :)

2015-04-05 22:26:51 ‹Mister Dabbeljuh›
… ohoh

2015-04-05 22:27:16 ‹Mister Dabbeljuh›
… aber schööön

2015-04-05 22:27:35 ‹Mia›
ja ich habe hohe Schuhe, aber das höchste Paar ist 8 cm :)

2015-04-05 22:27:47 ‹Mia›
… deshalb habe ich es geklaut

2015-04-05 22:29:11 ‹Mister Dabbeljuh sendet ein Gebirgsfoto mit einem See und aus einem Berg entspringt eine Frau mit langem Haar und nackter Brust

2015-04-05 22:29:28 ‹Mister Dabbeljuh›
… auch geklaut^_^

2015-04-05 22:30:18 ‹Mia›
… ist nicht lila, sehe nur Busen :-))))

2015-04-05 22:30:32 ‹Mia›
… als auch andere Sachen:-))

2015-04-05 22:30:39 ‹Mia›
… also

2015-04-05 22:31:35 ‹Mister Dabbeljuh›
Waas? da sind Bäume, und ein See und Wolken XD

2015-04-05 22:32:15 ‹Mister Dabbeljuh›
… aber lila als Farbe nicht – stimmt

2015-04-05 22:32:23 ‹Mia›
… meine Augen sehen andere Sachen :-))

2015-04-05 22:33:05 ‹Mister Dabbeljuh›
… habe Telefon, Schwesterlein …

2015-04-05 22:33:28 ‹Mia›
… mach in Ruhe

2015-04-05 23:25:35 ‹Mia›
Lieber Mister Dabbeljuh, gehe jetzt Bubu :-)) Wenn du mehr schreiben willst, dann schreibe mir, wenn ich schlafe und ich werde lesen, wenn du schläfst. :-) Schlaf gut, Gute Nacht!

2015-04-05 23:27:46 ‹Mister Dabbeljuh›
… mach ich … bin noch am Telefon … gute Nachti!!

2015-04-06 00:32:31 ‹Mister Dabbeljuh›
… .uihuihuih, das war ja ein Marathongespräch – wir haben uns ja auch sooo lange nicht gesehen, lach … mein kleines Schwesterlein, eigentlich wollten wir besprechen ob wir noch Discomäßig losfahren – daraus entstanden ist ein Gespräch über Gott und die Welt, sozusagen … schön, dass das mit ihr möglich ist, da freue ich mich immer wieder drüber:)

2015-04-06 00:34:37 ‹Mister Dabbeljuh›
… na, jedenfalls fahren wir nicht, soziale Kontakte hin

oder her – tiefschürfende Gespräche sind manchmal wichtiger.

2015-04-06 00:48:47 ‹Mister Dabbeljuh›
… so, habe eben nochmal zurückgescrollt, wo wir stehengeblieben waren beim Texten^_^ du siehst andere Sachen, schreibst Du – mit :-)) na, da bin ich ja neugierig :D ich mag jedenfalls solche Kunstwerke, können auch ruhig etwas erotisch sein – oder bisschen mehr;) einen, d.h. mehrere Kalender hatte ich(wir) mal, von einer Fotografin(eigentlich Lehramtsanwärterin) – superschöne Bilder – versteckte Körper hieß die Fotoserie. Die junge Dame hatte Artikel in der hiesigen Dorfzeitung – ich habe sie angeschrieben und im Tausch gegen persönliche Theaterführung, habe ich dann die Kalender sogar geliefert bekommen. ganz tolle Fotos, ich schick Dir mal welche – oder den Link zu der Seite – (man darf die eigentlich nicht klauen, nämlich;)) ich habe mir mal Bildschirmschoner draus gebastelt☺

2015-04-06 00:52:49 ‹Mister Dabbeljuh sendet ein Bild mit einem Seerosenteich mit vielen Seerosen und einer nackten Frau, die sich auch in diesem Teich befindet, an einem Treibast sich festhaltend, in der Farbe der Treibastes

2015-04-06 00:53:16 ‹Mister Dabbeljuh›
… sowas zum Beispiel

2015-04-06 00:57:15 ‹Mister Dabbeljuh sendet weiter ein Bild von zwei Baumstümpfen mit ganz vielen abgehenden Wurzeln, jeweils von den Baumstümpfen und auf einem liegt eine komplett nackte Frau in der Farbe des Baumstumpfes, als würde sie ein Teil des Baumstumpfes sein.

2015-04-06 00:57:40 ‹Mister Dabbeljuh›
... oder sowas ...

2015-04-06 01:01:23 ‹Mister Dabbeljuh›
... irre schöne Fotos, die erzählten dass sie zu viert daran gearbeitet haben, ... viele Probleme mit Verlagen hatten (kann ich gar nicht nachvollziehen) – naja, jedenfalls war/bin ich schon ein wenig neidisch – auf solche Ideen, auf die Verwirklichung und auf die wunderschönen Fotos ...

2015-04-06 01:02:52 ‹Mister Dabbeljuh›
... versteckte Körper stimmte gar nicht – verschwundener Körper war der Titel ...

2015-04-06 01:09:30 ‹Mister Dabbeljuh›
... oder Metamorphosen ... .

2015-04-06 01:14:37 ‹Mister Dabbeljuh schickt den Link zu der Internetadresse zu den Fotos mit den versteckten Körpern im Bild

2015-04-06 01:21:56 ‹Mister Dabbeljuh›
... so, wie sie mir erzählte, war das Projekt sowohl anstrengend, als auch sehr spaßig ... teilweise war das Wetter nicht gerade prickelnd, das Wasser kalt oder uneingeladene Zuschauer doof ... eine Unmenge an Vor-

bereitung – Körperbemalung, gute Plätze finden und so weiter … das war für mich aber auch eine Motivation endlich meine geklaute Kamera zu ersetzen und zu üben – und noch mehr üben … und dann hoffentlich mal die richtige Idee zu finden …

2015-04-06 01:23:14 ‹Mister Dabbeljuh›
… und Leute, die Spaß haben, solche Projekte mitzumachen – da wird es dann schon schwierig …

2015-04-06 01:26:16 ‹Mister Dabbeljuh›
… so, ich gehe jetzt mal bald Augenpflege machen – sonst hätte ich mir die Nacht auch in der Disco um die Ohren hauen können;) bin mal gespannt, wie dir die/solche Bilder gefallen. ich sage mal Gute Nacht Mia, bis später on Channel lila

2015-04-06 01:26:43 ‹Mister Dabbeljuh›
… oder besser Guten Morgen;)

2015-04-06 01:27:36 ‹Mister Dabbeljuh›
… zum guten Tagesbeginn auch noch ein Bild mit lila :)

2015-04-06 01:28:19 ‹Mister Dabbeljuh sendet ein Bild mit lila-blauen Wiesenblumen und auf dieser Blumenwiese liegt ein trockener Baum und an diesem Baum eine versteckte nackte Frau in der Farbe des Baumstammes.

2015-04-06 01:31:18 ‹Mister Dabbeljuh›
… naja, gut … hell lila ;)

2015-04-06 01:34:26 ‹Mister Dabbeljuh›
see you later ‹3liebst Mia und, hab ich`s schon gesagt? ... Schön, dass es Dich gibt!!

2015-04-06 07:24:45 ‹Mia›
Guten Morgen Mister Dabbeljuh, wie du merkst verstellt sich zurzeit meine Schlafuhr :-)) Also zu den Bildern: nur 2 und 3 finde ich sehr schön, so etwas habe ich noch nicht gesehen.

2015-04-06 07:27:35 ‹Mia›
Bild 1 finde ich nicht schön, da es mich an eine Wasserleiche erinnert, da der Körper eine tote Farbe hat, habe es mir lange angeschaut, für mich ein trauriges Bild.

2015-04-06 07:28:41 ‹Mia›
Geschmäcker sind verschieden

2015-04-06 07:42:07 ‹Mia›
Ich habe mir weitere Fotos von Metamorphosen angeschaut, finde ich schön

2015-04-06 08:43:14 ‹Mia›
Mister Dabbeljuh, ich habe heute Dienst und ich werde mich zwingen müssen die Banken endlich einzubuchen und ich habe so eine Lust, aber wenn man dran sitzt kann sich das ja auch ändern.:-))) Wetter für heute ist nicht so gut gemeldet, aber ab Donnerstag sehr schön und ab Freitag 20 Grad.

2015-04-06 08:47:00 ‹Mia›
Mister Dabbeljuh, ich glaube du hast es mir schon einmal gesagt :-)))) aber ich kann mich nicht mehr erinnern, dass ich es dir gesagt habe: deshalb schön, dass es dich gibt!! Für dich einen lila Tag und bis dann im lila Kanal :)

2015-04-06 09:09:24 ‹Mia›
Noch etwas, du glaubst, ich wäre immer freundlich. Mister Dabbeljuh ich habe ein freundliches Wesen ja, aber ich habe auch gelernt »ein Schwein « zu sein, dort wo es notwendig ist. Und meine Worte gefallen nicht auch nicht jedem. Müssen und sollen sie auch nicht.

2015-04-06 10:47:58 ‹Mister Dabbeljuh›
Moinsen Mia!!

2015-04-06 10:49:01 ‹Mister Dabbeljuh sendet ein Foto mit einer grünen Wiese, mit einem großen Stein auf der Wiese und um den Stein blühen rote Tulpen und der leicht lila Wolkenhimmel, der mit vielen Wolken verhangen ist, reißt gerade auf und die einzelnen Sonnenstrahlen erreichen die Wiese.

2015-04-06 10:50:11 ‹Mister Dabbeljuh›
… bisschen lila Wolken für Dich:)

2015-04-06 10:57:38 ‹Mister Dabbeljuh›
… ich glaube doch gar nicht, dass du immer freundlich bist – wie kommst Du denn darauf? Kann Mensch doch auch gar nicht sein – es gibt immer mal Situationen die

dann ganz andere Seiten nach außen kehren, frag mal meine Schwester;) (wir können uns hervorragend fetzen ^_^ oder einige meiner Kollegen(nee, frag lieber nicht, lach)

2015-04-06 11:24:19 ‹Mister Dabbeljuh sendet ein Foto von einem Eichhörnchen auf dem Baum

2015-04-06 11:24:52 ‹Mister Dabbeljuh›
... mein neues Haustierchen

2015-04-06 11:26:28 ‹Mister Dabbeljuh sendet ein Foto von dem Eichhörnchen, welches Kopfüber am Baumstamm hängt und sich am Vogelfutter bedient

2015-04-06 11:27:00 ‹Mister Dabbeljuh›
... beim zweiten Frühstück^_^

2015-04-06 11:27:47 ‹Mister Dabbeljuh›
... ich versuche mir lieber nicht vorzustellen, dass ich sooo essen müsste XDXDXD

2015-04-06 13:23:22 ‹Mia›
Hallo Mister Dabbeljuh, die Fotos vom Haustierchen sind super süß, habe eins schon bei Google bewundert. :-))))

2015-04-06 13:23:55 ‹ Mia›
Das Bild mit den lila Wolken ist wunderschöööööööööööööööööön!!!

2015-04-06 13:25:22 ‹Mister Dabbeljuh›
☺

2015-04-06 13:25:35 ‹ Mia ›
… ich habe es dir schreiben wollen, weil du herzliebst Mia geschrieben hast.

2015-04-06 13:26:55 ‹Mister Dabbeljuh›
… ah, jetzt ist der Groschen gefallen

2015-04-06 13:27:32 ‹ Mia ›
Seid ihr Männer immer so kompliziert??

2015-04-06 13:27:51 ‹Mister Dabbeljuh›
… jahaaaXDXDXD

2015-04-06 13:28:44 ‹Mister Dabbeljuh›
… ähnlich wie Frauen, nur bisschen anders;)

2015-04-06 13:28:48 ‹ Mia ›
… verstehen Männer die Sprache der Frauen so schlecht, kann natürlich auch umgekehrt sein :-)))))

2015-04-06 13:29:06 ‹Mister Dabbeljuh›
:-)))))))))))))))))

2015-04-06 13:29:16 ‹ Mia ›
XDXDXD

2015-04-06 13:29:40 ‹ Mia ›
… ich suche gerade dein Foto in Google

2015-04-06 13:29:42 ‹Mister Dabbeljuh›
… gut das wir mal drüber geredet haben XD

2015-04-06 13:30:00 ‹ Mia›
… bevor wir uns hauen :-)))

2015-04-06 13:30:19 ‹Mister Dabbeljuh›
Welches Foto?

2015-04-06 13:30:39 ‹ Mia›
… nein ich haue niemanden, nur bei Herzchen :-))))

2015-04-06 13:31:06 ‹Mister Dabbeljuh›
… I remember …

2015-04-06 13:31:34 ‹ Mia›
… das kann ich mir gut vorstellen :-)))

2015-04-06 13:32:49 ‹Mister Dabbeljuh›
… ist ja gut zu wissen, wo ich kloppe bekommen kann, wenn ich denk ich brauche mal welche :D

2015-04-06 13:33:15 ‹Mister Dabbeljuh›
Welches Foto suchst Di denn?

2015-04-06 13:33:36 ‹Mister Dabbeljuh›
DU … sollte das heißen

2015-04-06 13:35:32 ‹ Mia›
… habe ich kein Problem damit, habe eine zusätzlich Domina Ausbildung B-) habe es eben gefunden, denn

vorhin habe ich es nur auf dem Handy gesehen (Frühstück Eichhörnchen)

2015-04-06 13:36:42 ‹Mister Dabbeljuh›
… sehr vielseitig, die junge Dame interessant^_^

2015-04-06 13:37:31 ‹ Mia›
Moment

2015-04-06 13:38:19 ‹Mister Dabbeljuh›
… das ist der Moment, wo der Frosch ins Wasser rennt XD

2015-04-06 13:40:05 ‹ Mia›
… fertig, musste gerade noch einen Kommentar schreiben :-)))

2015-04-06 13:43:51 ‹ Mia›
Mister Dabbeljuh, bist du jetzt ins Wasser gerannt??

2015-04-06 13:46:53 ‹Mister Dabbeljuh›
… nee, habe einen Kommentar kommentiert :-)))))))))))))

2015-04-06 13:47:00 ‹ Mia›
Ach

2015-04-06 13:47:04 ‹Mister Dabbeljuh›
XDXDXD

2015-04-06 13:47:17 ‹ Mia›
… der kommt gleich angeflattert

2015-04-06 13:47:25 ‹ Mia›
als Meldung

2015-04-06 13:48:02 ‹Mister Dabbeljuh›
… so mit plong? Wie deine Hangouts?

2015-04-06 13:48:31 ‹ Mia›
… plong?

2015-04-06 13:48:44 ‹Mister Dabbeljuh›
… naja, mehr pling

2015-04-06 13:49:01 ‹Mister Dabbeljuh›
… macht Hangouts immer wenn du schreibst

2015-04-06 13:49:34 ‹ Mia›
Ach, ich verstehe, nein bei mir kommt kein Geräusch, nur eine rote Zahl an der Glocke oben rechts

2015-04-06 13:49:59 ‹Mister Dabbeljuh›
… das ist aber g+

2015-04-06 13:50:25 ‹ Mia›
… wenn du schreibst, dann kommt am PC ein plong, pling sonst nicht

2015-04-06 13:50:46 ‹ Mia›
… am Handy nicht

2015-04-06 13:51:17 ‹Mister Dabbeljuh›
… auch wenn ich schreibe – jeder Buchstabe? XD

2015-04-06 13:51:33 ‹Mister Dabbeljuh›
… muss ja schrecklicher Sound sein

2015-04-06 13:51:54 ‹ Mia›
… ok, du verdient den Teppichklopfer auch ohne Herzchen

2015-04-06 13:52:08 ‹ Mia›
s fehlt

2015-04-06 13:52:33 ‹Mister Dabbeljuh›
nee, Herzschen ist korrekt

2015-04-06 13:52:56 ‹ Mia›
Mister Dabbeljuh, ich kann bald nicht mehr mit die

2015-04-06 13:53:00 ‹ Mia›
Dir

2015-04-06 13:53:09 ‹ Mia›
:-)))))))))))))))))))))))))))))))))))))))

2015-04-06 13:54:21 ‹ Mia›
mein Freund fragt mich gleich, warum ich den Laptop angrinse

2015-04-06 13:54:32 ‹Mister Dabbeljuh›
Hauptsache du lachst wieder – heute früh sah dein Text bisschen unfröhlich aus

2015-04-06 13:54:36 ‹Mister Dabbeljuh›
Ohoh

2015-04-06 13:55:04 ‹ Mia ›
… findest du wirklich, habe ich dich erschreckt??

2015-04-06 13:55:21 ‹Mister Dabbeljuh›
… bisschen

2015-04-06 13:55:32 ‹ Mia ›
… warum?

2015-04-06 13:58:36 ‹Mister Dabbeljuh›
… vielleicht war ich heute früh auch noch zu müde – aber kam mir so vor als wärst Du unmotiviert – wegen Wetter und Arbeit

2015-04-06 13:59:04 ‹Mister Dabbeljuh›
… habe geübt die halbe Nacht;)

2015-04-06 13:59:30 ‹ Mia ›
Ich war auch total unmotieviert :-)))))))))))

2015-04-06 13:59:48 ‹ Mia ›
e zu viel :-))

2015-04-06 14:00:07 ‹Mister Dabbeljuh›
siehste – ich kann doch schon richtig rauslesen:)

2015-04-06 14:00:38 ‹ Mia ›
… habe nie etwas anderes behauptet :)

2015-04-06 14:00:41 ‹Mister Dabbeljuh›
Kein Wunder wenn man sooo viel schreibt und liest

2015-04-06 14:00:58 ‹ Mia ›
:-))))))))))))))))))

2015-04-06 14:01:09 ‹ Mia ›
… bei wie viel sind wir??

2015-04-06 14:01:26 ‹ Mia ›
Ich schaue meine Mails nicht mehr durch

2015-04-06 14:01:27 ‹Mister Dabbeljuh›
Guinnessbuch^_^

2015-04-06 14:02:09 ‹Mister Dabbeljuh›
… ab und an muss ich mal zurücklesen

2015-04-06 14:03:04 ‹ Mia ›
Mister Dabbeljuh, ich schreibe viele Mails, aber das übertrifft alles

2015-04-06 14:03:10 ‹Mister Dabbeljuh›
… aaaah, stimmt – die Mails … auweia, ich muss da mal schauen – bestimmt quillt gmail Postfach schon über XD

2015-04-06 14:03:36 ‹ Mia ›
… bin bei 10642 :-)))))

2015-04-06 14:03:50 ‹ Mia ›
… mit allen

2015-04-06 14:03:58 ‹Mister Dabbeljuh›
… so schnell kannst du zählen

2015-04-06 14:04:28 ‹ Mia ›
das zeigt doch an, man du verar ... t mich :-))))))

2015-04-06 14:04:44 ‹Mister Dabbeljuh›
XDXDXD

2015-04-06 14:05:14 ‹ Mia ›
Schade oder zum Glück wohnst du so weit

2015-04-06 14:05:19 ‹Mister Dabbeljuh›
... nein, ich lache dich nur an

2015-04-06 14:05:28 ‹ Mia ›
... ja, ja

2015-04-06 14:06:05 ‹Mister Dabbeljuh›
ja, ist ganz schön weit weg-_-

2015-04-06 14:06:41 ‹Mister Dabbeljuh›
Mia, ich fahre in 2 Tagen nach Köln, ich würde dich dort gerne treffen.

2015-04-06 14:06:57 ‹ Mia ›
Was??

2015-04-06 14:07:16 ‹Mister Dabbeljuh›
Ich wiederhole es gerne noch mal, ich bin in 2 Tagen in Köln, ich würde dich da gerne sehen und deshalb dich treffen

2015-04-06 14:07:41 ‹Mister Dabbeljuh›
Verstehst du mich jetzt besser??

2015-04-06 14:08:20 ‹ Mia›
Mister Dabbeljuh, ich bin jetzt echt platt!!

2015-04-06 14:08:36 ‹Mister Dabbeljuh›
Mia, ich habe mit dir so viel geschrieben, ich würde dich gerne mal in Natur sehen und dich in den Arm nehmen und sagen, schön, dass es dich gibt.

2015-04-06 14:08:42 ‹ Mia›
… . ja, aber meinst du, das ist eine gute Idee?

2015-04-06 14:08:52 ‹Mister Dabbeljuh›
… ich weiß es nicht, ich würde es aber gerne und da ich dann in deiner Nähe bin, würde ich dich bitten mich zu treffen.

2015-04-06 14:09:01 ‹Mister Dabbeljuh›
Ich würde die Frau gerne kennen lernen, die das Leben in der Farbe Lila sieht

2015-04-06 14:09:11 ‹ Mia›
Mister Dabbeljuh, ich muss jetzt erstmal eine Zigarette rauchen gehen

2015-04-06 14:12:15 ‹Mister Dabbeljuh›
In der Zeit, in der ich dir geschrieben habe, dass ich dich gerne sehen würde, habe ich schon fünf Zigaretten geraucht

2015-04-06 14:12:25 ‹Mister Dabbeljuh›
Mia!

2015-04-06 14:14:27 ‹ Mia ›
Mister Dabbeljuh, ich weiß nicht was mein Freund dazu sagen wird

2015-04-06 14:14:41 ‹ Mia ›
Ich bin überfordert Mister Dabbeljuh

2015-04-06 14:14:56 ‹Mister Dabbeljuh›
… ja, das verstehe ich. Ich bin Morgen um 14 Uhr am Kölner Hauptbahnhof und werde auf dich warten, ich hoffe sehr, dass du mich nicht versetzt. Mia ich würde mich wirklich sehr freuen.

2015-04-06 14:15:14 ‹Mister Dabbeljuh geht offline

2015-04-06 14:15:47 ‹Mia›
Mister Dabbeljuh bist du noch da?

2015-04-06 14:16:46 ‹ Mia ›
Mister Dabbeljuh!